DROEMER

sarah bannan

die neue

roman

Aus dem Englischen von
Werner Löcher-Lawrence

DROEMER

Die englische Originalausgabe erschien 2015 unter dem Titel
»Weightless« bei Bloomsbury Publishing, London.

Besuchen Sie uns im Internet:
www.droemer.de

FSC
www.fsc.org
MIX
Papier aus verantwortungsvollen Quellen
FSC® C083411

Deutsche Erstausgabe August 2015
Droemer Taschenbuch

Redaktion: Eva Philippon
Covergestaltung: Network! Werbeagentur GmbH
Coverabbildung: plainpicture / Millennium / Lee Avison
Satz: Adobe InDesign im Verlag
Druck und Bindung: CPI books GmbH, Leck
ISBN 978-3-426-30424-2

2 4 5 3 1

Für Niamh

august

kapitel 1

Sie kamen in Dreiergruppen, in gleichen Shorts und T-Shirts, die Haare mit orange-schwarzen Bändern zurückgebunden, die Augen weit aufgerissen, und sie schrien und klatschten und drehten sich, präzise, auf den Punkt genau. Sie lächelten, ihr Lippenstift war rosa und perfekt aufgetragen, ihre Zähne leuchteten weiß und vollkommen. Sie strahlten.

Wir saßen auf der Tribüne, auf Handtüchern, damit wir uns auf dem heißen Metall nicht die Haut verbrannten. Wir trugen unsere Nicole-Richie-Sonnenbrillen, unsere Auburn- und Alabama-Baseballkappen und unsere Abercrombie-Trägerhemden und -Shorts. Die Anzeigetafel links vom Feld zeigte die Temperatur an: 36,1 Grad, aber nach den *Adamsville Morning News* lag der Hitzeindex fast bei 40 Grad.

Das war etwas, woran wir uns gewöhnt hatten, an Luft so heiß und stickig, dass du das Gefühl hattest, dich durch Flüssigkeit zu bewegen, an Sommer so heiß, dass du dich nur bewegtest, wenn du musstest, immer auf der Suche nach einer Klimaanlage. Die Temperaturanzeige blinkte, verschwand, und die Zeit erschien: 17:24 Uhr. In zwei, vielleicht drei Stunden würde die Sonne untergehen, der Himmel nahm aber schon ein tieferes Orange an, ein paar Wolken boten etwas Schutz und milderten das grelle Gleißen. Wir saßen da und ließen die Hitze tun, was sie zu tun hatte. Schweiß sammelte sich unter unseren Knien, zwischen den Beinen, im Nacken.

Noch drei kamen aufs Feld, die Finger gereckt, fliegend, die Zehen im Spagat hoch in der Luft, dann Flickflacks. Dünn, gebräunt, golden: Sie lächelten, und sie schwitzten nicht. Sie sahen frisch und unglaublich sauber aus, ihre Mascara verfloss nicht, die Grundierung schmolz nicht, kein Haar, das sich kräuselte. Wir klatschten und jauchzten, sahen zu und warteten. Die Marschkapelle, die Band, spielte auf der Tribüne gegenüber: Blech, Trommeln, das Kampflied der Adams Highschool. Die Teile, die wir kannten, sangen wir lauthals mit, ansonsten schrien wir nur. Und das Ende war immer: »Adams, Heil dir.«

Normalerweise hätte das alles drinnen stattgefunden, wie immer, auf dem Basketballfeld der Sporthalle, so wie wir's eben gewohnt waren, nur hatten ein paar Zwölftklässler, nachdem sie ihre Abschlusszeugnisse bekommen hatten, die Wände versaut und dachten gar nicht daran, die Farbe mit Verdünner und Methylchlorid wieder abzuwaschen, wie es ihnen gesagt worden war: Die Schulleitung konnte verdammt nichts dagegen tun. Aber Mr Overton weigerte sich nachzugeben, weigerte sich, die Hausmeister die Sauerei übermalen zu lassen, und so hatten wir eine Woche vor Beginn des neuen Schuljahrs immer noch eine Sporthalle voller Schmierereien, Obszönitäten und Softpornoscheiß. Unseren Eltern war gesagt worden, die Schule würde ausgeräuchert, von Asbest gereinigt oder so, aber wir wussten es besser. Wir wussten, was dahintersteckte. Wir hatten es von Taylor Lyon, die erzählte es herum, und so wussten am Ende alle Bescheid. Alle, die eine Ahnung hatten.

Die Mädchen liefen zur Seite, nur Taylor Lyon blieb in der Mitte, und wir sahen zu, wie sie sprang. Ganz allein. Die Sponsoren der Schule saßen in der ersten Reihe, mit Miss Simpson, Mr Ferris, Coach Cox, und wir sahen, wie sie Taylor zusahen, der springenden, klatschenden, die Zehen im Spagat hoch zu den Fingern reckenden, schreienden Taylor. Sie schrie so viel lauter, als man es sich vorstellen konnte, eine so tiefe Stimme aus einem so zarten Körper.

»Feiert mit uns! Ihr müsst, ihr müsst, ihr müsst mit uns feiern! A.H.S. vor!«

Taylors Haar hatte einen rötlichen Schimmer, war eigentlich eher braun, aber mit einem feurigen Glitzern, und wenn die Sonne draufschien, wurde aus dem Glitzern ein super Leuchten, wie frisch aus der Wachsmalschachtel. Im Kindergarten hatte Mrs Cornish sie für alles ausgesucht: Bei der Theateraufführung am Schuljahresende war Taylor Schneewittchen, bei Ausflügen führte sie die Reihe an, und zu Thanksgiving war sie der Pilger und sprach das Tischgebet. Mrs Cornish liebte Taylor und nannte ihr rötlich schimmerndes Haar ihre »krönende Pracht«. Wenn sie das sagte oder wenn sie Taylor wieder für etwas auswählte, eine andere Rolle, eine neue Ehre, lief Taylor tiefrot an. Es war ein Rot, das aussah, als versengte es ihr die Wangen und füllte ihren ganzen Körper. Es war seltsam, sie da jetzt so zu sehen, und wir fragten uns, ob sie das selbst auch dachte: Wie seltsam es war, dass sie sich so verändert hatte.

Die Hitze war immer noch unerträglich, und wir griffen nach unseren Snapple-Flaschen und versuchten uns auf Taylor zu konzentrieren, wie sie ihre Flickflacks machte und über die Laufbahn flog. Noch einmal kam sie zurück in die Mitte, spreizte die Finger und schenkte uns ein Lächeln. Dann nahm sie ihre Pompoms und lief zur Seite. Ihr Solo war vorbei.

Gemma Davies löste sie ab, gleichzeitig begann sich eine Wolke vor die Sonne zu schieben und Gemma halb zu überschatten. Gemma war blond, fast wasserstoffblond, aber wir wussten, das war ihre natürliche Farbe, seit der Vorschule schon. Wir sahen, wie ihr Pferdeschwanz mit jeder Zehenbewegung auf und ab wippte. Gemma war die beste Turnerin und sprang höher als alle anderen. Sie war der Captain und würde es wohl auch immer bleiben. Gemma hatte für jeden ein Lächeln, wenigstens sagten das alle, und in der Neunten und Zehnten war sie zur »Besten Persönlichkeit« gewählt worden. Jetzt kam sie wie wir ins dritte Jahr, wurde ein Junior, und ihr Freund, Andrew Wright, ging in die Zwölfte, war ein Senior. Man sollte denken, solche Sachen wären öde und dass so was nur in Hilary-Duff-Filmen was zu suchen hatte, aber es war komisch, wie viel es uns bedeutete, auch wenn wir es nicht laut sagten.

Wir hatten gehört, dass Gemmas Vater wegen Andrew erst ausgerastet war. Reverend Davies war unser Prediger, und alle wussten, dass er mit Gemma und Andrew ins Kino ging oder mit zu ihrer Samstagabendverabredung in den Olive Garden. Ob er sich zu ihnen setzte, ein paar Reihen oder Tische Abstand hielt, konnten wir nicht sagen. Wir stellten uns vor, dass er in seinem eigenen Wagen fuhr und Andrew zumindest während der Fahrt mit Gemma allein war, doch auch das war nicht ganz klar. Gemmas Leben folgte einem genauen Regelwerk, das wussten wir, und sie war keine Predigertochter, die sich gegen alles auflehnte und auf Autoritäten pfiff, wie Ashley oder Jessica Simpson. Gemma tat, was ihr gesagt wurde, wenigstens soweit wir es beurteilen konnten, und das, und vielleicht auch ihr Aussehen, machte sie beliebt. Sie war so beliebt wie brav.

Unserer Meinung nach hätte sich Reverend Davies über Andrew freuen sollen. Andrew Wright war ebenfalls brav, und dabei um einiges netter als Gemma. Er war groß und dünn, schlaksig, ein gutmütiger Kerl. Er hielt den Mädchen die Türen auf, sagte »Ja, Ma'am« und »Nein, Sir« und lachte nie beim Beten oder wenn jemand in der Cafeteria sein Tablett fallen ließ. Andrew hatte sandbraunes Haar und Sommersprossen, und unsere Mütter meinten, er sei »reizend«, was immer das bedeuten mochte. Er trug Khakihosen und New-Balance-Turnschuhe, und sein Gesicht war zart wie das eines kleinen Jungen, wahrscheinlich musste er sich noch nicht mal rasieren. Verglichen mit Gemma war er so groß, dass es krass aussah, wenn die beiden sich küssten, sie auf den süßen Zehenspitzen und er, wie er sich zu ihr runterbeugte. Er mochte Mädchen, die winzig waren, sagten wir später. Je winziger, desto besser. Gemma hätte in seine Tasche gepasst, er hätte sie mit nach Hause nehmen können, ohne dass es jemandem aufgefallen wäre.

Gemma Davies durfte keinen Badeanzug tragen, das war eine religiöse Sache, und als wir in der vierten Klasse einen Ausflug in den Wasserpark von Moulton machten, musste sie in ihrem Riesen-Hosenrock und einem T-Shirt ins Wasser. Niemand hat sie ausgelacht, daran kann sich keiner erinnern, aber als wir im nächsten Jahr wieder fuhren, war Gemma krank und kam nicht mit.

Wir sahen uns ihre Uniform an, das Top ein Mieder, der Rock nicht größer als eine Briefmarke. Jedes Mal, wenn sie die Arme hob, blitzte ihr Nabel hervor. Gemmas Körper war straff und gebräunt, und sie musste ihre Beine und alles gewachst haben, weil sie bei der Arabeske so perfekt sauber aussah. Sie war so schön. So schön und so leicht.

Es überraschte uns immer noch, dass Reverend Davies sie bei den Cheerleadern mitmachen ließ. Wahrscheinlich machte es ihm nichts, weil es in Alabama so viele Regeln gab, so viele Dinge, die Cheerleader nicht durften, wobei das meiste davon mit den Hüften und dem Hintern zu tun hatte. Oberhalb der Gürtellinie war alles Mögliche erlaubt, nur nichts von dem Gewackele wie in *Girls United.* Aber natürlich tanzten die Cheerleader und bewegten sich auf eine Weise, wie es Mädchen, die keine Badeanzüge tragen durften, nicht erlaubt sein konnte - hätte man zumindest denken sollen. Wir fragten uns, wo der Unterschied zwischen der Uniform und einem Badeanzug lag. Von unseren Plätzen aus ließ sich das nicht sagen, aber irgendeinen Unterschied musste es geben, schließlich saß Reverend Davies mit auf der Tribüne, ganz vorne, gleich hinter den Lehrern, Mrs Davies, Gemmas Mutter, neben sich. Mrs Davies war ebenfalls Cheerleaderin gewesen, damals, als sie auf die Adams ging. Gemma hatte die alten Jahrbücher, mit denen sie es beweisen konnte, und ihre Mutter sah immer noch irgendwie aus wie eine Cheerleaderin, dachten wir, oder wie eine *Desperate Housewife*. Die Jungs in unserer Klasse nannten sie eine MILF. Wir fragten uns, ob sie das ernst meinten, und wenn es auch ekelhaft war, dass Jungs so einen Scheiß redeten, waren wir doch eifersüchtig auf Gemma und ihre Mom: Wann immer du durch die Mall liefst, sahst du die beiden mit Taschen wie Ziehharmonikas am Arm, von Banana Republic, Abercrombie und Parisians, und am nächsten Tag in der Schule hatte Gemma wieder was Neues an.

Wir sahen zu, wie Gemmas kleiner Körper über die Bahn wirbelte. Sie war keine eins sechzig groß, ihr Make-up glitzerte, Benefit oder Stila, nahmen wir an, und ihre Augen waren so blau, dass du hineintauchen wolltest. Riesig waren sie, größer als bei einer Disney-Figur, und neue Lehrer – Lehrer, die nicht in Adamsville aufgewachsen waren und nicht wussten, dass Mrs Davies einmal die Cheerleader-Truppe angeführt hatte und Reverend Davies der Kapitän der Footballmannschaft gewesen war –, diese neuen Lehrer dachten zu Anfang meist, dass Gemma schwer von Begriff sei, schienen ihre Augen doch so leer zu sein. In der Sechsten war ein neuer Sozialkundelehrer gekommen, der sie fragte, wer der Präsident der Vereinigten Staaten sei, worauf Gemma nicht antwortete. Was Mr Abbot, so hieß der Mann, zunächst für eine Frechheit hielt, doch als die Sekunden und Minuten verstrichen und sie immer noch stumm und unbewegt dasaß, nahm er an, dass sie unter einer Behinderung litt. Er schickte sie zum Rektor, und später fanden wir heraus, dass er vorgeschlagen hatte, sie einem Eignungs- und Intelligenztest zu unterziehen. Aber sie kam erst gar nicht bis zum Rektor: Mrs Bullen, die Sekretärin, kannte Gemmas Familie und wusste, es konnte sich nur um ein Missverständnis handeln. Sie schickte Gemma einfach als krank nach Hause.

Gemma war das netteste Mädchen in unserer Klasse, das sagten alle. Aber wenn du drüber nachdachtest, wenn du ernsthaft versuchtest, dich an eine Nettigkeit zu erinnern, war das gar nicht so einfach. Im Nachhinein fragten wir uns, ob es an ihrer Dummheit lag, ob das der Grund war, dass wir sie als nett durchgehen ließen. Oder vielleicht mochten wir sie auch nur, weil sie so hübsch war, so blond und so geschmeidig, ihre Haut so vollkommen und so wunderschön braun. Ernsthaft betrachtet, lag es wohl vor allem daran, dass wir es so oft sagten. Manchmal willst du, dass etwas wahr ist.

Gemma ließ ihren Ruf ertönen, und während sie in die Hände klatschte, herumwirbelte und sprang, fingen einige der älteren Jungs hinten an zu rufen.

»HEISS!«

»Davies, schenk mir ein Baby!«

»Noch ein Flickflack, Gemma!«

»Noch HEISSER!«

»Ausziehen!«

Wir drehten uns um und sahen, wie die Jungs mit den Armen ruderten, sich auf die Schultern klopften und den Mund zuhielten, um nicht gehört zu werden. Wir sahen zu Reverend Davies, weil wir wissen wollten, wie er reagierte, aber er ließ sich nichts anmerken. Er legte seiner Frau den Arm um die Schultern und zog sie an sich. Sie stieß ihn zurück. Die Hitze.

Gemma lief ans Ende der Laufbahn, umarmte Taylor, und Brooke Moore kam aufs Feld, das jetzt ganz im Schatten lag.

Brookes Augen waren so braun, dass man sie fast schon schwarz nennen konnte, was ihr weißer Lidstrich noch hervorhob und von unseren Plätzen bestens zu sehen war, auch wenn Brooke im Schatten stand. Sie hatte Sommersprossen, Tausende, die sie mit flüssiger Grundierung übertünchte. Als sie loslegte, kam um uns herum Gemurmel auf, die Leute spekulierten, und vielleicht waren auch ein paar Eltern und einige von den Ehemaligen dabei.

»Sie hat ihren Babyspeck wieder.«

»Das sind mindestens zehn Pfund.«

»Fünfzehn.«

»Sie nimmt jetzt die Pille.«

»Ich finde, so sieht sie besser aus.«

»Lügner.«

»Wie nett ihr alle seid.«

»Ich meine ja nur.«

»Sommer der Cremeschnitten.«

»Sommer des Sex.«

»Schnauze.«

Die Uniform war ihr zwei Nummern zu klein, das war sicher, und wir hörten später, dass ihre Mutter sie ihr gekauft hatte, um sie zum Fasten zu motivieren. Brooke war groß, ihre Beine schienen länger als Gemmas ganzer Körper, und »wenn du eins dreiundsiebzig bist und nimmst ein paar Pfund zu, versteckt das die Cheerleader-Uniform nicht so einfach«, hörten wir Miss Simpson später sagen. Auch gut, dachten wir.

Ihre Übungen waren fehlerlos, wirklich, der Körper straff und angespannt, die Linien klar, das Händeklatschen auf Kinnhöhe. Sie reckte die Arme, hob sie, machte eine Arabeske – nur ihre Größe störte.

Brooke war immer noch schön, keine Frage. Sie hatte sogar schon für Parisians gemodelt, unser örtliches Kaufhaus, und war vor ein paar Jahren in der Galleria in Birmingham von einer richtigen Agentur angesprochen worden, die sie für ein Vorstellungsgespräch nach New York holen wollte. Warum sie nicht gegangen war, konnte niemand sagen. Einige meinten, es beweise, dass die Geschichte nicht stimme, andere, dass es gar keine Modelagentur gewesen sei und sie überhaupt niemand angesprochen habe, sondern dass sie zum Vorsprechen für *Road Rules, Big Brother, Real World* oder irgendeine andere Realityshow in Birmingham gewesen sei, und als man tatsächlich zurückgerufen habe, hätten sie sich den Flug nach New York nicht leisten können. Wie immer, Brookes Züge waren makellos, und ihre Haut hatte nie einen Pickel gesehen, nicht mal einen Mitesser. Sie war eine Neutrogena-Anzeige, sagten wir. Groß war sie nicht immer gewesen, in der Grundschule hatte sie zu den Kleinsten gehört und noch kleiner gewirkt, weil ihr Haar so lang war, fast bis zur Taille reichte es ihr. Manchmal trug sie es zu Zöpfen geflochten, und die braunen Stränge hatten etwas Hypnotisierendes, schimmerten hier und da wie kupferne Pennies und dann wieder wie süße, glatte Schokolade, wanden sich ineinander und wurden von einer perfekten lila Schleife gehalten.

Brooke wollte sich die Haare immer abschneiden lassen und flehte ihre Mutter an, ihr einen Bob zu erlauben. Sie wollte das Haar so kurz, dass sie es sich hinter die Ohren streichen konnte, aber ihre Mutter verbot es ihr: Mädchen sollten lange Haare haben, und im Übrigen würde die falsche Frisur Brookes vorstehendes Kinn und die leicht gebogene Nase hervorheben. »Ein Bob verzeiht nichts«, hörte man sie sagen, im Winn-Dixie, in der Kirche, im Country Club, wann immer ihr jemand wegen der schönen Haare ihrer Tochter Komplimente machte.

Mit zehn stieg Brooke auf ihr Fahrrad und fuhr zum Friseur, zu Cutting Edge oder Just Cuts, vielleicht war es sogar Sam's, das Taschengeld der letzten sechs Monate mit dabei, dazu ein Foto von Jennifer Anistons Bob und eines von Tiffani Thiessens Frisuren-Shag. Ihre Mutter kam in den Salon, bevor die Schere gezückt wurde, in letzter Minute. So hatte Brooke ihre Zöpfe noch Jahre behalten.

Heute war Brookes Haar nur noch schulterlang, irgendwann während der letzten fünf Jahre hatte sie die Schlacht gewonnen. Und ihr Kinn stand nicht vor, dachten wir, und ihre Nase schien uns vollkommen, trotzdem hatten wir gehört, dass Mrs Moore während des Sommers Erkundigungen zu möglichen chirurgischen Korrekturen eingeholt hatte. Etwas wegen einer Verkrümmung der Nasenscheidewand, und wir fragten uns, ob sie auch über eine Fettabsaugung nachdachte. Brooke war die Dickste von allen Cheerleadern, das war offensichtlich. Wahrscheinlich war sie wieder bei ihrer Pseudo-Bulimie gelandet. Nicht genug Selbstkontrolle für eine kleine Magersucht.

Die Uniform war im Ganzen zu klein, schnürte die Brüste aber am schlimmsten ein. Brookes Busen war riesig und über den Sommer noch riesiger geworden. Wir hatten bereits gehört, dass sie im Internet Spezial-BHs bestellen musste, kein Laden führte Größe 70 DDD, oder was für irre Modelle sie auch brauchen mochte. Wir fragten uns, wo sie ihre Wäsche kaufte. Hinter uns sagte jemand: »Ihre Dinger sind wie aus dem *National Geographic*«, und wir lachten ein bisschen, weil wir verstanden, was er meinte. Mit zwölf, dreizehn, als alle gerade ihre ersten Sport-BHs kriegten, hatte sich Brooke bereits bei Victoria's Secret eingedeckt und kam mit einer weißen Bluse in die Schule, unter der man den roten BH erkennen konnte.

Brooke ließ ihren Ruf ertönen, und die Leute schrien und klatschten und riefen ihren Namen. Ob sie nun dick war oder nicht, die Leute liebten sie. Wir ließen den Blick schweifen und sahen Mrs Moore. Sie saß nicht mit auf der Tribüne, sondern stand seitlich auf dem Parkplatz, eine Zigarette in der linken, eine Dose Diet Coke in der rechten Hand, das platinblonde Haar fing die Sonne ein, und selbst aus der Entfernung konnten wir sehen, wie perfekt es saß. Sie trug eine riesige Sonnenbrille, die ihr halbes Gesicht verdeckte und uns nicht erkennen ließ, ob sie aufs Feld herübersah. Sie klatschte nicht. Sie hatte die Hände voll.

Wir wechselten die Sitzposition, wischten uns den Schweiß aus dem Nacken und bliesen uns die Locken aus dem Gesicht. Wir versuchten, uns auf jede mögliche Art abzukühlen.

Das Feld vor uns: Wir saßen vor der Fünfzig-Yard-Linie, direkt in der Mitte, und sagten, wir hätten es noch nie so grün gesehen, so poliert, die weißen Linien schärfer als in HD. In der Mitte prangten die Buchstaben »AHS« und ein Bär, unser Maskottchen, unser Held. Wir blickten hinüber zur anderen Tribüne, zur Band, die immer noch spielte, in einem Meer aus Schwarz und Orange, und hinter der Tribüne konntest du ein paar Telefonmasten sehen, den Parkplatz und ein halbes Dutzend Kiefern. Und den leeren rosa Himmel. Es war, als hätten sie unser Footballfeld mitten in eine Einöde gesetzt, so wenig kam da noch, hinter der Tribüne, dem Parkplatz.

Lauren Brink sah zu uns her. »Diese Hitze bringt mich echt um. Vielleicht ist das ja heute, jetzt mein Abgang.«

Wir lachten, und Nicole zog ihr T-Shirt hoch und wischte sich den Schweiß aus dem Gesicht. »Das Wasser läuft mir buchstäblich eimerweise herunter. Buchstäblich.«

Lauren verdrehte die Augen. »Echt? Wie in buchstäblich buchstäblich?« Vielleicht erbebte Nicoles Lippe, wir konnten es nicht sagen.

Jessica Grady legte eine Hand auf Nicoles Arm. »Auf Brooke trainieren«, flüsterte sie. Und Nicole lachte, obwohl wir dachten, dass es stimmen könnte und wahrscheinlich kein Witz war. Noch eine Brooke.

Wir sahen zu Brookes Mutter hinüber, die noch eine Zigarette rauchte und noch eine Diet Coke trank. »Ich glaube nicht, dass die Frau Schweißdrüsen hat«, sagte Lauren. »Oder Tränenkanäle.« Wie lächelten und überlegten, wie es wohl wäre, Mrs Moore zur Mutter zu haben, richtig zur Mutter – nicht als Führerin bei den Girl Scouts oder Elternvertreterin bei einem Jugendgruppenausflug. Richtig zur Mutter. Wir stellten uns vor, dass es uns nicht gefallen würde. Ganz und gar nicht.

Das Einzige, was Mrs Moore an Brooke mochte – nach allem, was wir sehen konnten und was sie unseren Müttern bei den Elternversammlungen oder im Winn-Dixie erzählte – war Shane Duggan. Shane war beliebt, attraktiv, ein guter Schüler, nicht intelligent, aber auch nicht dumm. Sein Dad war mal Quarterback gewesen, ein Star, und er hatte Shane nach seinem Bild geformt. Shane hatte Jahre gebraucht, bis Brooke mit ihm ausgehen wollte, war jetzt ebenfalls ein Senior, und während der Sommerferien waren die beiden, Shane und Brooke, gemeinsam im Kino gesehen worden, in *Salt*, *Iron Man 2* und dem *Prince of Persia*. Bei Wendy's waren sie gewesen, hatten nebeneinander in einer Nische gesessen und sich einen Frosty oder was Ähnliches geteilt. Und Shane hatte Brooke vom Country Club abgeholt, wo sie als Rettungsschwimmerin jobbte.

Niemand konnte mit Sicherheit sagen, dass sie ein Paar waren. Sie gingen nie gemeinsam auf Partys, aber die Leute waren ziemlich sicher, dass sie miteinander schliefen, dass Brooke deshalb die Pille nahm und so zugenommen hatte. Im letzten Jahr hatten Brooke und Gemma in der Kirche das Jungfräulichkeitsgelöbnis abgelegt und trugen zum Zeichen Ringe an den Heiratsfingern, doch seit Brooke mit Shane ausging, waren alle sicher, dass es damit vorbei war. Im ersten Jahr in der High war eine Textnachricht rumgegangen, dass Brooke Jungs aufgeilte und dann abblitzen ließ, und einige Leute meinten, Shane sei nur hinter ihr her, um ihr das auszutreiben. Was immer wir dachten, Gelöbnis hin oder her, Shane Duggan war ein heißer Typ.

Wir verfolgten, wie sie jetzt zu acht auftraten, unsere Schulauswahl-Cheerleader-Truppe: In der letzten Woche des letzten Schuljahres hatten wir sie begutachtet, zusammen mit zwanzig anderen, und abgestimmt, welche wir für die Talentiertesten hielten, ja, aber natürlich ging es auch darum, wer besser aussah, beliebter war und wen wir am besten kannten. Und hier waren sie, hier waren unsere Besten, und wir wollten sein wie sie.

Wir klatschten und schrien, die Band spielte das Kampflied noch mal, und hinter den Cheerleadern kam die Footballmannschaft aufs Feld. Wir sahen Coach Cox in die Mitte treten, mit seinem orangefarbenen Haar, der orangefarbenen Kappe und diesen Ohren, die so groß waren, dass du das Licht durch sie scheinen sahst. Was für ein Idiot.

»Wir haben ein wirklich aufregendes Jahr vor uns, Leute.« Das Mikro pfiff, und wir hielten uns die Ohren zu. Die älteren Jungs buhten, und die Eltern verzogen das Gesicht. Coach Cox trat einen Schritt zurück, wartete und beugte sich erneut vor. Er sprach jetzt leiser. »Wir haben hier einen wirklich talentierten Trupp Jungs. Jungs, an die ich glaube, Jungs, die ich schon kannte, als sie noch in den Windeln steckten, und die ich ihren ersten Football habe werfen sehen, und auch, wie sie ihren ersten gefangen haben.« Er machte eine Pause und sah auf seine Hände. Er schrieb sich immer alles auf die Haut, seit Jahren schon, heute schien er sich die Arme bis zu den Ellbogen vollgeschrieben zu haben, wahrscheinlich bis hoch zu den Schultern. »Ich möchte diesen Jungs für ihren Einsatz in diesem Sommer danken. Sie haben bei mächtiger Hitze trainiert und sich nicht beklagt. Aber während der nächsten paar Monate brauchen sie eure Unterstützung, um auch weiter die Kraft zu haben, sich auf ihr Ziel zu konzentrieren. Ich möchte euch bitten, zu allen Spielen zu kommen, zu Hause und auswärts, und diese Mannschaft anzufeuern, diese Mannschaft, die, daran glaube ich fest, ungeschlagen bleiben kann. Im letzten Jahr haben wir nur zwei Spiele verloren, und ich weiß, ICH WEISS, dass wir es schaffen können. Wenn wir an uns glauben, wenn wir dem Herrn vertrauen, wenn wir konzentriert bleiben und uns unsere Stärke bewahren. Lobet den Herrn!«

Coach Cox trat zurück. Wir klatschten, der Schlagzeuger bearbeitete seine Trommeln, und wir sahen Reverend Davies zum Mikro gehen.

Er hob eine Hand, und wir verstummten. Ein paar Straßen weiter war die Sirene eines Krankenwagens zu hören, Autolärm, sehr gedämpft. »Lasset uns beten.«

Damit begann es, das Gebet. Das Gebet für das neue Schuljahr. In Adamsville beteten wir nicht dafür, dass wir die Abschlussprüfung schafften, dass wir durchkamen, gute Jobs kriegten oder von einer Ivy-League-Uni angenommen werden würden. Wir beteten nicht dafür, dass es einige aus dieser Stadt schafften, dass einigen ein Leben jenseits von Adamsville gelänge. Wir beteten für unsere Footballmannschaft, dass sie ungeschlagen blieb, dass sie Staatsmeister wurde. Dass wir die Champions würden.

Beim Beten sollten wir die Köpfe gebeugt halten, und das taten wir, weitgehend, nur war es so heiß und das Gebet dauerte so lang, dass wir uns einfach ein wenig umsehen mussten. Auf dem Parkplatz, da war etwas, das unsere Blicke anzog, direkt links vom Feld. Wir sahen jemanden aus einem roten Wagen steigen – einem Honda? – und auf die Tribüne zugehen. Während Reverend Davies betete, beobachteten wir, wie diese Gestalt, dieses Mädchen, sich mehr und mehr auf uns zubewegte. Und selbst so aus der Entfernung war klar, dass wir sie noch nie gesehen hatten.

Das Gebet kam an sein Ende, und die Leuten klatschten wieder. Die Sonne ging langsam unter. Die Luft wurde um fünf Grad kühler, vielleicht mehr. Wir nahmen unsere Handtücher und liefen aufs Feld. Wir wollten Taylor begrüßen, falls sie uns sah, und dann herumlaufen und sehen, wohin alle gingen.

Wir suchten die Menge nach dem Mädchen ab. Sie sollte leicht zu finden sein, dachten wir, wo doch in unserer Stadt sonst immer alles gleich blieb – aber wir konnten niemanden entdecken. Wir dachten bereits, sie sei nicht mehr da, und dann, als wir uns dem Feld näherten, als wir die Tribüne hinunterstiegen, sahen wir sie wieder: winzig, zierlich, schön. Sie hatte braunes Haar, lang und glänzend und zu den Enden hin lockig. Sie trug Jeans – wie hielt sie das in der Hitze nur aus? –

und ein ärmelloses Top, so weiß, dass es einen fast blendete. Perfekt.

Es ist wichtig, sich daran zu erinnern, wie merkwürdig es war, dass da ein neues Mädchen in unsere Stadt kam, wie ungewohnt für uns alle. Und nicht nur für uns, auch für unsere Eltern, die Lehrer und Trainer. Adamsville war kein Ort, in den die Leute zogen, sondern einer, aus dem du kamst, in dem du geboren und aufgewachsen warst, und wo du bliebst. Und trotzdem, oder vielleicht auch deswegen, gaben sich alle große Mühe, dass es mit Carolyn klappte, mit ihrer Mutter, wobei sich niemand daran zu erinnern scheint oder es ihm überhaupt bewusst wäre. Wir wollten, dass es funktionierte, wir wollten sie kennenlernen. Aber dazu gehören immer zwei, wisst ihr. Es lag nicht allein bei uns. Wir können nicht allein verantwortlich sein, die Einzigen, die Schuld trifft.

Die Neue sah unsicher aus, wacklig, und starrte sich auf die Füße. Sie holte ihr Handy heraus und fing an zu schreiben, sehr schnell, wie wir. Und dann rief Reverend Davies: »Lynn.« Sie hob den Blick und stand mit einem Mal sicher da. Er ging zu ihr, und sie kam ihm entgegen. Er rief ihren Namen noch einmal, und jetzt verstanden wir ihn richtig: »Carolyn.« Er legte einen Arm um sie und führte sie den Weg hinunter.

Wir standen reglos da, sagten nichts und sahen ihr nach, sahen ihr Haar vor- und zurückschwingen und die Hände hinten in ihren Taschen. Reverend Davies war ihr jetzt etwas voraus, sie umkreisten die Band, und sie stolperte leicht, worüber, konnten wir nicht sagen. Sie verschwand hinter Michael Morrison und seiner

Tuba, dann tauchte sie wieder auf, einen Flipflop in der Hand, fuhr mit dem Fuß hinein. Selbst aus der Entfernung wussten wir, dass alles an ihr perfekt war, manikürt, gepflegt. Der Reverend sah sich um, machte eine Geste in ihre Richtung und deutete auf die Mädchen-Umkleide. Er wartete draußen. Sie lief auf die Tür zu und stieß auf dem Weg nach drinnen mit Ken Phillips zusammen, dem Hausmeister der Schule. Wir nannten ihn Hausmeister Ken. Sein Wischmopp, sein Besen, sein Eimer Seifenwasser: Wir sahen, wie alles zur Seite kippte, als dieses winzige Mädchen durch die große Doppelflügeltür verschwand.

An diesen Moment würden wir später zurückdenken: An das erste Mal, dass wir sie sahen, den Flipflop in ihrer Hand, das seidige, weiche Haar, ihren perfekten kleinen Körper. Später, als sie die Fotos von ihr im Fernsehen zeigten, auf denen sie älter aussah, wie wir dachten, und das auf keine gute Weise. Und ihre Augen: Ihre Augen fielen uns besonders auf. Sie sahen müde aus. Müde, traurig, gelangweilt, deprimiert. Müde.

Aber das kam erst später, nachdem alles gesagt und getan war. An diesem Tag, dem Tag auf dem Footballplatz, auf der Laufbahn, sahen wir Carolyn Lessing zum ersten Mal, mit einem Flipflop in der Hand, nervös, aber lächelnd. Wir sahen sie, wie sie wirklich war: perfekt.

kapitel 2

Nachdem die Band ihre Instrumente weggeschafft hatte und die Footballspieler und Cheerleader in den Umkleiden verschwunden waren, standen wir immer noch bei der Tribüne herum und versuchten zu entscheiden, wohin wir wollten.

»Bei Morris steigt ’ne Party.«

»Nein, das war gestern Abend.«

»Wo gehen die Leute alle hin?«

»Es ist so verdammt heiß.«

»Ich will schwimmen.«

»Hauen wir ab.«

»Ich will was essen.«

»Gehen wir.«

»Los jetzt.«

»Wohin?«

Und so ging es weiter und weiter, mit der immer gleichen Unentschlossenheit, niemand sagte uns, was wir tun sollten. Im Nachhinein wird klar, wie wichtig uns das alles war, wie bewusst wir uns darüber waren, wie wir dastanden, neben wem und wie unser Haar in dem Licht aussah, bei der Feuchtigkeit, dem Schweiß. Der Trick bestand darin, immer so zu wirken, als wäre dir das alles scheißegal. Dich selbst zu verstecken und eine andere zu präsentieren, eine, die den anderen möglichst ähnlich war, ohne ein Klon zu sein, eine Möchtegern-Stalkerin. Das war schwer.

Wir setzten uns in unsere Autos. Lauren hatte uns hergefahren, sie hatte gerade den Führerschein gemacht und konnte nicht aufhören, darüber zu reden. Wir fuhren hinter ein paar Jungs her, Blake Wyatt und Dylan Hall, zum Parkplatz von Hardee's. Da standen schon ein paar Autos, als wir ankamen: mit Jüngeren und einigen aus der Zwölften. Von den Footballspielern war noch keiner da, keine von den Cheerleadern. Wir hofften, dass wir richtig waren.

Die Hitze des Tages lag noch über dem Parkplatz, aus dem Asphalt kam sie, aber die Luft war zu ertragen, jetzt, da sich der Himmel langsam einschwärzte. Wir standen neben Laurens Auto, gingen zu Dylans und wieder zurück, taten so, als müssten wir was aus dem Kofferraum holen, und nutzten die Gelegenheit, unser Make-up in Ordnung zu bringen. Die Feuchtigkeit war so was von nervig.

Wir gingen hinein und bestellten Milchshakes, Diet Coke, Käse-Pommes und Crispy Curls, alles zum Mitnehmen, damit wir uns hinten auf Dylans Truck setzen konnten und sahen, wer noch kam, wobei wir uns bemühten, beschäftigt zu wirken.

Coach Cox und ein paar Eltern mit Grundschulkindern kamen vorbei, und wir versteckten unsere Marlboro Golds, lächelten und winkten und erzählten von unseren Eltern. »Benehmt euch, Kinder«, sagte Coach Cox, die Eltern sagten was Ähnliches, und wir riefen: »Aber klar«, und warteten, bis sie außer Sichtweite waren, bevor wir die Flasche Absolut herumreichten.

Wir fragten uns, ob die Neue auch kommen würde, ob Reverend Davies Gemma zwang, sie mitzubringen.

Wir fragten die Jungs, ob sie dächten, dass sie gut aussehe, und sie meinten, sie sollte Model werden, worauf wir leicht zusammenzuckten, aber wir dachten, dass sie recht hatten. Auch wenn sie zu klein sei, sagten wir, könne sie trotzdem modeln. Aber nur für Kataloge. Bei Katalogen machte die Größe nichts aus, wenigstens sagte das Tyra Banks.

Tiffany Port bog mit dem Suburban ihrer Mutter auf den Parkplatz, wir blickten zu ihr hinüber und sahen Taylor auf dem Beifahrersitz, wie Barbies jüngere Schwester im Plastikbus.

»Seht nur, wer uns die Ehre gibt.« Lauren stieß eine Rauchwolke aus und gab die Zigarette an Jessica weiter.

»Glaubt ihr, die beiden sind Lesben oder so was?« Jessica sah nicht zum Auto hinüber, sie sah nur uns an, halb lächelnd, halb finster dreinblickend.

»Na klar«, sagte Nicole, und wir lachten, wobei wir nicht wirklich wussten, ob es lustig war.

Taylors Gesicht wurde von ihrem Telefon erleuchtet, und sie redete und lachte. Tiffany fuhr ihr Fenster herunter, als sie an den Drive-thru-Schalter kamen, und ihr langes blondes Haar wehte aus dem Fenster. Auch aus der Entfernung konnten wir sagen, dass es perfekt war: glatt und unglaublich weich. So wie Tiffanys Haar schon immer gewesen war. Blake langte durchs Fahrerfenster und drückte auf die Hupe, doch sie schenkten ihm keine Beachtung: Da waren sie echte Zicken.

Als kleine Mädchen waren Taylor und ich Freundinnen gewesen. Wir luden uns zu unseren Geburtstagspartys ein, erfanden Geschichten, entwarfen komplizierte Fantasiespiele, veranstalteten kleine Flohmärkte, spielten Zeichentrickfiguren-Raten, bis es stockdunkel war, und lachten, dass uns die Seiten weh taten und wir ernsthaft dachten, wir würden platzen. Und dann riefen unsere Eltern nach uns, riefen wieder nach uns, und nachdem wir ewig nicht geantwortet hatten, holten sie uns herein und drohten mit Hausarrest, als wir durch die Tür traten.

Taylor Lyon mochte die Beatles. Sie mochte Monty Python und konnte alle Akzente nachmachen. Sie war lustig, und bei ihr gab es die besten Übernachtungspartys, weil ihre Mutter geschieden war, nachmittags um drei Rotwein trank und sich nicht wirklich daran störte, was wir machten. Wir guckten nicht jugendfreie Filme, riefen 1-900er-Nummern an und aßen Breyers Eiskrem, direkt aus der Packung. Wir liebten es, mit Taylor zusammen zu sein, und sie liebte es, mit uns zusammen zu sein, oder wenigstens erinnerten wir uns so daran.

Tiffany war ruhiger, ihre Stimme war eher ein Flüstern, aber sie war uns hinterhergelaufen, und wir erinnerten uns an ganze Nachmittage in der Tankstelle ihrer Eltern – sie hatten drei in Adamsville –, und wenn wir brav waren, ließ uns Mr Port an der Kasse die Cornflakes-Packungen und Zigaretten einscannen. Tiffany durfte manchmal Tankdienst machen, und wenn ihre Eltern nicht guckten, ließ sie uns auch mal. Bei ihr zu Hause waren wir nie – nicht, dass wir uns daran erinnern könnten –, aber das machte nichts, solange wir in die Tankstelle und zusammen spielen konnten. Erwachsene spielen konnten.

Das änderte sich in der Mittelschule. Nicht nach und nach, wie man hätte denken sollen, oder wie unsere

Mütter es sagten, sondern von heute auf morgen. Als wir in die Fairway Middle kamen, waren plötzlich alle möglichen Dinge wichtig: wer sich die Beine rasierte, wer Löcher in den Ohren hatte, wer einen BH trug, wie unsere Schenkel im Badeanzug aussahen und wie in hautengen Jeans. Plötzlich war es wichtig, wo du am Freitagabend gewesen warst, mit wem du in der Mall geredet, mit wem du zu Mittag gegessen, wem du am Wochenende eine SMS geschrieben hattest, wessen Nummern in deinem Handy eingespeichert waren und was auf deiner Myspace-Seite stand.

Taylor bekam ihre erste Periode. Sie bekam sie im Adamsville Country Club, im Sommer zwischen dem sechsten und siebten Schuljahr, als wir am Pool lagen. Es war Juli, direkt nach dem Unabhängigkeitstag, und die amerikanischen Flaggen sprenkelten noch die Seiten um das tiefe Ende des Pools. Wir hatten Marco Polo gespielt, und als Taylor bei *»Fisch aus dem Wasser!«* aus dem Pool sprang, sahen wir, wie sich ein rosa Fleck zwischen ihren Beinen bildete, den gelben Speedo hochzog und ihren Hintern zu umfassen drohte. Taylor merkte nichts, erst nicht.

»O mein Gott, was ist DAS?«

»Mach die Augen zu!«

»Wir spielen Marco Polo, hört auf zu mogeln!«

»Taylor, du hast Kirschen-Kool-Aid auf dem Badeanzug.«

»Das ist ganz und gar kein Kool-Aid.«

Taylor sah nach unten, und wir alle sahen, wie sie hinsah, kamen näher an den Rand des Pools geschwommen und reckten die Hälse, um ihren Badeanzug zu inspizieren, den Fleck, den Klecks, was immer es war. Taylors Gesicht lief rot an, ihre Brust auch, und sie wandte sich den Umkleiden zu. Nach den ersten Laufschritten schon blies der Rettungsschwimmer in seine Pfeife und rief: »Nicht rennen!« Da wurde sie noch röter, wurde langsamer, ging jetzt, und wir verfolgten jeden Schritt. Fünf Minuten brauchte sie, sagten wir, für fünf Meter. Tiffany folgte ihr Augenblicke später. Taylors Schatten, das war Tiffany. Danach hörten wir auf zu spielen, traten Wasser im tiefen Ende und warteten, dass Taylor wieder herauskam, bis wir es satthatten und beschlossen zu gehen. Wir trockneten uns ab und fuhren mit unseren Rädern nach Hause. Jessica Grady sagt, sie erinnert sich, dass wir Taylor eine Nachricht hinterließen, aber Lauren Brink meint, wir hätten uns dagegen entschieden. Wer weiß und wen stört's, es ist lange her. Auf jeden Fall kam Taylor danach nicht mehr in den Country Club. Sie meldete sich auch aus der Schwimmmannschaft ab. Stattdessen stieg sie ins Cheerleading ein. Zusammen mit Tiffany.

Taylors Haar beruhigte sich in dem Sommer, doch das merkten wir erst, als wir sie am ersten Schultag in der Siebten sahen: Sie hatte es wachsen lassen, es hing glatt herunter. Die Sommersprossen waren auch weicher geworden, und der Babyspeck, der ihr die Wangen gefüllt, sogar ihre Ellbogen etwas moppelig gemacht hatte und über den Rand ihres Monokinis gequollen war, der war wie weggeschmolzen, mit einem Mal war Taylor dünn. Mit einem Mal war Taylor hübsch. Sie trug Make-up, und es war nicht von Revlon oder Maybelleine oder irgendein Scheiß von Walgreens, CVS oder Winn-Dixie: Nicole Willis sah sie in der Woche vor Schulbeginn mit ihrer Mutter an der Clinique-Theke in der Mall. Nicole nahm an, sie wollten was für ihre Mutter kaufen, aber dann setzte sich Taylor auf den Stuhl neben der Theke, gleich neben die Tabellen mit den Hauttypen und den Clinique-Bonus-Time-Aufstellern, und die Frau in dem weißen Medizinerkittel fing an, Taylors Gesicht mit Wattebäuschen abzureiben. Nicole sagte »Hallo!«, aber Taylor wird sie nicht gehört haben, sie antwortete nicht. Mrs Lyons lächelte, und Nicole tat so, als hätte sie die beiden auch nicht gesehen.

Taylor begann die siebte Klasse als neuer Mensch. Gemma Davies, Brooke Moore, plötzlich waren alle an ihr interessiert. Sie nahm Tiffany mit, oder Tiffany folgte ihr, wir konnten es nicht sicher sagen. Vielleicht, weil Tiffany vor uns allen Brüste bekam oder weil sie wusste, wann sie besser den Mund hielt, vielleicht war Tiffany deswegen cool. Wir sahen zu den beiden hinüber und überlegten, ob sie sich heute noch an diese Dinge erinnerten, wobei wir annahmen, dass es eher nicht so war. Es war so lange her. Und sie sahen so anders aus.

Wir beobachteten, wie Tiffany ihre Bestellung ins Mikro rief, und fragten uns, ob man sie drinnen wohl hören konnte mit ihrer Mäuschenstimme, ihrem kaum vernehmlichen Flüstern. Wir fragten uns, ob Tiffany noch an der Tankstelle arbeitete – seit Jahren hatten wir sie da nicht mehr gesehen –, fragten uns, ob es ihr immer noch gefiel, den Leuten die Windschutzscheiben zu waschen und das Geld in der Kasse zu zählen. Wahrscheinlich nicht. Übrigens war nur noch eine der Tankstellen geöffnet. Die Geschäfte gingen schlecht, sagten unsere Eltern.

Sie warteten ein paar Takte, dann setzte sich der Suburban wieder in Bewegung und bog um die Ecke. Die beiden waren jetzt außer Sicht, nahmen ihre Bestellung entgegen und fuhren wahrscheinlich an einen coolen Ort, wo auch die Älteren waren, einen Ort, von dem wir keine Ahnung hatten.

Wir simsten anderen aus unserem Jahrgang, um zu sehen, wo alle waren, und die Leute sagten, sie seien im Anmarsch, hingen irgendwo herum oder seien vorbeigekommen, hätten niemanden gesehen und wären deshalb schon nach Hause gefahren. Um 19:25 Uhr, der DJ hatte in dem Moment die Zeit durchgesagt, rief Blakes Mutter an und sagte, er solle zum Essen kommen. Dylan folgte Blake. Und dann beschlossen wir, ebenfalls zu verschwinden. Es ging nichts ab, wie immer. Aber vielleicht beim nächsten Mal.

Beim Essen fragten uns unsere Eltern nach dem Saisonauftakt, nach Coach Cox' Gebet, dem Auftritt der Cheerleader, der Mannschaftsaufstellung und der neuen Song-Folge der Band. Wir schlossen das Team in unser Gebet ein und wussten, dass es in der ganzen Stadt so war, an den Essenstischen überall in Adamsville. Unsere Eltern waren ebenfalls zur Adams gegangen, sie wussten, wie wichtig das alles war, und sorgten dafür, dass auch wir es nicht vergaßen.

Später dann, nachdem wir abgespült, unsere Eltern umarmt und unsere jüngeren Brüder und Schwestern vorm Schlafengehen geküsst hatten, fingen wir an zu simsen. Lauren Brink simste Blake, der Dylan simste, und der wiederum simste sonst wem und fand heraus, dass die Neue mit Nachnamen Lessing hieß. Vorname Carolyn.

Alle gingen auf Facebook, schickten Nachrichten herum und posteten Bilder vom Tag, wobei wir so viele Leute wie nur möglich auf der Tribüne mit Namen versahen. Am Ende fanden wir auch Carolyn, und eine Menge von ihrer Seite war öffentlich, nicht ihre Chronik, aber die Liste ihrer Freunde, ihr Profil und ihre Fotos, das alles konnten wir sehen. Entweder hatte sie keine Ahnung von den Privatsphäre-Einstellungen, oder sie war so was wie eine manische Exhibitionistin. Was immer der Grund war, wir konnten eine Menge sehen und uns noch mehr denken.

Sie hatte 1075 Freunde und 409 Bilder in neun verschiedenen Alben. Einige von ihnen, wie »Langeweile ist Sünde«, enthielten nur Aufnahmen ihres Körpers: ihre Arme, ihre Beine, nichts Sexuelles, einfach nur einzelne Körperteile. Die Bilder waren aus komischen Winkeln aufgenommen, und sie hatte Henna-Tattoos drauf gemacht, oder so was in der Art, jedenfalls sah es cool aus.

Es gab auch Bilder von ihr mit Jungs, »Abschiedsparty 2010«, und die sahen wir uns lange an und schickten sie als JPEGs hin und her, um sicherzugehen, dass wir von den gleichen Dingen sprachen. Ein gebräuntes Mädchen mit vier Typen, zwei auf jeder Seite, sie in Shorts und einem Top – dem, das wir heute gesehen hatten? –, die Jungs wie Abercrombie-Models. Ohne Hemd, die Hosen tief, Körper, wie wir sie sonst nur auf den Softporno-Einkaufstaschen überall sahen. Die

Jungs wirkten älter, als wären sie vielleicht sogar schon im College, Carolyn sah cool und entspannt aus, und wir sagten, man sehe, dass sie wirklich befreundet seien und die Jungs sie mochten, allein schon an der Art, wie sie dastanden. Es gab Dutzende Fotos von dieser Sorte. Carolyn und Jungs, alle anders, alle gleich: Sie, gut aussehend und lächelnd, stand neben, saß auf oder lehnte an Typen, die echt heiß waren, wie von einer Abercrombie-Tasche eben. Es gab nur ein anderes Mädchen in dem Album, Nummer 22 von 31, und es war zwei Hand breit größer als Carolyn, mindestens, hatte blondes, kurzes, wuscheliges Haar und sah ebenfalls gut aus. Darunter stand: »Ich und meine Beste!« Das Mädchen hieß Kourtni Kessler. Wir versuchten sie zu finden, aber ihr Profil war geblockt. Nicht mal ein Bild. Schräg, sagten wir. Schräg und nervig.

Die Musik, die Carolyn gefiel: Vampire Weekend, Chemical Brothers, The Strokes, Franz Ferdinand, Bob Dylan, REM, die Beastie Boys. Cool, sagten wir. Von einigen hatten wir noch nicht mal was gehört, also googelten wir sie, suchten sie auf iTunes, luden sie herunter und hörten an, was wir konnten.

Auf ihrer Seite stand auch ihre Schule, St Bernard's, und der Name der Stadt, Haddington, und wir googelten weiter, um mehr herauszufinden. Ihre Schule hatte einen eigenen Eintrag im *Urban Dictionary*. Wir konnten es kaum glauben.

> 2600 New-Jersey-Kids füllen täglich die Gänge dieser Spitzen-Highschool in New Jersey. Wenn du noch nicht von uns gehört hast, solltest du erst mal das wis-

sen: Wir sind fantastisch (25 Prozent Hirn, 25 Prozent Klasse, 25 Prozent Aussehen, 25 Prozent Biest, was zusammen 100 Prozent fantastisch ergibt). Wer wir sind: zum großen Teil aus der Oberschicht, weiß (bis auf die Diplomatenkinder, kapiert?), und wir fahren entweder aus exklusiven Brownstone-Häusern in Manhattan her oder wohnen in vornehmen Städten wie Haddington oder Royston. Die Mädchen kommen um acht in die Schule, tragen Northface, Uggs und Burberry-Tücher, in der Hand Venti Skinnys von Starbucks. Vineyard Vines und Sperrys sind cool, Lily Pulitzer scoutet auf dem Schulgelände nach Models. Wir kommen in die besten Colleges und machen hinterher unverschämt viel Geld (es sei denn, wir beschließen, uns bei Mommy und Daddy durchzuschnorren).

Wir blieben wenigstens eine halbe Stunde auf Carolyns Profil: Uns gefiel, wie sie aussah und dastand, und uns gefiel auch, was sie in ihrem Profil schrieb. Wir fragten uns, mit wem sie sich bei uns wohl anfreunden, zu wem sie sich mittags setzen würde und ob sie tatsächlich so klug war, wie ihre Seite es aussehen ließ (ihr gefielen J. D. Salinger, Jonathan Franzen und Virginia Woolf – Leute, die unsere Eltern lasen oder die auf der AP-Leseliste standen).

Sie hatte keinen Beziehungsstatus angegeben, das ärgerte uns ziemlich, und wir dachten, sie müsse Single sein, und dann dachten wir, sie hat einen Freund. Die wichtigste Information überhaupt, dachten wir. Aber wir konnten nichts darüber herausfinden, ganz egal, wie viele Tabs wir auch öffneten.

Carolyn Lessing hatte 1075 Freunde. Wir wären sie alle durchgegangen, um herauszufinden, wie viele davon Jungs waren, wie viele Verwandte, alte Leute oder Freunde ihrer Eltern. Aber dafür blieb an diesem Abend nicht die Zeit. Unsere Eltern hatten unsere Internet-Explorer mit zeitlichen Beschränkungen versehen, und wir wurden abgeschaltet, bevor wir damit durch waren, wie immer. Wir überlegten, ob wir Reverend Davies nach der Telefonnummer der Neuen oder so fragen sollten – vielleicht hatte sie Lust, mit in die Mall zu kommen? –, taten es am Ende dann aber doch nicht. Wir wollten nicht zu bedürftig wirken, oder lesbisch, und wir wussten auch nicht wirklich, was wir sagen sollten.

Als Wohnort stand da immer noch New Jersey, und wir beobachteten die Seite über ein paar Tage, die Tage vor Beginn des neuen Schuljahres. Als der Wohnort von New Jersey zu Alabama wechselte, simsten wir einander. Wir hatten recht. Das war sie wirklich.

Adamsville Daily News – Wochenendausgabe
25. August 2010

Tausende strömen zum jährlichen Ballon-Fest nach Adamsville

Heißluftballons stiegen früh am Samstagmorgen zum jährlichen Sky Sprint in den Himmel auf. Das war der Beginn des diesjährigen 3M-Adamsville-Ballon-Festes auf Harpers Gedenkfeld.

Jeffrey Grady, der Präsident des jährlich stattfindenden Festes, sagte, das Rennen, an dem sich 72 Heißluftballons beteiligten, habe bei Sonnenaufgang gegen 4:45 Uhr begonnen. Die Bedingungen seien »nahezu perfekt« gewesen, und der Ballon des Sponsors 3M gewann knapp vor den Wettbewerbern von Texaco und Stewart's Coffee Shop. Die Trophäe hat die Form eines Heißluftballons, dazu gibt es 1000 Dollar für eine vom Gewinner zu benennende Wohltätigkeitsorganisation. 3M verkündete, in diesem Jahr gehe das Geld an die Ronald-McDonald-Häuser. Reverend Jim Davies, der die Rennen seit ihrem Beginn vor dreißig Jahren beobachtet, meinte, der Wind habe »das Rennen ausgeglichener gemacht«. Reverend Davies nimmt seit seiner Kindheit am Ballon-Fest teil, und er fügte an, es erfülle ihn immer noch mit einem »tiefen Gefühl des Staunens und der Ehrfurcht«.

Den Voraussagen nach werden über das Wochenende bis zu 40.000 Leute das Fest besuchen. Höhepunkt ist wie immer das Ballonglühen am Sonntagabend. »Es ist ein sehr erfolgreiches Fest, Adamsville braucht es«, sagt Grady, der darauf verwies, dass das Ereignis im letzten Jahr unter dem schlechten Wetter gelitten habe. »Es ist eine Gemeinde-Geschichte, bei der wir den Menschen etwas zurückgeben und uns bedanken.«

Auf die Frage, wie die Organisatoren mit undiszipliniertem Verhalten oder dem Konsum illegaler Substanzen während des Ablaufs umzugehen gedächten, bemerkte er, die örtliche Polizei werde eine starke Präsenz zeigen, aber dass er sich auch auf die Gemeindemitglieder verlasse, »wachsam zu sein und unangemessenes Verhalten zu melden«.

Im letzten Jahr wurde die Stimmung dadurch getrübt, dass einige Schüler der örtlichen Highschool mit Alkoholvergiftungen ins Krankenhaus eingeliefert wurden. Zwar wird auf dem Gelände kein Alkohol verkauft, aber es ist normal, dass Besucher Kühlboxen mit alkoholischen und nichtalkoholischen Getränken mitbringen, um sie während der Veranstaltung zu konsumieren. Grady wies darauf hin, dass die Festleitung Familien animiere, »ihr Picknick mitzubringen«, Alkohol jedoch »verantwortlich konsumiert« werden müsse, besonders da sich so viele junge Leute unter den Besuchern befänden.

Reverend Davies, dessen Tochter Gemma im Jahr 2009 zusammen mit sechs jungen Leuten ins Krankenhaus gebracht werden musste, unterstrich diesen Punkt noch einmal ausdrücklich und riet seiner Kirchengemeinde, während des Wochenendes ganz auf Alkohol zu verzichten.

Grady bestand darauf, dass der Alkohol keine zentrale Rolle bei der Veranstaltung spiele. »Zusätzlich zur Attraktion der Heißluftballons haben wir ein starkes Unterhaltungsprogramm.« Die örtliche Bluegrass-Band The New South wird auftreten, dazu kommen die Country-Größen Avery Avis und Donald Dillard. Zudem singt der Gospelchor von Adamsville, und örtliche Künstler zeigen ihre Arbeiten in den aufgebauten Zelten. Dieses Jahr gibt es auch einen Bauernmarkt, um das unglaubliche Angebot an lokalen Produkten zu zeigen, das den Einwohnern von Adamsville zur Verfügung steht. »Wir wollen beste Unterhaltung und eine entsprechende

Atmosphäre bieten«, sagt Grady, »und versuchen da in jedem Jahr besser zu werden. Das Fest ist ein bedeutender Faktor für die kommunale Wirtschaft, und angesichts der außerordentlichen Belastungen, denen wir uns in diesem Jahr gegenübersehen, fordern wir die Leute auf, möglichst zahlreich am Fest teilzunehmen.«

kapitel 3

Am letzten Wochenende der Sommerferien füllten wie immer Heißluftballons Harpers Feld. Wir sahen zu, wie sie ankamen und entlang der Stripline hinten aus Transportern gezogen wurden, zusammengelegte Seide in Rot, Lila, Orange und Blau, Seide, die so dünn wirkte, als ließe sie sich mit dem Fingernagel auftrennen und als könnten die Steine auf dem Boden ihr verhängnisvolle Risse zufügen. Wer Angst vor der Höhe hatte, beklagte, wie nachlässig mit den Ballons umgegangen werde und dass er niemals in eine dieser Todesfallen steigen würde, selbst wenn er Geld dafür bekäme. Ähnliches galt für die Fahrgeschäfte, den »Kreis des Schicksals« (weiter nördlich nannte man die Dinger »Kreis der Hölle«, aber nicht bei uns), das »Spiegelkabinett«, die »Wirbelnden Kaffeetassen« – alles Variationen weit besserer Attraktionen, wie wir sie von Six Flags oder Disney World kannten. Ende August wurden sie zum Ballon-Fest nach Adamsville geschafft und zusammengebaut.

Unsere Eltern sagten, es sei das älteste Heißluftballon-Fest der Welt, und als wir klein waren, bettelten wir, bettelten und bettelten, schon vor fünf Uhr morgens hinzugehen, um das Rennen zu sehen, die erste Ballonfahrt mitzumachen und zu bleiben, bis der Platz um Mitternacht schloss. Das ganze Jahr warteten wir auf die Funnel Cakes und die Corn-Dogs-Spieße, auf die Skee-Ball-Maschinen, die Preise, die es zu gewinnen gab, und die Picknicks. Und auf die Ballons. Natürlich auf die Ballons.

Als wir dreizehn wurden, bettelten wir, allein hingehen zu dürfen. Wir wollten später kommen, mit unseren Freundinnen zum Schicksalsrad und zu den anderen Attraktionen. Unsere Eltern sollten möglichst auf der anderen Seite des Feldes bleiben, damit wir umherstreifen und heimlich Southern Comfort in unseren Eistee und unsere Snow Cones mogeln konnten. Hinter den Ballons teilten wir uns Joints, holten eimerweise Zuckerwatte und fütterten uns gegenseitig damit, lachend, lächelnd.

In dem Jahr, als wir sechzehn wurden und Carolyn Lessing nach Adamsville zog, kamen wir gegen zehn Uhr morgens aufs Feld. Tagsüber wurde es so heiß, dass du am liebsten deinen Badeanzug angehabt hättest, aber das ging nicht, und so trugen wir Sommerkleidchen und Flipflops und banden uns das Haar hoch, damit es nicht im Nacken klebte. Ab elf zog es uns in den Schatten, nach drei Monaten Country Club und am Fluss waren wir extrem braun, und noch dunkler zu werden war nicht gut. Noch dunkler, das waren Proleten.

Das Feld war in drei Bereiche aufgeteilt: Die Fahrgeschäfte und der Rummel waren links, das Essen rechts, und die Ballons reckten sich direkt vor dir in die Luft, wie die Noten auf einem Notenblatt, alle ungleichmäßig, mal höher, mal niedriger. Es gab sie in jeder nur vorstellbaren Farbe, und wir wählten aus, welche wir am liebsten hatten, meist die ohne Reklame, in Dunkellila, leuchtendem Orange oder mit Regenbogen im Stil der Siebziger. Auf manchen stand »Adamsville« in riesigen Buchstaben, andere hießen »Rosa«, »Penelope« oder »Terry«, waren wie Boote getauft worden und trugen die Namen hoch auf dem Stoff. Aus der Entfernung sah das alles leicht und zart aus, und manchmal vergaßen wir, wie erstaunlich das alles doch war: dass all diese Ballons in unsere Stadt kamen, und wenn du sie in der Luft sahst, musstest du zugeben, dass sie cool waren, auch wenn du den Anblick längst kanntest.

Jessica Gradys Dad gehörte der 3M-Ballon, und Jessica lud uns ein, eine kleine Fahrt mit ihr zu machen, kurz nach halb elf. Das war gut, uns war heiß, wir fühlten uns müde und unleidig, denn es ging kaum ein Wind. Jessicas Dad winkte uns heran. »Los doch, beeilt euch! Ich habe eine lange Liste mit Leuten, die auch noch wollen.« Der Lärm des Brenners, die heiße Luft und das Hämmern, um die Leinen in der Erde zu fixieren, so aus der Nähe war das alles viel lauter, als wir es in Erinnerung hatten. Das Gas machte ein kreischendes Geräusch, wir schrien und hielten uns die Ohren zu. Mr Grady verdrehte die Augen und sagte, wir sollten uns am Rand des Korbes festhalten, wir bekämen fünfzehn Minuten. Er machte die Leinen los, und der Ballon begann sich schneller zu heben, als wir es für möglich gehalten hätten. Mr Grady sprang in die Höhe, hinein in den Ballon, und schloss die Korbtür hinter sich.

Beim Aufsteigen kamen wir an einem Ballon nach dem anderen vorbei. Einige hoben ebenfalls gerade ab, einige kamen von oben, andere bewegten sich seitlich, und wir guckten, wer in den Körben stand, ob jemand in unserem Alter dabei war, jemand, den wir kannten, aber am Ende waren wir so hoch und die Ballons waren so weit auseinander, dass wir niemanden mehr erkennen konnten. Also sahen wir nach unten.

Man sollte denken, dass es wie im Flugzeug war und die Erde unten aussah wie beim Starten und Landen, wenn es in den Urlaub ging, und ein kleines bisschen war es auch so. Aber auch anders. Wir sahen die Dinge klarer: Die Leute sahen aus wie von Fisher-Price, die Autos wie Miniaturen aus den *Thunderbirds,* und plötzlich bestand die Stadt aus lauter Quadraten, Rechtecken und geraden Linien. Aus unserer Perspektive, wie hoch wir auch sein mochten, sahen wir Adamsville als eine Ansammlung von Formen, eine Geometrie-Übung. Eine Landparzelle neben der anderen, Unterteilungen über Unterteilungen, die Straßen gerade und lang, und selbst die, die sich wanden und Bogen beschrieben, wirkten ordentlich. Da gab es Rundungen, wie sie sich nur mit dem Zirkel anlegen ließen, Parabeln mit auf- und absteigenden Kurven, wie du sie auf den lebenserhaltenden Maschinen von *Grey's Anatomy* sahst. Die Erde war braun und rot und nur ein wenig grün, und am Rand der Stadt, hinter dem alten Gericht, hinter der befahrenen Stripline, dem Country Club und der Fifth Avenue, hinter all dem konntest du den Fluss sehen, den Tennessee River, und er war ganz und gar nicht gerade, nicht, wie du es erwartet hättest. Er krümmte sich in Zacken und war praktisch überall, zerstörte Quadrate und Linien, und blau war er auch nicht, nicht wie Wasser sein sollte. Er war dunkelgrau mit weißen Strichen: »Das ist die Strömung«, erklärte uns Mr Grady, »die Bewegung schäumt das Wasser weiß auf.« Es war komisch, und ein bisschen verwirrend, blieben die weißen Spritzer doch völlig unbewegt.

Wir sahen einander nicht an, sondern nach oben, nach unten, nach links und rechts, hielten uns am Rand des Korbes fest, und unsere Körper schienen leicht wie Papier: Hier oben, wo wir waren, konntest du weggeblasen werden. Miteinander zu reden war kaum möglich, der Wind war zu laut, und als wir eine gewisse Höhe erreicht hatten, als die Menschen unter uns unerkennbar wurden, als es unmöglich war, zu sagen, was ein Mensch und was ein Haus war, da hielten wir den Atem an, wollten dem Ballon kein Gewicht hinzufügen und uns der Erde wieder näher bringen: Für immer wollten wir hier oben bleiben. Die Erde unter uns wurde unbewegt, und wir hatten das Gefühl, durch die Wolken stoßen zu können. Mr Grady nahm die Decken, die zu unseren Füßen lagen, und legte sie uns um die Schultern. Wir drängten uns zusammen und hakten uns beieinander ein: Wir lächelten, wir lachten.

Dann sanken wir, und die Menschen unter uns wurden wieder erkennbar. Erst waren es nur die Farben, alles Blaue, Rote, Gelbe oder Grüne, dann konnten wir Männer und Frauen unterscheiden, Kinder und Erwachsene. Ganz langsam näherten wir uns der Erde, nahmen die Einzelheiten aber schnell auf: Da stand Dylan Hall, da Miss Simpson, da Reverend Davies. Wir sahen Tiffany Port und Taylor Lyon und noch jemanden, ein Mädchen, und dann Shane Duggan, direkt daneben. Wir suchten das Feld nach Brooke ab, aber niemand konnte sie entdecken, sie finden. Und wir sahen wieder zu der Stelle, wo das Mädchen gestanden hatte, neben dem Funnel-Cake-Wagen, aber sie war weg, nur Tiff und Taylor standen da noch, allein, wischten das Fett von einem Funnel Cake und zogen die Teigspiralen mit den Fingern auseinander. Wir wussten nicht, wen wir da gesehen hatten.

»Ich wette, das war die Neue.«

»Bei Shane?«

»Niemals.«

»Woher sollte er sie auch nur KENNEN?«

Erneut ließen wir den Blick über die Leute gleiten, alles wirkte so verwirrend groß und verzerrt, als wir uns der Erde näherten. Und dann entdeckte Jessica Shane, groß und breit und muskulös ging er auf die Bäume zu, und bei ihm war die Neue, da waren wir ziemlich sicher, bei der Hand hielt er sie und zog sie einfach so von den anderen fort. Tiffany und Taylor verschwanden, und dann dachten wir, wir sähen Andrew Wright, wie er am Gesicht von Gemma Davies saugte, aber wir waren nicht sicher, ob er es war, nicht gleich. Andrew hatte sich im letzten Jahr so verändert.

»Wenn das Andrew Wright ist, sieht er komisch aus«, schrie Lauren, um gehört zu werden. Der Wind war verrückt laut.

»Wie geschminkt sieht er aus.« Jessica machte eine Geste zu ihren Augen hin. »Als wären sie ganz schwarz und blau.«

»Es ist Andrew Wright, ich weiß es«, sagte Nicole, und wir glaubten ihr. Ihr Blick war fast schon verrückt scharf. »Er sieht gut aus.«

»Kotz.« Lauren würgte. »Zu mager. So mager wie Dan in *Gossip Girl*. Und groß. Ich meine, gestört groß.«

Wir lachten, obwohl wir ziemlich sicher waren, dass wir es nicht sollten. Nach allem, was die Leute sagten, war Andrew durchaus ein heißer Typ.

Andrew Wright war Shanes bester Freund, was, wie wir annahmen, daran lag, dass auch ihre Mütter befreundet waren und sie Haus an Haus wohnten.

Wir hatten gehört, dass Andrew im Kindergarten zur nachmittäglichen Schlafenszeit immer geheult hatte, sobald Mrs Cornish das Licht ausschaltete, und im Musikunterricht hielt er sich die Ohren zu, wenn Mr Olson die Becken gegeneinanderschlug. Sein Haar war schmutzig blond und seidig, er ließ es lang wachsen, und in der Mittelschule sagten die Leute, er gäbe ein hübsches Mädchen ab. Es stimmte. Er war Sportler wie Shane, aber nicht so gut, immer der Tight End, nie der Quarterback. Trotzdem, er hing mit Shane herum, und so war alles andere ziemlich egal. Ihre Freundschaft machte ihn beliebt.

Seine Mutter hatte im Jahr vorher Krebs oder so gekriegt, wovon wir in der ersten Woche in unserem zweiten Highschool-Jahr hörten – da war er in der Elften, ein Junior –, und sie starb wenige Monate vor Ende des Schuljahres. Im Juli, nachdem wir es erfahren hatten, trafen ihn Lauren Brink und ihre Mutter zufällig im Winn-Dixie. Er stand vorm Limonadenregal und lud einen Einkaufswagen mit Drei-Liter-Flaschen Coke, Dr. Pepper und Mountain Dew voll. Lauren sagte, sie wäre am liebsten im Boden versunken, als ihre Mutter ihn fragte, was er da mache. Zwanzig Minuten später, sagte Lauren, seien sie noch mal an der Stelle vorbeigekommen und er habe immer noch dagestanden, vor den Limoflaschen, wie eine Art Zombie.

Wir versuchten ihn anzusehen und erinnerten uns daran, was wir die Leute bei der Auftaktveranstaltung für die Footballsaison hatten sagen hören – was für eine »Tragödie« es sei und dass er »sehr tapfer« damit umgehe, sein Vater sich aber der Sache »kaum gewachsen« zeige. Wir fragten uns, was er dachte, als er da auf dem Feld stand und mit Gemma Davies herumknutschte, der Tochter des Predigers. Wusste er, was die Leute über ihn sagten? Wir fragten uns, ob es ihn störte, dass Gemma den Sommer über mit Jason Nelson herumgeknutscht hatte, ob er wusste, was Shane Duggan mit der Neuen machte und dass Taylor und Tiffany den Leuten im Sommer erzählt hatten, er solle »über sich wegkommen«. Wir fragten uns, ob er hallo sagen würde, wenn wir ihm begegneten, wo er und Shane wohl beim Ballonglühen sitzen würden und ob wir es in ihre Nähe schaffen konnten. Wir fragten uns, wie lange man sich eigentlich küssen konnte: Er und Gemma stellten offenbar einen Rekord auf.

Wir landeten. Das Feld war voller als vorher, die New-South-Band spielte im Pavillon in der Mitte, und der Gospelchor der Azalea Avenue Church of Christ stand hinter den Kulissen bereit. Die Band stimmte einen Squaredance an, und der Seniorentanzclub trat vor, perfekt getimt. Wir taten zwei, drei Schritte zurück, sahen zu, lachten und warteten. Dann rief uns der Sprecher dazu, und die Jungs holten uns. Wir kannten den Tanz seit dem Kindergarten, *Do-si-do,* vier Frauen drehen sich im Kreis, wir lachten, und die blauhaarigen Damen lächelten zurück.

Wir hingen herum. Wir tranken und aßen und füllten

den Tag, indem wir über das Feld streiften, bis das Licht weniger zu werden begann, das Techno-Wummern vom Spiegelkabinett versiegte, die Wirbelnden Kaffeetassen und der Kreis des Schicksals schlossen und der DJ seine Anlage abbaute. Die New-South-Band kam zurück in den Pavillon, und der Klang von Geige, Banjo und Akkordeon ließ die Leute verstummen. Mit ihren Decken und Plastikstühlen, ihren Sechserpacks Bud und literweise Mountain Dew begannen sie ihre Plätze einzunehmen. Das Feld war leicht abschüssig, wie ein natürliches Amphitheater. Wir lauschten der Musik, unsere Eltern summten mit.

Wir standen am Rand, hinter Erwachsenen und Kindern, den früheren und zukünftigen Versionen unserer selbst, und sahen zu den Ballons hinüber. Ein Footballfeld von uns entfernt begannen sie in sich zusammenzufallen. Gerade noch waren sie prall gewesen, groß und strotzend, dann entwich die Luft aus ihnen, und sie wurden schlaffer und schlaffer. Von unserem Platz aus war kein Laut davon zu hören, und wir fanden es unglaublich zu sehen, wie die Riesendinger Form und Masse verloren. Es war cool, wenn wir das auch nie laut gesagt hätten.

Da sahen wir sie wieder: Andrew Wright, Brooke Moore und Gemma Davies. So aus der Entfernung wirkte Andrew noch größer, und er hatte seine knochigen Finger mit Gemmas verschränkt, der so blonden, zarten Gemma, die zu ihm und zu Brooke aufsah. Brooke trug Plateausandalen, in denen ihre Beine kilometerlang zu sein schienen. Die drei gingen auf die Ballons zu, in den Bereich, in den wir nicht sollten. Wir waren ein ganzes Stück von ihnen entfernt, konnten aber trotzdem sehen, dass Brookes Gesicht gerötet und voller Flecken war. Gemma löste sich von Andrew und legte Brooke den Arm um die Taille. Andrew blieb zurück und holte eine Zigarette heraus. Wir hatten keine Ahnung gehabt, dass er rauchte.

Nach allem, was wir sagen konnten, war Gemma immer die Tröstende, die, die Brooke Moore in den Arm nahm – was komisch schien, da Brooke doch die war, die immer alles bekam, und Gemma ewig das Nachsehen hatte. Selbst als Gemma beim Miss-Teen-Schönheitswettbewerb der Tennessee Valley Authority von der völlig untalentierten Tiffany Port auf den zweiten Platz verwiesen wurde, selbst da musste sie Brooke trösten, auf der Party danach, bei Shane. Shane ignorierte Brooke den ganzen Abend, machte einen Handstand auf dem Bierfass, trank, mit dem Kopf nach unten, was in ihn reinging, und knutschte schließlich mit Tiffany, »als Witz«. Brooke sah den ganzen Abend zu, bis Andrew Wright sie auf den Fliesen im Bad fand, Erbrochenes um die Toilettenbrille, etwas auch auf ihrem Kinn und auf der Bluse. Andrew holte Gemma, und die hielt Brookes Haar zurück und ließ sie noch ein bisschen mehr spucken, nahm die Flasche Wodka aus Brookes Tasche und dazu den Autoschlüssel. Andrew half, sie aufzurichten, und sie luden sie in den Ford Escort von Andrews Mom. Auf dem Weg nach draußen schrie Brooke unablässig – es war schon traurig und wäre noch trauriger gewesen, hätte sie nicht zwei Wochen vorher in der Kirche so eine Szene veranstaltet und über den bösen Alkohol und die Schwäche derer geschimpft, die ihn tranken. Bis zu diesem Abend hatte Brooke kein Glas angerührt, nicht mal zu Neujahr an einem billigen Champagner genippt oder ein Glas Rotwein getrunken, wenn ihre Eltern nicht hinsahen. Und wir haben sie auch nach diesem Abend keinen Alkohol mehr trinken sehen. Rein und vollkommen. Das war Brooke, das sagten alle.

Am Tag des Ballon-Festes wirkte Brooke müde. Lauren sagte, sie drehe durch wegen Shane, aber Jessica meinte, das sei Schwachsinn, schließlich sei er verrückter nach ihr als sie nach ihm, wobei wir uns fragten, ob es einfach nur das war, was sie uns glauben machen wollte: Vielleicht war er gar nicht so verrückt nach ihr. Oder vielleicht war er angepisst, weil sie so dick geworden war oder weil sie beim Saisonauftakt dasselbe Outfit getragen hatte wie heute beim Ballon-Fest. Wir wussten es nicht. Aber wir wussten, dass sie nicht mehr zusammen waren. Brooke war wieder solo.

Wir beobachteten sie eine Weile, bis das Ballonglühen begann. Die Ballons, aus denen eben erst die Luft gelassen worden war, wurden frisch gefüllt, blieben aber am Boden. In der Dunkelheit war schwer zu sagen, welcher nun welcher war, welcher der blaue, welcher der rote, welcher der mit dem Regenbogen und welcher der silberne. Wenn das Glühen anfing, würde es klarwerden.

Erst kam die Musik, ein Instrumentalstück, das wir kennen sollten, aber nicht kannten, dann der erste Feuerblitz von einem der Ballons. Das Zischen des Gases, das Feuer, die Farbe, und schon verlosch die Flamme wieder, dann kam der nächste Blitz, der nächste, der nächste, und unser Blick wanderte mit, zwei Ballons flammten auf, drei, dann vier. Wie Schläge, Explosionen in Gelb und Rosa, Rot, Orange und Gold. Wir hatten nie eine bessere Show gesehen. Im letzten Jahr hatte ein Artikel in der Zeitung gestanden, in dem es geheißen hatte, das Ballonglühen sei eine Sache der Vergangenheit. Wir waren da anderer Meinung: Unmöglich, dass so was in Vergessenheit geriet und gleichsam ausstarb. Wir sahen zu, wie das Feuer in den Ballons aufflammte und verlosch, mit Fortschreiten der Show länger anblieb und die Farben der Ballons intensiver wurden. Die Musik wurde schneller, die Ballons harrten aus, immer mehr, als überflügelten sie sich gegenseitig, als kontrollierten sie die Musik, und nicht umgekehrt Rhythmus und Melodie die Ballons. Die Leute, sogar wir, ließen »Ooohs!« und »Aaahs!« hören, und manchmal kreischte jemand, schrie oder lachte. Wir beobachteten die Farben, beobachteten den Rauch, der nach dem Verlöschen jeder Flamme aufstieg, fassten uns bei den Händen, wenn wir dachten, der Lärm sei zu nahe und das Feuer könnte uns verbrennen. Und da wir uns so auf die Ballons konzentrierten, merkten wir nicht gleich, dass Brooke und Gemma gegangen waren und Andrew allein dasaß. Und als wir es merkten, fragten wir uns, wie lange er schon allein so dasaß und ob er wollte, dass wir uns zu ihm setzten. Wir starrten zu ihm hinüber und redeten über ihn, seine Mutter und seine »Depression«.

Da spazierten Shane und Carolyn vor uns her, nahmen uns einen Moment lang die Sicht und setzten sich neben Andrew ins Gras. Selbst von hinten konnten wir sehen, wie sich Andrews Schultern versteiften, sein ganzer Körper erstarrte, das war eindeutig. Das Finale begann, und wir blickten wieder zu den Ballons hinüber, gerade als Shane, für alle sichtbar, den Arm um Carolyn legte.

Die Heißluftballons: Zwanzig, dreißig von ihnen leuchteten auf und verschwanden gleich wieder im Dunkel, und jetzt waren sie nicht mehr schön, nur noch laut und erschreckend. Farbe, Musik und Feuer schlugen zusammen, und die Musik wurde so schnell, dass wir nicht glaubten, die Ballons könnten da noch mithalten, die Feuer so schnell entzündet und wieder gelöscht werden. Und dann verlosch alles Licht, Rauch füllte die Luft, und hättest du es nicht besser gewusst, hättest du gedacht, da hätte es gebrannt. Die Leute klatschten, die Ballonmänner kamen hervor und verbeugten sich, und wir jubelten und schrien. Ohne das Feuer der Ballons war es dunkel, und wir holten unsere Handys heraus und benutzten sie als Taschenlampen, weil wir sehen wollten, wohin wir traten.

Der DJ ging zurück an sein Pult, spielte *I'm Proud to Be an American*, und einige Dads sangen mit, laut und falsch. Die Familien um uns herum fingen an, ihre Decken, Gartenstühle und Kühlboxen zusammenzupacken, und wir sahen wieder vor uns hin, zu Shane und Carolyn. Ihre Körper waren nahe beieinander, er lehnte auf den Ellbogen. Wir konnten nicht sagen, ob sie sich noch bei den Händen hielten, nicht wirklich. Andrew stand auf, klopfte sich die Hose sauber – er schien Grasflecken auf dem Hintern zu haben – und sagte etwas zu Shane. Wir konnten nicht hören, was er sagte, und sahen, wie er in Richtung Parkplatz davonging. Wir packten jetzt auch zusammen, es kam uns öde vor, noch weiter dazuhocken und der beschissenen Musik zu lauschen, trotzdem hielten wir den Blick auf Shane und auf Carolyn gerichtet. Aber dann hatten wir alles beisammen, unsere Taschen, unsere Wasserflaschen, unseren geheimen Vorrat an Nelkenzigaretten, und gingen zu Jessicas Auto.

Als wir fünf, sechs Meter weg waren, fiel Lauren auf, dass sie ihr iPhone hatte liegen lassen, und wäre sie nicht zurückgegangen, hätten wir nichts gesehen, vielleicht hätte es nie jemand erfahren. Wenn wir nicht mit Lauren zu der Stelle zurückgegangen wären, wo wir gesessen hatten, wo wir unsere Decke für den Abend ausgebreitet hatten, wäre Lauren nicht mit dem iPhone in der Hand dagestanden, hätte kein Foto machen und es nicht sichern können. Wir hätten nicht gesehen, wie Carolyn den Kopf an Shanes Schulter legte, Shane ihr mit der Hand durchs Haar fuhr und seine Lippen auf ihre Stirn senkte. Vielleicht hätten wir nie etwas davon erfahren, und ein Teil von uns wünschte es sich: dass wir tatsächlich nichts davon mitbekommen hätten.

Aber wir sahen es: Carolyn und Shane, wie ein Paar, wie Brooke und Shane hätten sein sollen, nahe beieinander, nicht ineinander verschlungen, nichts in der Art, aber sich doch nahe, sich berührend. Wir starrten sie an, mit offenem Mund: Dieses Mädchen war seit zehn Minuten hier und schon genau an der Stelle, wo alle sein wollten. Nahe bei Shane, nahe genug, um ihn zu riechen, die Hitze seines Sonnenbrands zu spüren, die Stoppeln auf seinem Hals. Wir waren nicht eifersüchtig, wenigstens dachten wir das nicht, aber wir wollten uns versichern, dass das, war wir da sahen, die Wirklichkeit war, wollten es später ansehen können, ihre Körpersprache analysieren können, wie sie es jeden Monat in der *Allure* machten. Lauren nahm ihr Telefon, brachte die beiden in den Sucher, von hinten, klickte, sicherte.

Lauren behielt das Foto für sich – uns schickte sie es natürlich, aber wir schickten es nicht herum, jedenfalls nicht sofort. Und auch später schickten wir es nicht an viele Leute. Das schien allerdings kaum einen Unterschied zu machen, als alles gesagt und getan war.

Aber das kam erst später: als wir dachten, wir wüssten, was das alles bedeutete. An jenem Tag, auf dem Ballon-Fest, in dem Stadium, war noch nichts geschehen. Eine Neue war in die Stadt gekommen, und wir sahen sie dort auf dem Feld mit einem Schüler aus der Zwölften, der vielleicht oder vielleicht auch nicht mit einer anderen liiert war. Du hättest nicht gedacht, dass es etwas zu bedeuten hatte. Aber am Ende nahmen wir an, dass es das doch tat.

Aber jetzt noch nicht. Jetzt noch nicht.

september

kapitel 4

In Adamsville, Alabama, zu leben war peinlich. Es war peinlich, dass man ins nächste County fahren musste, um Höherprozentiges zu kaufen, peinlich, dass Adamsville landesweit die meisten Fast-Food-Restaurants pro Kopf hatte, unsere Mütter Pullover mit Wintermotiven trugen, unsere Väter Sandalen mit Socken und dass die Abkürzung für Stadt und Staat AA war. Es war peinlich, dass unser Kaufhaus Parisians hieß und wir es *Perish Anne's* nannten, peinlich, dass unsere Eltern zu unserem Schulball kamen, um uns auf der Bühne zu sehen. Gott, und unsere mit Papierbändern behängten Ansteckbuketts aus Plastik waren so schwer, dass manch eines unserer Kleider im Laufe des Abends einriss. Es war peinlich, dass wir uns alle schon seit dem Kindergarten kannten und zur selben Baptistengemeinde gehörten. Es war peinlich, dass es in den Predigten um Sex und Alkohol und deren Gefahren ging und wir gleich anschließend unsere ehemaligen Mittagsschlaf-Nachbarn aus dem Kindergarten auf dem Kirchparkplatz knutschen sahen. Das alles war so peinlich, vor allem, wenn jemand von außerhalb Einblick erhielt. Das mochten wir gar nicht.

Am Abend vor dem ersten Schultag suchten wir aus, was wir anziehen wollten, machten Fotos und schickten sie herum, damit wir nicht aus Versehen das Gleiche trugen. Wir mussten besonders aussehen, aber nicht so sehr, dass klarwurde, wie wichtig es uns war. Wir mussten anders aussehen, aber nicht so anders, dass uns die Leute nicht mehr erkannten. Es war schwer, großen Eindruck zu machen, da wir uns den Sommer über ständig gesehen hatten: am Fluss, im Country Club, in der Kirche, bei der Auftaktveranstaltung für die Footballsaison, beim Ballon-Fest. Aber so oft wir uns auch gesehen haben mochten, vielleicht noch am Abend zuvor, war es doch wichtig, wie wir am ersten Schultag aussahen.

Meist trugen wir Jeans. Parisians hatte im Juli einen speziellen Sevens-Ausverkauf veranstaltet, und ein paar von uns hatten sich eine gekauft, aber versucht, unterschiedliche Färbungen zu bekommen, damit wir nicht wie Klone aussahen. Wir trugen Sandalen, die sehen ließen, dass wir French Manicure gemacht hatten, dazu Weiß und Schwarz, um unsere Bräune hervorzuheben. Und natürlich war alles neu. Das war wichtig.

Schon während des Sommers hatten sich erste Nachrichten über Carolyn verbreitet. Gemma Davies war dabei die Hauptquelle gewesen, drängte ihr Dad sie doch dazu, sich mit allen Neuzugängen der Gemeinde anzufreunden, und wenn nur auf vorgetäuschte, oberflächliche Weise. Gemma gehorchte. Auch Brooke lernte Carolyn dadurch kennen, und das war die Verbindung zu Andrew Wright und Shane Duggan. Beim Ballon-Fest waren sie auch deshalb zu viert, weil Gemmas Dad seine Tochter aufgefordert hatte, Carolyn mitzunehmen. Wobei Gemma den Leuten da noch erklärte, die Neue sei echt cool und sie freue sich, dass sie dabei sei. Später sagte sie, es tue ihr leid, sie je eingeladen zu haben. Hätte sie es nicht getan, wäre alles viel einfacher gewesen.

Taylor Lyons Mutter hatte sich um die Vorhänge in Carolyns Haus am D'Evereaux Drive gekümmert, und so hatte auch Taylor sie getroffen und mit ihr gesprochen. Wir hörten, dass sie in die Mall und ins Kino gegangen waren, zusammen mit Tiffany Port (wem sonst?), und dass Carolyn J-Brand-Jeans und ein Abercrombie-Top getragen hatte. Und sie hatte Lady Gaga in einem kleinen, exklusiven Nightclub in New York live erlebt. Taylor erzählte den Leuten, Carolyn habe zu Hause einen Freund, aber sie hätten sich vor dem Umzug getrennt, oder vielleicht führten sie auch eine offene Beziehung und würden den Sommer wieder zusammen sein oder so was. Wir hörten, sie hätte keinen Vater, aber vielleicht waren ihre Mom und ihr Dad auch geschieden, auf jeden Fall wohnte Carolyn nur mit ihrer Mom in dem Bungalow am D'Evereaux Drive. Brooke Moores Mutter hatte ihnen das Haus verkauft. Offenbar hatten sie ein Vermögen dafür bezahlt. Aber die Immobilienpreise sind im Norden verrückt, hier bekommst du eigentlich mehr für dein Geld.

Wir fragten uns, ob Carolyn in einen unserer Kurse kommen würde. Vielleicht, das hatten wir gehört, wollte sie in der Schwimmmannschaft mitmachen. Coach Billy hatte es Nicoles Mom erzählt und die dann uns. Wir fragten uns, ob sie schnell oder langsam sein würde, worüber wir in der Umkleide reden und ob sie uns für Langweiler halten würde. Darüber dachten wir beim Frühstück nach, und als wir unsere Taschen packten und an unserem ersten Schultag das Haus verließen.

Es gab keine Busse in Adamsville, zu Fuß war jedoch alles zu weit, und so bildeten wir eine Fahrgemeinschaft mit Lauren Brink, die den alten Volvo ihrer Eltern fuhr. Sie hatte im Sommer einen iPod-Anschluss eingebaut, um ihn etwas aufzupeppen, wobei die Fahrt auf jeden Fall auch ohne besser gewesen wäre, als von unseren Eltern gebracht zu werden. Wir hatten die Fenster unten, bis wir merkten, was das mit unseren Haaren machte, und so kurbelten wir sie hoch und ließen uns direkt von der Klimaanlage anblasen.

Auf dem Parkplatz herrschte am ersten Tag immer der Irrsinn (alle versuchten sich ihren Platz für das Jahr zu sichern), weshalb wir schon früh da waren, noch vor Viertel nach sieben, weil wir nicht irgendwo weit weg parken wollten. Dazu kam, dass wir uns freiwillig für Büroarbeiten morgens gemeldet hatten, unsere Mütter hatten es so gewollt. Wir fuhren auf den Seitenparkplatz bei der Bibliothek, weil wir gehört hatten, dass da auch die Seniors parkten, und ein paar beliebte Jungs aus der Elften. Es stand erst ein Dutzend Autos da, als wir ankamen, ein Oldsmobile, ein SUV, ein nagelneuer Ford-Pick-up und zwei ziemlich mitgenommene Dodges, dazu ein paar Japaner-Kombis und ein burgunderfarbener Van, der schon den ganzen Sommer dort parkte. Und dann sahen wir Blake Wyatts Mini-Van, den er von seiner Mutter geerbt hatte, und wir dachten, das sei ein gutes Zeichen. Blake kannte sich für gewöhnlich gut aus. Wir setzten uns in Jessicas klimagekühlten Wagen, peppten unser Make-up auf, unser Deo, und hielten über den Rückspiegel den Parkplatz im Blick.

Wir sahen einen roten Honda, der jemanden absetzte,

und hörten später, das sei Carolyn gewesen, aber wir verpassten sie, weil wir damit zu tun hatten, eine Marlboro Gold herumzureichen, einen Zug zu nehmen und dann etwas Mundwasser zu schlucken, damit wir später nicht nach Rauch stanken, wenn wir mit jemandem redeten.

Wir checkten das Wetter auf unseren iPhones, 36 Grad mit einem Hitzeindex von 39, und trotz der dichten, bauschigen Wolken vor der Sonne wussten wir, dass die Luft dick wie Suppe war. Unsere Eltern nannten so ein Wetter »erdrückend«, und das traf es. Wir saßen vor den Gebläsen, kühlten unsere Gesichter, ließen uns die Achseln trocken blasen und sahen zur Schule hinüber. Nachdem sie schon die Sprayereien in der Sporthalle entfernen mussten, hatten sie gleich auch den Außenanstrich der Gebäude erneuert. Alles war so weiß, dass es fast schon bläulich schimmerte, und wir fragten uns, wie lange es wohl so blieb, bis wieder einer was Obszönes draufsprayte.

Unsere Schule war einstöckig. Das Elternkomitee hatte darauf bestanden, als die Schule gebaut wurde: In zweistöckigen Schulen gab es mehr Schlägereien, mehr Möglichkeiten, sich unter Treppenabsätzen zu verstecken, in Ecken zu verschwinden und heimlich zu rauchen, das sagten die Untersuchungen. Spruchbänder hingen zwischen den Gebäuden: »Ein Willkommen den Jahrgängen 2011, 2012, 2013, 2014!«, und ein riesiges Tuch bedeckte die Fassade des Hauptgebäudes: »Die Bears vor! Werdet Staatsmeister!«, in perfekten Blasenbuchstaben, mit Sicherheit von den Cheerleadern gemalt.

Ein Trupp Schüler stand vor der Bibliothek, alle in orange-schwarzen T-Shirts, das »Empfangskomitee«, dessen Aufgabe es war, verirrte Neuzugänge herumzuführen und den Eltern zu versichern, dass ihre Vierzehnjährigen in der neuen Schule sicher waren und nichts zu befürchten hatten. Das Empfangskomitee bestand zum großen Teil aus Mitgliedern der Schulband. Taylor Lyon hatte sich ursprünglich auch gemeldet, in letzter Minute aber noch einen Rückzieher gemacht, es sei einfach »zu demütigend«, und dazu komme, dass man mit »zahllosen sozialen Außenseitern« reden müsse. Wir fragten uns, ob sie auch uns damit meinte.

Um 7:35 Uhr klingelte es zum ersten Mal, und wir gingen in Mr Overtons Vorzimmer. Der Rektor, Richard Overton, »Tricky Dick«, hatte vor vierundzwanzig Jahren seinen Abschluss an der Adams High gemacht und war vier Jahre später ins Lehrerkollegium aufgenommen worden. Er stieg auf – Baseball, Gesundheit, Gemeinschaftskunde, Geschichte – und landete 2006 schließlich auf dem Stuhl des stellvertretenden Rektors. Auch einige andere Ehemalige gehörten dem Kollegium an, Coach Cox, Miss Simpson, Mrs Matthew, und es gab sogar noch Lehrer, die ihn damals schon unterrichtet hatten, erzählte uns Tricky Dick.

»Einige von denen wollten mich durchrauschen lassen«, sagte er regelmäßig und lachte, als ob das witzig wäre.

Wir nahmen an, dass er kein guter Schüler gewesen war, in seinem Job heute riss er auch nicht viel. Absolut nicht. Wir arbeiteten jeden Morgen in seinem Büro, hatten das schon im ersten Jahr getan, vor der ersten Stunde, um Extra-Punkte zu kassieren. Und uns unsere Eltern vom Hals zu halten.

»Ihr Kids seid zu schnell«, erklärte er uns. »Keiner genießt die Reise.« Er trug eine Brille mit Sicherheitsglas und eine Auburn-Clipkrawatte zu kurzärmeligen Anzughemden. Im letzten Jahr hatte er mit der Zone-Diät fünfundzwanzig Pfund abgenommen und vorgeschlagen, wir sollten es auch probieren. Mr Overton war groß und sonnenbraun, und unsere Mütter sagten, zu seinen Highschool-Zeiten sei er »attraktiv« gewesen. Sein Atem roch nach Kaffee und Fritos-Chips. Wir sahen ihm nicht in die Augen.

Wenn wir bei unserer Arbeit morgens nicht gerade Mr Overton zuhörten, überprüften wir unsere E-Mails, brachten unseren Facebook-Status auf den neuesten Stand, lernten Vokabeln und übten für die SATs, die Aufnahmeprüfung für die Colleges. War das geschafft, hefteten wir Zuspätkommer und Krankheitsmeldungen ab und taten, was immer sonst uns noch gesagt wurde. Und wenn keiner aufpasste, spionierten wir herum.

»Schön, dass ihr wieder da seid.« Mr Overton grinste, als wir vor ihm standen. »Meine treuen Assistentinnen, was würde ich nur ohne euch machen?« Er nannte Lauren »Lori« und Jessica »Jessie«, Nicole ignorierte er völlig, wobei keiner wusste, warum. »Ich habe für euch Mädchen heute Morgen eine kleine Aufgabe. Wir haben eine neue Schülerin.«

»Das haben wir gehört.«

»Carolyn Lessing?«

Er nickte, deutete auf sein Büro, und wir stellten uns vor, dass Carolyn da drin war und ihr Ohr an die Tür drückte, oder auch einfach nur dasaß und ein Buch las, auf und ab lief, Mr Overtons merkwürdige Fotosammlung studierte und die Nase rümpfte, als sie sein Zeugnis aus der Elften an der Wand hängen sah. Mr Overton strahlte uns an, als wäre es sein ganz persönliches Verdienst, dass da jemand Neues in die Stadt gezogen war. Wir senkten den Blick.

»Wenn ihr ihren Stundenplan ausdrucken und ihre Unterlagen aus dem Schrank suchen könntet, wäre das toll.« Damit ging er zurück in sein Büro, sah sich vorm Hineingehen aber noch einmal um. Er schien sich zu fragen, ob er die Tür schließen sollte oder nicht, sah uns an, die wir ihm hinterherstarrten, und zog sie laut ins Schloss.

Unsere letzte neue Schülerin war Jennifer Bunn aus Oklahoma gewesen, in der Achten, davor war Brandy Benson gekommen, aus Molton oder sonst ganz in der Nähe. Das musste in der Vierten oder Fünften gewesen sein, niemand konnte sich richtig erinnern.

Nicole suchte Carolyn in der Datenbank, und der Rest von uns drängte um den Aktenschrank, in dem wir eine Mappe mit Notizen von Carolyns alten Lehrern über sie fanden, darunter einem Vertrauenslehrer. Als wir später darüber sprachen, sagten wir, wir wünschten, wir hätten die Unterlagen nie gesehen und dass wir sie nicht hätten lesen sollen. Mr Overton hätte uns gar nicht darum bitten dürfen, sie herauszusuchen. Aber da waren sie, und wir taten, was uns aufgetragen worden war. Der Schrank war nicht mal abgeschlossen, und ganz neu war sowieso nie jemand. Wir lasen, was wir konnten.

Aus ihrer Zeugnisabschrift:
Englisch (Leistungskurs): sehr gut
Algebra 2: gut
Biologie: gut (+)
Geschichte: gut
Gemeinschaftskunde: gut
Sport: gut

Aus einem Brief des Vertrauenslehrers:
Betrifft: Carolyn Lessing
Hat die erste Klasse wegen ihrer starken Lesefähigkeit übersprungen. Ihre Lehrer stimmen grundsätzlich darin überein, dass sie eine fleißige Schülerin und im Unterricht aufmerksam ist. In den letzten Monaten gab es ein paar Verhaltensprobleme, und sie hat sich in der Klasse ungehörig geäußert, provoziert von …«

Die Bürotür öffnete sich, und wir erstarrten. Mr Overton kam heraus. Carolyn war hinter ihm, ihr langes braunes Haar bedeckte ihr halbes Gesicht. Sie sah aus wie auf ihren Bildern, sagten wir später, nur dass sie vielleicht noch etwas hübscher war, wo wir auch den Rest von ihr sehen konnten. Sie war zart gebaut, trug Kleider wie eine Miniatur-Giselle, und ihre Haut war vollkommen, darin stimmten alle überein. Es war schwer, sie nicht anzustarren. Mr Overton wollte ihren Stundenplanentwurf.

»Ich weiß, Sie möchten in den Leistungskurs Englisch, aber wir haben eine Menge gute Schüler. Wir müssen sehen, wo Sie hineinpassen.« Sie hatten sie in Kurse mit Förderschülern gepackt, aber das sagte er nicht.

Carolyn sah ihn an. Sie öffnete den Mund, schwieg jedoch, und wir meinten später, das sei komisch gewesen, vielleicht war sie schüchtern, vielleicht auch eingebildet, oder sie war nicht so gut, wie es das Zeugnis behauptete. Er zögerte, und sein Ausdruck wurde weicher. »Sie werden in ein paar Wochen die Möglichkeit für verschiedene Einstufungstests bekommen.«

Er sah uns an, dann wieder Carolyn, uns. »Lori, Jessie … äh … Mädchen, das ist Carol Lessing. Sie fängt heute auf der Adams an.«

Carolyn räusperte sich und wurde leicht rot. »Ich heiße Carolyn.«

Wir nickten und lächelten, und jemand sagte, dass wir uns freuten, sie kennenzulernen. Dann schob uns Mr Overton zur Tür.

Jener erste Schultag war irre. Was wir über Carolyn gehört hatten, erwies sich als wahr: Sie war schön, sie war anders, und sie redete mit einem Yankee-Akzent. Sie ging über den Flur, wirkte nervös und verloren, sah auf ihren Stundenplan und lächelte, wenn ihr jemand entgegenkam. Alle sagten hallo.

Wir sahen, wie sie sich zu orientieren versuchte, und an jeder Ecke half ihr jemand mit dem Weg, bot ihr einen Platz am Mittagstisch an, ein Kaugummi, einen Hershey's Schokokuss. Es waren die Mädchen, die am begeistertsten waren, wahrscheinlich wegen Taylor Lyons Kommentar über sie. Wir alle wollten ihre besten Freundinnen sein, die für ihre »Entdeckung« verantwortlich waren.

Carolyn trug ein blaues Pullikleid, vom Cover des

ersten J.Crew-Herbstkataloges, eine dicke schwarze Strumpfhose und Lackleder-Ballerinas, von French Sole, nahmen wir an, dazu eine Kate-Spade-Tasche, schwarz und schlicht. Niemand in unserer Schule hatte eine richtige Markentasche, und man konnte sehen, dass ihre nicht nachgemacht war. Tiffany Port war im Sommer in Boston gewesen, in einem Kate-Spade-Laden, und sie bestätigte, dass Carolyns Tasche echt war. Wahrscheinlich dachte sie, was sie anhatte, würde sie unauffällig aussehen lassen, aber ihr Kleid, ihr Haar, ihre Haut, die makellos blickdichte Strumpfhose, alles das machte es unmöglich, sie nicht anzusehen. Plus, wir hatten immer noch 36 Grad und dachten, sie müsse zerschmelzen.

In der Studienstunde erzählte Lauren Brink, Carolyn sei in eine Privatschule in New Jersey gegangen, und die Mädchen da seien alle »Zicken«, »nachtragend« und »unsicher«. Sämtliche Jungs seien in sie verknallt gewesen, und sie habe versucht, sie davon abzubringen, ständig mit ihr ausgehen zu wollen und sie zu Festen einzuladen, aber es ging nicht. Carolyn hatte jemandem erzählt, dass die Mädchen hier anders seien. Nicht so zickig, nicht so kontrollierend, nicht so unsicher. Wir wussten nicht genau, was das zu bedeuten hatte, aber wir glaubten es. Wenn auch nur zu Anfang.

Später hörten wir, sie sei überrascht gewesen, wie nett alle gewesen wären, wie interessiert an ihrem Umzug und dass sie sich mit ihr anfreunden wollten. Das sei nicht das, was man erwarten würde, wenn man in eine kleine Stadt ziehe, ganz und gar nicht, und am Ende des ersten Tages sei sie glücklich, überrascht und erleichtert gewesen – Adamsville war anders.

Interner Fortschrittsbericht: Carolyn Lessing
Barbara Matthew – September 2010

Carolyn Lessing ist in diesem Monat in die elfte Klasse eingetreten, von einer großen Highschool im vorstädtischen New Jersey an die Adams High wechselnd. Bereits eine Woche nach Beginn des Schuljahres scheint Carolyns Kursplan ihren theoretischen Fähigkeiten nicht angemessen. Zum Beispiel weist ihre Englischlehrerin (Stephanie Simpson) darauf hin, dass Carolyn einen Aufsatz über die Kurzgeschichte Graf Zaroff – Genie des Bösen *abgeliefert hat, der von großer Begabung und Fähigkeiten auf Abschlussniveau zeugt (sie arbeitet bspw. mit Begriffen wie »Protagonist« und »Antagonist«, obwohl sie noch nicht zum Stoff gehören). Ich habe auch mit Carolyns übrigen Lehrern gesprochen, und ihre Leistungen und Kenntnisse sind vor allem in Mathematik und Englisch ausgezeichnet. Auf dieser Basis würde ich empfehlen, Carolyn möglichst bald in Englisch und Trigonometrie in die Leistungskurse zu versetzen.*
Wie ich höre, ist sie ermutigt worden, später im Jahr bei den Cheerleadern hineinzuschnuppern. Noch in diesem Monat wird sie (nach Tests mit Coach Billy) der Schwimmmannschaft beitreten. Es freut mich, berichten zu können, dass sich Carolyn gut in ihre Klasse einfügt.
Sie muss nicht weiter unter besonderer Beobachtung stehen.

kapitel 5

Was wir über Carolyn wussten, fügte sich in jenen ersten Wochen Stück für Stück zusammen, Tag für Tag, Minute für Minute. Sie sah gut aus, das war klar – nicht klar schien, ob sie sich dessen auch bewusst war und es begriff. Ihre Augen waren das Beste an ihr, trotzdem wollten wir vor allem Haare wie sie haben: Es sah aus, als würde es jeden Tag professionell geföhnt, und lockte sich wie bei jemandem in den Wiederholungen von *The Hills* und *Pretty Little Liars*. Sie trug weniger Make-up als alle anderen, aber ihre Augen, Lippen, Wangen und ihr Lächeln, alles war größer, ausgeprägter, besser. Unsere Lehrer nannten sie eine »frische Brise«. Wir verfolgten jeden ihrer Schritte, und wie sie sich perfekt einfügte. Leute, die ihr ganzes Leben schon hier waren, hatten weniger erreicht, als sie in zwei Wochen für sich verbuchen konnte. Sie gehörte dazu.

Die Stadt in New Jersey, aus der sie stammte, war klein, noch kleiner als Adamsville. Die Häuser waren älter, und es gab kein Fast Food, nur Restaurants und Coffee Shops. Sie beklagte sich darüber, dass das Brot in Alabama zu weich sei und es keinen anständigen Italiener gebe, und sie meinte, Marshmallow Creme heiße Marshmallow Fluff. Wenn sie eine Geschichte erzählte, wurden ihre Augen größer, blickten glatt durch dich hindurch, und sie lächelte und lachte, was auch in dir den Wunsch wachrief zu lächeln und zu lachen. Die

Cheerleader erklärten ihr, sie sollte es im nächsten Halbjahr bei ihnen versuchen. Auch darüber lachte sie, und niemand verstand, warum.

Ihre Stimme war leise, und ihr Akzent überraschte uns immer wieder. Wir hatten noch nie jemanden so sprechen hören. Er klang nicht hart, wie die Leute es erwartet hatten, sondern weich und rund. Was sich mit der Zeit änderte. Sie fing an, langsamer zu reden, und übernahm auch einige Ausdrücke von uns. Sie war immer noch ein Yankee, aber nicht mehr so sehr.

Sie gab ihre Arbeiten rechtzeitig ab, trug nie zu kurze Röcke oder Shorts, und all ihre Sachen sahen teuer aus. Wir versuchten zu kalkulieren, was sie von Kopf bis Fuß kostete, versuchten den Überblick zu behalten, wie viele neue Sachen sie hatte und wie oft sie ihre Tops, Jeans und Stiefel anzog. Sie trug enge Jeans, die sie noch dünner aussehen ließen, hatte aber trotzdem einen Hintern, und die Jungs mochten sie wirklich.

»Shane Duggan hat sich in die Neue verknallt.«

»Ich hab gehört, er hat mit Brooke Moore Schluss gemacht.«

»Er geht mit Carolyn ins Kino.«

»Er war mit ihr auf dem Parkplatz.«

»Ihm muss es einfach eine besorgen.«

»Er kennt sie ja nicht mal.«

»Sie waren den Sommer über zusammen.«

»Wie ist das überhaupt möglich?«

»Erzähl nur Brooke nichts.«

»Yeah, erzähl Brooke nichts.«

Vielleicht in der dritten Woche fing Shane Duggan an, Carolyn an ihrem Spind zu treffen, täglich nach der ersten, der dritten und der fünften Stunde. Nur drei Spinde von Taylor Lyons entfernt. Shane war eins zweiundachtzig groß, Carolyn eins sechzig, er überragte sie, und wenn er sich richtig bewegte, konntest du nicht mal sehen, dass sie da war. Später sagten wir, dass ihm das gefallen haben muss und dass es ganz anders war als bei Brooke mit ihren ewig langen Beinen, ihrer Größe und den Haaren. Carolyn konnte er verschwinden lassen. Wie durch Zauberei.

In unserem ersten Jahr an der Adams High war Shane Duggans Spind nahe bei dem von Lauren Brink gewesen, die an ihrem ersten Tag mit dem Schloss nicht zurechtkam. Eine Viertelstunde lang versuchte sie, ihn aufzubekommen, fing an zu schwitzen, wurde ganz rot im Gesicht und hektisch und hatte Angst, ihren Kurs zu verpassen und dass alle sie sähen und sie zurück auf die Fairway Middle geschickt würde. Dann stand Shane plötzlich hinter ihr, fragte sie nach der Kombination, und Sekunden später war der Spind auf. Lauren lächelte, bedankte sich flüsternd, und er lachte und tätschelte ihr den Kopf, als wäre sie ein kleines Mädchen, seine kleine Schwester.

Wir hatten uns daraufhin alles Mögliche ausgemalt, wie dass er mit ihr ausgehen könnte und ihr geholfen hatte, weil er sie mochte und ihm gefiel, wie sie sich das Haar über den Sommer hatte wachsen lassen, mit ein paar karamellfarbenen Strähnchen, und ein paar Pfund hatte sie ebenfalls abgenommen. Und wenn Shane Duggan tatsächlich mit ihr ausging, konnte sie uns erzählen, wie sein Haus von innen aussah, ob seine Eltern so streng waren, wie wir gehört hatten, und ob er sich mit einem Nautalis-Laufband fit hielt, was ihn wie Taylor Lautner aussehen ließ.

Shane war das ganze Jahr über braun. Selbst im Winter, wenn alle teigig und blass aussahen. Er und sein Dad waren »Outdoorer«, wie die Leute sagten, und was sie damit meinten, war, dass sie jagten und fischten und Dinge wie die Hinterwäldler taten, ganz so, als wollten sie sich für eine Rolle in *Duck Dynasty* bewerben. Shane trug sein braunes Haar eher lang, es fiel ihm in die Augen und hatte von der Sonne ausgebleichte Strähnen. Fast hätte man schwören können, dass sie da beim Friseur nachgeholfen hatten oder er sich Zitronensaft ins Haar träufelte, aber so ein Typ war Shane nicht. Shane war groß, und vielleicht war er der stärkste Kerl, den wir je gesehen hatten: Seine Muskeln waren wie die vorne auf *Men's Health* und wie von den Models für Soloflex-Apparate. Seinen Bizeps sahst du sogar, wenn er langärmelige Hemden trug, und wenn er schwitzte und sich das Gesicht mit dem T-Shirt abwischte, kam ein richtiges Sixpack zum Vorschein. Vielleicht war er eitel, dachten wir später, vielleicht hielt er sich für so toll aussehend, dass es nicht mehr gut für ihn war. Wir wussten es nicht, und es war uns eigentlich auch egal. Shane Duggan war ein heißer Typ, und seine Augen waren blau und glitzerten. Buchstäblich.

Als wir hörten, dass Shane Duggan Carolyn Lessing schon seit mehr als einer Woche an ihrem Spind traf, änderten wir unsere Wege zwischen den Kursen und wollten sehen, ob wir nicht einen Blick auf die beiden erhaschen konnten, standen um den Trinkwasserbrunnen herum, machten große Augen und versuchten uns nicht dabei erwischen zu lassen. Wenn Shane ein Stück von ihr zurücktrat, wenn er sie unter seinen Armen hervorließ, konnten wir ihr Gesicht sehen, und sie hielt seinen Blick wie irre gefasst, für immer, wie es schien. Als spielten sie das Blinzelspiel. Die Leute redeten darüber: Dass sie ihrem Gegenüber immer direkt in die Augen sah. Besonders Jungs. Er redete echt leise mit ihr, so leise, dass wir nie mitbekamen, worum es ging, und Carolyn flüsterte zurück. Sie wirkte ernst dabei. Aber das tat sie immer.

Jessica füllte ihre Wasserflasche, Nicole sah auf die Uhr, und wir sagten, wir müssten gehen, da bekam Lauren eine SMS: »Shane fhrt Crln zr Schl.« Das wussten wir bereits. Nicole hatte vor ein paar Tagen gesehen, wie sie in seinen Wagen gestiegen war. Wochen später postete Dylan Hall auf Facebook, dass Carolyn Shane jeden Morgen einen blies und er sie deswegen abholte – es war ein Riesenumweg für ihn. Wie immer. Wir nahmen an, dass Shane sie fuhr, weil sie hübsch war und es Brooke bestimmt anpisste. Das sagten wir den Leuten auch. Wissen taten wir es nicht, nicht wirklich. Wir wussten sowieso kaum etwas, sagten aber eine Menge, und am Ende schickten wir es herum und herum und herum, simsten und tweeteten, bis alle sicher waren, sie wüssten, was abging.

Der Tag, an dem Shane Carolyn offiziell einlud, war ein Dienstag, alle sahen es, und selbst, wenn es dir entgangen war, hattest du später das Gefühl, dabei gewesen zu sein. Shane ging quer durch die Cafeteria zu ihr hin. Carolyn stand mit Alicia Cooper und zwei anderen schwarzen Mädchen an einem Tisch. Sie schien nicht zu verstehen, wie es funktionierte, schien nicht zu verstehen, dass wir uns immer auf dieselben Plätze setzten, mit Leuten wie uns. Shane ging zu ihr und sagte etwas, und sie lachte und wollte sich setzen, doch er zog an ihrer Hand, und schon stand sie wieder und folgte ihm. Alicia und die Mädchen an ihrem Tisch verdrehten die Augen und sahen ihr hinterher.

Shane führte Carolyn in die Mitte der Cafeteria. »Komm mit.«

»Mein Essen steht noch drüben …« Carolyn sah zu Alicia hinüber und zuckte mit den Schultern.

»Keine Sorge, du kannst bei mir mitessen.« Er zog Carolyn nahe an sich heran, sie drehte sich von Alicia weg und verschwand in seinem Körper.

Und dann flüsterte Shane: »Ich rette dich gerade, weißt du?«

Carolyn lächelte. »Oh, ich verstehe«, stellte sich auf die Zehenspitzen und küsste ihn auf die Wange. »Danke.« Sie setzte sich neben Shane – Taylor und Tiffany gegenüber. Sie war angekommen.

Niemand war sicher, was Brooke von alldem hielt, wenigstens da noch nicht, und die Leute waren auch nicht sicher, ob sie Shane abserviert hatte oder er sie. Nicole sagte, sie sei Brooke an dem Nachmittag auf die Toilette gefolgt und habe sie hinter der Tür heulen hören, aber das war nichts Neues. Bei Brooke war immer alles dramatisch, dazu brauchte sie keine Trennung. Was Brooke fühlte, war den Leuten egal, sie dachten, Carolyn hätte Glück, und dass es cool von Shane sei, die Neue einzuladen. Carolyn war erst seit einem Monat an der Schule und ging bereits mit Shane Duggan, das machte sie beliebt, obwohl sie keiner kannte.

Es gibt Dinge, die erst heute einen Sinn ergeben, Dinge, die erst am Ende der Geschichte klarwerden, wenn die Vergangenheit Vergangenheit ist. Hätten wir begriffen, was vorging, wären wir vielleicht aufgestanden, hätten die Stimme erhoben oder uns wenigstens geräuspert. Aber du musst verstehen, wie schnell sich manches entwickelt, wie verschwommen dein Blick ist, wenn ein Auto vorbeifährt, wie dir ein Ballon aus der Hand fliegen und sich sonst wo verfangen kann, wo du nicht an ihn herankommst, ihn womöglich nicht mal mehr siehst: Wir wussten nicht, was wir heute wissen. Wir konnten es nicht wissen. Sonst wäre alles vielleicht, sicher, anders gekommen.

Von: ssimpson@adams.mccounty.edu
An: alessing@gmail.com
Zeit: xxxx
Datum: xx September 2010

Liebe Mrs Lessing,
es tut mir so leid, dass Sie nicht zum ersten Eltern-Lehrer-Gespräch der Adams Highschool in diesem Jahr kommen konnten. Der Vereinbarung mit dem Adams-High-Eltern-Lehrer-Ausschuss (AHELA) entsprechend, schreibe ich Ihnen, um Sie über Carolyns Fortschritt in der Schule in Kenntnis zu setzen, da sie am Montagabend nicht kommen konnten.
Carolyn ist ein intelligenter, aufmerksamer, fantasievoller junger Mensch. Wie Ihnen bewusst sein wird, ist sie schon nach den ersten Wochen an der Adams aus den Grundkursen Mathematik und Englisch in die Trigonometrie und den Leistungskurs Englisch aufgestiegen. Gleich von Beginn an hat sie

in allen Fächern eine überdurchschnittliche Intelligenz erkennen lassen, und ich hatte das Gefühl, dass sie in den fortgeschritteneren Kursen besser untergebracht ist. Seit wir ihren Stundenplan dementsprechend korrigiert haben, glaube ich, dass sich Carolyn bemerkenswert gut in den Betrieb einfügt. Sie verfügt über ein breites Vokabular, einen ausgezeichneten schriftlichen Ausdruck, und es ist klar, dass sie eine begeisterte Leserin aller möglichen Werke ist (ich glaube, sie hat erwähnt, ihr Vater sei ein publizierender Autor, was sich in ihrem Schreibtalent widerspiegelt!). Sie werden natürlich auch von den anderen Lehrern über Carolyns Entwicklung informiert werden – sie ist in jedem Fall eine Bereicherung unseres Englischkurses, und wie ich es aus den Gesprächen mit den Kollegen heraushöre, trifft das auf das gesamte Fächerspektrum zu.

Ich habe Carolyn ermutigt, sich auch an nicht auf dem Lehrplan stehenden Aktivitäten zu beteiligen, um so ihre College-Bewerbungen abzurunden.

Alles in allem ist Carolyn eine vielseitige, intelligente junge Dame, und es ist eine Freude, sie in meiner Klasse zu haben. Wie ich oben schon sagte, tut es mir nur leid, liebe Mrs Lessing, dass ich noch nicht die Gelegenheit hatte, auch Sie persönlich kennenzulernen, aber nach allem, was Carolyn berichtet, haben Sie einen vollen Terminkalender.

Hochachtungsvoll,
Stephanie Simpson

kapitel 6

Am Abend, nachdem Shane Carolyn an seinen Tisch geholt hatte, wurde die Hotlist upgedatet. Der Blog war vier Jahre zuvor gegründet worden, bevor wir an die High kamen, und er listete die zehn heißesten Mädchen der Schule auf. Die Sache war natürlich anonym, aber alle spekulierten über die Identität des Bloggers. Wir sagten, es sei wie bei *Gossip Girl,* nur schien unsere Person ein engeres Interesse und vielleicht etwas weniger Zeit zu haben. Wieder und wieder stellten wir Vermutungen an, aber niemand konnte sicher sagen, wer dahintersteckte.

Es gab Regeln für die Liste, die man auf der Website nachlesen konnte: Wählbar war nur, wer an der Adams High eingeschrieben war und am Unterricht teilnahm, Eigennominierungen waren nicht erlaubt, und jede E-Mail-Adresse hatte nur eine Stimme. Es wurden Bilder der Kandidatinnen gepostet, und dann hatte man zwölf Stunden Zeit, für die, wie man dachte, »heißeste« von ihnen zu votieren. Der Blog hatte eine E-Mail-Adresse – adamshighhotlist@gmail.com –, an die die Leute Vorschläge, Bilder und Kommentare schickten. Im letzten Jahr hatte Blake Wyatt versucht, den Account zu hacken, um zu sehen, was auf ihm eingegangen war und von wem, aber der Gmail-Server war zu gut abgesichert, plus: Blake Wyatt war nicht *so* clever.

Der Blog wurde ständig upgedatet, die Liste nur etwa

einmal im Jahr, und eine ganze Reihe von uns hatten ihn als RSS-Feed abonniert, damit wir sicher waren, bei den Abstimmungen dabei zu sein, und nicht zu den Letzten gehörten, die wussten, was lief und wer auf- und wer abgestiegen war. In unserem ersten Jahr hatte Brooke die Liste angeführt, was merkwürdig war, da sie noch zu den Jüngeren gehörte. Aber ihr Bild war superstark: professionell, sexy, ohne trashig zu sein. Sie trug kein Top, sondern bedeckte die Brüste nur mit den Händen, wie Jennifer Aniston auf einem Foto, das wir vor Jahren gesehen hatten, oder Megan Fox, nur nicht so krass. Das Haar fiel über eines ihrer Augen, und das Bild war in einem Sepiaton gehalten, schwarz, weiß, grau und grün. Altmodisch. Jede Rundung ihres Körpers war genau richtig schattiert, und wir fragten uns, ob sie das Foto hatte bearbeiten lassen. Aber zu der Zeit hatte sie noch nicht zugenommen und sich wahrscheinlich nach jedem Footballspiel und jedem Essen den Finger in den Hals gesteckt, um so gut auszusehen. Wahrscheinlich hatten sie wirklich nichts photoshoppen müssen. Alle meinten, Shane müsse das Foto gemacht haben, und die Leute sagten, Brooke geile die Leute nur auf und lasse sie dann abblitzen: dass sie alles mitmache, aber mit niemandem schlafe. Das sollte sie Taylor Lyon gesagt haben, die es Lauren Brink erzählte, von der es der Rest von uns hatte. Brooke hatte ein Jungfräulichkeitsgelöbnis abgelegt, und wenn wir wüssten, was richtig sei, täten wir es auch.

Gemma Davies hatte es ebenfalls auf die Liste geschafft: auf Platz vier. Ihr Foto war schlicht, sie blickte direkt in die Kamera, die auf ihr Gesicht zoomte, nur das Schlüsselbein war noch sichtbar. Total jugendfrei, verglichen mit Brookes Bild, eindeutig aus einem Familienschnappschuss oder aus einer Schulaufnahme heraus vergrößert. Da war nichts an Gemma, was einen denken ließ, dass ihr die Liste wichtig sei, worin der Grund liegen mochte, warum sie immer auf den vorderen Plätzen landete. Tiffany Port stand an Nummer drei. Sie trug auf ihrem Foto nur Unterwäsche und lächelte in die Kamera, allerdings wirkte ihr Blick irgendwie verängstigt.

An dem Abend, nachdem Shane quer durch die Cafeteria gelaufen und Carolyn an seinen Tisch geholt hatte, verbreitete sich die Nachricht, dass es neue Bilder gebe, und wir klickten uns auf die Website, sobald uns unsere Eltern vom Abendbrottisch aufstehen ließen. Es gab fünfzig Bilder, für die wir stimmen konnten, und Carolyns war das einzige neue. Carolyn Lessing. Ein Farbfoto von ihr, voll angezogen neben ihrem Spind, in Jeans und einem Abercrombie-Kapuzenshirt. Sie lachte, und zum ersten Mal sahen wir, dass ihre Augen vielleicht ein wenig zu weit auseinanderstanden und sie etwas dünn sein mochte. Wir gaben unsere Stimme ab und simsten allen, um uns zu versichern, dass sie auch dabei waren. Dann warteten wir auf das Ergebnis.

Am nächsten Morgen, noch vor sieben, loggten wir uns wieder ein. Die Website war upgedated, und da war Carolyn Lessing, auf Platz eins. Das Foto war riesig, und du musstest ewig nach unten scrollen, um zu Platz zwei zu kommen. Das war jetzt Brooke.

Nachrichten gingen herum. »Brooke Mre absrvrt!«, und: »Brooke Mre #2.« Wirklich leid tat sie niemandem.

Sie war nicht so nett wie Gemma, und es sei gut für sie, dass sie endlich mal was tun müsse, sagten die Leute. Vom nächsten Tag an nahm sie andere Wege zu ihren Kursen, und wir wussten, das tat sie, um Shane nicht zu begegnen. Morgens in Mr Overtons Büro mussten wir ihre Bitte um eine Änderung ihres Stundenplans abheften, damit sie zu einer anderen Zeit Mittag essen konnte. Es hing sogar eine Notiz ihres Arztes mit dran, in der von niedrigem Blutzucker die Rede war. Trotzdem tat sie so, als wäre nichts passiert und hätte sie keine Ahnung von dem Blog – oder dass es ihr egal sei –, aber alle redeten darüber, alle wussten Bescheid.

Mit Shane, mit der Liste, Carolyn war beliebt. Die Leute sagten, sie sei cool, sie sei außergewöhnlich und schön. Sie weckte den Wunsch in uns, auch an eine neue Schule zu gehen, in eine neue Stadt zu ziehen, noch mal ganz neu anzufangen, komplett, mit einer neuen Frisur, neuem Make-up, neuen Kleidern und vielleicht sogar einer neuen Persönlichkeit – wenn du denn dachtest, dass das möglich war (was wir taten): dass du alles, was du nicht mochtest, hinter dir lassen konntest, alles und alle. Später begriffen wir, dass das vielleicht doch nicht so einfach war, sondern wahrscheinlich sogar nervig, aber sie ließ es einfach und toll wirken, und wir dachten, sie sei in der Schule behüteter als alle anderen. Die Cheerleader kamen sicher als Nächstes, sagten wir, und sie würden ihre Beliebtheit noch festigen. Und wir hatten recht.

Nach Unterricht und Training saßen die Cheerleader auf dem Sportplatz, lachten und choreografierten Bewegungen zu *Boom Boom Pow* und *Poker Face* und was immer für Songs sie liebten. Sie spielten mit dem Haar der anderen, verglichen ihr French Manicure, wie glatt sie sich die Beine rasiert hatten und machten Pläne fürs Wochenende. Von Beginn der Elften an machten Gemma und Brooke da aber nicht mehr mit. Sie verbrachten mehr Zeit allein, nur die beiden, ohne die übrigen Mädchen, und nach und nach begann das Taylor, Tiffany und den anderen zu stinken. Aber Gemma und Brooke fuhren gemeinsam nach Hause und gingen zu Sonic, statt mit den anderen zusammenzuglucken. Sie sonderten sich ab. In der Studienstunde redete Taylor laut und offen darüber, und Tiffany stimmte ihr in allem zu.

»Sie wollen sich an die Mädchen aus der Zwölften ranschleimen.« Taylor hatte ihr Spanischbuch vor sich liegen, es aber ganz hinten aufgeschlagen. Sie gab sich nicht mal den Anschein, darin zu lesen.

»Es ist erbärmlich.« Tiffany hielt den Kopf gesenkt und versuchte ihre Vokabeln zu lernen, wollte die Gelegenheit, mit Taylor zu reden, aber nicht einfach verstreichen lassen.

»Was stört's uns?« Taylor warf sich das Haar über die Schulter.

Tiffany tat es ihr nach. »Gar nicht.«

»Also vergiss sie.« Taylor flüsterte das »vergiss sie«, als sagte sie etwas anderes.

»Yeah, vergiss sie.« Tiffany holte ihr Lipgloss heraus und bot es Taylor an. Wir sahen in unsere Hefte und blieben für uns. Wir saßen direkt hinter den beiden, doch sie schienen sich unserer nicht bewusst zu sein.

»Brooke und Gemma sind sowieso komplett out«, sagte Taylor. »Oder?«

Tiffany wusste, dass das keine Frage war. »Komplett.«

Vielleicht lag es an Brookes und Gemmas Sichabsetzen, dass Taylor so begierig darauf war, Carolyn in alles mit einzubeziehen. Wobei der Grund wohl eher Shane war: weil Carolyn mit einem aus der Zwölften zusammen war. Vielleicht wäre es sowieso so gekommen, es ließ sich nicht sagen, jedenfalls lud Taylor Carolyn noch vor Ende September ein, nach dem Training mit ihnen abzuhängen: Wir sahen sie alle auf der Laufbahn sitzen, im Kreis, mit Carolyn in der Mitte, redend, lächelnd, sie passte dazu. Beim Mittagessen saß sie jetzt auch bei ihnen. Sie hatten einen Stuhl für sie organisiert und ihn mit ans Ende des Tisches gequetscht. Und zwischen den Stunden trafen sie sich auf dem Flur, gingen Arm in Arm, hakten sich unter. Taylor und Tiffany und der Rest der Cheerleader sagten, Carolyn würde zur »Freundlichsten Mitschülerin« gekürt werden, wenn die Wahl anstand, weil sie alle so mochten und weil sie echt cool sei.

Im Herbst sah unsere Schule freitags wie komplett vollgekotzt aus: Alles war orange und schwarz, die Wände, unsere Körper und unsere Gesichter. Die Freitage waren Mobilisierungstage, und die Cheerleader kümmerten sich um alles, um die Farbkoordination, die Programmpunkte und die Schilder auf den Fluren. Den Jungs wurde die Brust angemalt, jede Woche mit denselben Buchstaben: »ADAMS HIGH GEWINNT«, ihre Freundinnen halfen ihnen dabei und hinterher auch beim Abwischen der Farbe.

Am ersten Motivationsfreitag kam Carolyn in Blau in die Schule, nicht in Orange und Schwarz. Erst sagten wir, sie sei eingebildet und halte sich wohl für zu cool. Dann aber fanden wir heraus, dass sie es nicht gewusst hatte, und Taylor Lyon lieh ihr ein orangefarbenes T-Shirt und Tiffany Port eine schwarze Jungsjacke von einem Freund, damit sie sich nicht ausgeschlossen fühlte. Mittags sahen wir die drei in der Toilette. Sie schenkten uns keinerlei Beachtung – später sagten wir, es sei schon krass, wie sehr sie uns zu übersehen versuchten. Wir verteilten uns auf die Kloabteile und lauschten auf das, was Taylor und Tiffany sagten. Auch wenn wir sie nicht sahen, konnten wir uns doch vorstellen, wie sie Carolyn die Hand auf die Schulter legten und beim Sprechen in den Spiegel blickten, damit sie sahen, wie sich ihre Gesichter aufhellten. Woran wir uns erinnern, ist Folgendes:

»Was ist mit Blake Wyatt?« Das war Taylor. Ihre Stimme war immer gleich zu erkennen.

»Auf keinen Fall, der ist zu mager für sie.« Tiffany flüsterte. Und lachte.

»Wer ist das?« Das war jetzt Carolyn.

»Nein, Tiff hat recht. Der ist nichts für dich.«

»Dylan Hall?« Tiffany lachte wieder.

»Kotz.« Taylor ließ ein würgendes Geräusch hören.

»Oh, ich glaube, den kenne ich. Ist das der mit der Vokuhila-ähnlichen Frisur?«

»JA.« Es kam wie aus einem Mund.

Und dann waren wir nicht sicher, wer als Nächstes redete. Falls es Taylor war, hatte sie ihre Stimme so sehr gesenkt, dass wir sie nicht erkannten. Für Tiffany kam sie uns allerdings zu tief vor. »Schläfst du mit Shane?«

Es entstand eine Pause. Carolyn nickte oder schüttelte den Kopf: Wir konnten es nicht sehen.

»Er ist weit besser für dich«, sagte Tiffany.

»Hast du es Brooke schon gesagt?«

»Die flippt total aus.«

Taylor lachte. »Das ist ihr Problem. Egal, sie weiß es sowieso.«

Carolyn flüsterte fast. »Ich kenne sie nicht wirklich. Ich hätte Angst, es ihr zu sagen.«

»Vor der musst du keine Angst haben.«

»Ich dachte, ihr … ihr wärt Freundinnen?«

Jemand seufzte, und dann sagte Taylor: »Oh, das sind wir. Sie ist nur … weißt du, manchmal etwas zickig.«

»Shane sagt, er war nie mit ihr zusammen.«

»Yeah, sie mochte nur, dass die Leute dachten, sie hätte was mit ihm«, sagte Tiffany.

Jetzt redete wieder Carolyn: »Nun, ich mag ihn.«

Da lachte Taylor. »Er ist HEISS.«

Jetzt lachten sie alle, drehten das Wasser auf, und der Handtrockner dröhnte. Wir kamen aus den Abteilen, wuschen uns ebenfalls die Hände und sahen zu, wie sie ihr Haar aufplusterten, Lipgloss auftrugen und auch beim Hinausgehen weiterredeten.

»Du siehst toll aus.«

»Supertoll.«

»Danke für die Sachen.«

»Wir konnten dich doch nicht so aus der Reihe tanzen lassen.«

Minuten später in der Sporthalle rannten Tiffany,

Taylor und die anderen Cheerleader auf die Bühne, *Pump Up the Jam* und *Groove Is in the Heart* erklangen, Songs, die so alt waren, dass wir sie nie im Radio gehört hatten, aber auch nicht so alt, dass unsere Eltern sie gekannt hätten. Miss Simpson hatte sie ausgesucht, ganz sicher. Die Cheerleader tanzten mit präzisen Bewegungen, exakt im Takt, und wir lehnten uns zurück und fragten uns, warum das jetzt nicht öde war, warum das okay sein sollte: so zu tanzen und zu lächeln, als fändest du das alles toll. Wenn du eine von den Cheerleadern warst, gut, dann war es okay, nahmen wir an. Aber auch nur dann. Coach Cox kam heraus, hielt noch eine langweilige Rede, und die Footballmannschaft lief aufs Feld.

Die Schulmannschaft, dann die Nachwuchsmannschaft, zweimal Modelle derselben Sache, einmal eine Nummer kleiner, aber dennoch breit und groß und vor allem muskulöser aussehend als in ihren Jeans und Khakihosen im Unterricht. Sie trugen Schulterpolster unter den Trikots, aber da war auch noch etwas anderes: Sie erschienen auf dem Feld größer, wenn wir sie alle ansahen.

Die Cheerleader sahen glücklich aus, klatschten, spreizten die Finger und hoben die Daumen – das war sicher das Ödeste an der Sache. Sie machten Flickflacks und reckten springend die Zehen zu den Händen.

Wir sahen, wie Shane zu Carolyn hinübersah, und waren ziemlich sicher, dass er ihr zuzwinkerte. Sie hatte so ein Glück. Brooke mit ihren Pompoms stand am Rand des Feldes. Sie hatte aufgehört mitzumachen und starrte erst Shane an und dann Carolyn. Gemma drehte sich zu ihr hin, flüsterte etwas, und Brooke zuckte zusammen und hob die Pompoms wieder an. Sie sprang, ihre Zehen flogen hinauf zu den ausgestreckten Händen, ein fliegender Spagat. Aber sie lächelte nicht.

Coach Cox kam ans Mikrophon, redete von der Mannschaft und dem Plan, Staatsmeister zu werden, wie stark die Jungs seien, wie gut, und dass sie jede mögliche Unterstützung bräuchten. Er bat Shane Duggan ans Mikrophon. Als Shane zu ihm trat, schrien die Leute, kreischten, quietschten. »DUGGS!«

Shane lächelte und nahm das Mikro: »Könnt ihr bitte alle den Kopf senken und beten?« Wir taten, was er sagte, und er begann das Vaterunser. Aus dem Augenwinkel linsten wir zu Carolyn hinüber, um zu sehen, ob sie den Text kannte – ob es ein Gebet war, das die Katholiken auch kannten, und ihr Mund bewegte sich mit den Worten, ein wenig.

Einige Eltern waren da, die meisten Dads der Jungs hatten vor Jahren ebenfalls hier gespielt und wussten, wie wichtig das alles war. Als das Gebet vorbei war und alle jauchzten, jubelten und mit den Füßen stampften, sahen wir zu Mr Duggan hin, braun und rot im Gesicht, mit Khaki-Shorts und einem roten Polohemd, der Bierbauch hing ihm über den Gürtel. Seine Beine waren muskulös und straff, aber der Bauch sah aus, als wäre er im siebten Monat. Und sein Gesicht war Shanes und nicht Shanes. Wir fragten uns, ob er immer noch den Ball warf, immer noch mit Shane Gewichte stemmte und glaubte, er könnte auf dem Feld seinen Mann stehen. Wir sahen, wie Mr Ferris auf ihn zuging, auf ihn eingestikulierte, auf Shane zeigte und aussah, als wollte er gleich explodieren. Erst lachte Mr Duggan, doch dann lief sein Gesicht immer stärker an, und er schubste Mr Ferris mit einer Hand von sich weg. Mr Ferris schien auf ihn losgehen zu wollen, doch da ging Coach Cox dazwischen, und Mr Ferris wandte sich ab. Coach Cox und Mr Duggan lachten.

Adams Highschool
Treffen des Eltern-Lehrer-Ausschusses
27. September 2010

Das Treffen wurde um 7:35 Uhr eröffnet, nach dem Treueschwur (gesprochen von Rektor Overton) und dem Vaterunser (gesprochen von Reverend Davies). Anwesend waren 37 Personen (siehe Anlage), davon 32 Eltern von Adams-High-Schülern.

Das Protokoll des letzten Treffens wurde angenommen, durch den Bericht des Vizepräsidenten ergänzt, hinzugefügt werden sollten noch die vorgeschlagenen Änderungen der Verhaltensregeln im Zusammenhang mit den Sportstrategien der Schule (wie von Billy Duggan vorgeschlagen und von Bonnie Moore unterstützt). Mr Ferris' Entschuldigung dem Ausschuss und den entsprechenden Schülern gegenüber wurde vermerkt.

Der Ausschuss berichtet:
Tammy Davies (Präsidentin): Die Elternbeteiligung an den Vorbereitungen des Schulfestes ist gut, 18 Eltern sind aktiv beteiligt. Es geht um die Parade, die

Spiele und den Ball. Besonderer Dank gilt Greg und Trish Hall, die ihr Land zum Bau eines Wagens für die Parade angeboten haben. Ansteckbuketts sind als Spezialangebot bei Celebrations! in der Fifth Avenue erhältlich. Das Thema für den Ball in diesem Jahr lautet »Mardi Gras«.
Bedenken wurden geäußert, wie geeignet das Thema sei, angesichts der Verbindung von Mardi Gras und Alkoholkonsum. Es wurde VEREINBART, ein Alkoholtestgerät für den Ball anzuschaffen, das auch beim Abschlussball benutzt werden soll.
Besonderen Dank an Coach Cox und die Footballmannschaft, die bisher in diesem Jahr so ausgezeichnete Leistungen erbringt.
Melanie Grady (Kassenwartin): In der Kasse des Eltern-Lehrer-Ausschusses befinden sich zurzeit 2.317 $, und der für November/Dezember angesetzte Grapefruit- und Orangenverkauf sollte noch einmal mindestens 2.000 $ einbringen. Die Eltern werden ermutigt, sich an der Spendenbeschaffung zu beteiligen, die entsprechenden Formulare gibt es bei Melanie.

Das Kollegium berichtet:
Mrs Matthews (Vertrauenslehrerin): Zwei College-Messen sind für das zweite Halbjahr organisiert. Alle größeren Universitäten Alabamas schicken Vertreter, dazu kommt eine Anzahl Universitäten von jenseits der Staatsgrenzen.
Ein Antrag wurde eingereicht (Abby Lessing), die Zahl der Universitäten aus anderen Staaten zu erhöhen. Es wurde jedoch VEREINBART, dass die bud-

getären Einschränkungen und der Grad allgemeinen Interesses an diesen Universitäten das als nicht praktikabel erscheinen lassen.
Beratungsgespräche für Schüler werden nach Bedürfnis angeboten, dazu kommt jetzt auch das Angebot an die Eltern, mit der Vertrauenslehrerin über zu Sorge Anlass gebendes Verhalten ihrer Kinder zu sprechen. Eine Schulversammlung zum Thema Mobbing ist für das zweite Halbjahr angesetzt, und eine neue DVD zum Thema wird im Gesundheitsunterricht aller Jahrgänge gezeigt.
Es gab eine allgemeine Diskussion zum kürzlichen Selbstmordversuch an der Lincoln High. Rektor Overton bemerkte, sein Bericht werde diesbezügliche Antworten geben, zusätzliche Fragen könnten an Mrs Matthew gerichtet werden.
Rektor Overton: Der Besuch der freitäglichen Footballspiele ist gegenüber dem Vorjahr um 15 Prozent gestiegen. Mit Hilfe des Eltern-Lehrer-Ausschusses konnten im letzten Jahr eine neue Ausrüstung für die Gewichtheber sowie neue Trikots und Uniformen für Footballmannschaft und Cheerleader angeschafft werden. Der Antrag, einen College-Coach für zusätzliche Trainingseinheiten anzustellen, wurde angenommen und soll in der Vorrunde zu den Staatsmeisterschaften umgesetzt werden.
Der staatliche Leistungstest wird im Oktober durchgeführt, und die Lehrer bereiten die Schüler darauf vor. Der Test hat Einfluss auf die finanzielle Förderung im Schuljahr 2010/2011. 2009 lagen die Ergebnisse über dem Durchschnitt, und der Eltern-Lehrer-Aus-

schuss sprach Rektor Overton und dem Kollegium Dank für die diesbezügliche harte Arbeit aus.
Es wurde die Einführung einer Handy-Verordnung vorgeschlagen, Kopien einer möglichen Fassung wurden unter den Anwesenden herumgegeben (auch verfügbar über das Intranet des Ausschusses). Bonnie Moore äußerte Einwände zu verschiedenen Punkten, und es wurde VEREINBART, weitere Kommentare und Hinzufügungen an Bonnie zu geben, die eine offizielle Antwort des Ausschusses formulieren werde.
Es wurde VEREINBART, die Verordnung noch so lange zurückzuhalten, bis alle Einwände gemacht und in Betracht gezogen sind.
Die Renovierung der Sporthalle und der Außenmauern der Gebäude ist abgeschlossen, die Eltern würdigten das verbesserte Erscheinungsbild der Schule. Der Antrag auf einen Anbau an das Mathematik-Gebäude ist noch in der Bearbeitung durch den Leiter, die Antwort soll aber bald erfolgen. In der Zwischenzeit werden Containeranbauten neben dem Gebäude dafür genutzt werden, das Aufkommen der Schüler zu bewältigen. Allgemeine Unzufriedenheit mit diesem Zustand wurde verzeichnet und vereinbart, dem Leiter eine Beschwerde zu überreichen, was die Aufnahme neuer Schüler betrifft.

Das nächste Treffen wird am letzten Donnerstag im Oktober stattfinden, dem 25.10. um 7:30 Uhr.
Das Treffen endete um 21:00 Uhr, und es gab Kuchen (mitgebracht von Tammy Davies) und andere Erfrischungen (mitgebracht vom Kollegium).

oktober

kapitel 7

Unsere Stadt verändert sich mit den Jahreszeiten nicht viel, die Bäume sind bis in den November, manchmal bis in den Dezember hinein grün und belaubt. Im alten Teil Adamsvilles, das ist der Südwesten, in dem wir wohnen und zur Schule gehen, säumen riesige Eichen die Fifth Avenue.

Wenn der Herbst im Oktober in Alabama Einzug hält, bedeutet das Jeans, lange Ärmel und Cordjacken. Flipflops tragen wir keine mehr, dafür gleich mehrere Schichten Kleidung. Und es gibt Footballspiele, Cheerleading und endloses Herumstehen auf Hardee's Parkplatz hinterher.

Unsere Stadt ist alt, und unsere Stadt ist neu. Südwesten und Südosten. Adams High und Lincoln High. Die Fifth Avenue windet sich durch den alten Teil der Stadt mit dem Regal Theater, dem alten Gericht, Anne's Antiques, dem Juweliergeschäft von Jimmy Kelly und Dutzenden leeren, verlassenen Läden. Auf dem Schild von Merrymakers kannst du gerade noch den alten gruseligen Clown erkennen, und drinnen liegt noch ein silberner Luftballon, ein ganzes Jahr nach dem Räumungsverkauf. Puffs Eisdiele hat auch was Gruseliges, sagen wir: Das riesige gelbe Eishörnchen draußen vorm Eingang ist voll mit Moos und Schimmel und Straßendreck. Wir haben gehört, dass es vielleicht ein Frozen-Yoghurt-Laden werden soll oder irgendwas Komisches mit *Ge-*

lato oder so. Puffs war nie gut, sagen wir, aber doch irgendwie ewig da.

Der alte Teil steht voller Eichen, überall sind sie, und wenn du die Fifth Avenue hinter dir lässt und weiter nach Westen gehst, kommst du in ein Wohnviertel nach dem anderen. Ziegel, Mörtel und Holz. Rot, gelb und weiß. Gehst du immer noch weiter, gelangst du auf Ackerland, roter Lehm bleibt dir an den Füßen kleben und wird auf die cremefarbenen Teppiche in unseren umgestalteten Wohnzimmern getragen.

Vielleicht gehst du aber auch nach Osten. Da wohnte Carolyn. Nimm die Fifth Avenue in östlicher Richtung und biege an der Ampel gegenüber vom Dollar Movie Theater scharf ab: Dort kommst du auf die Stripline. Auf die gehen wir, wenn wir zu Wal-Mart wollen, zu Lowe's, Winn-Dixie und Sam's. Zwei Spuren in jeder Richtung, Parkplätze und Läden, so weit das Auge reicht. Da finden sich auch das Crown Movie Theater mit zwanzig Leinwänden, der Country Club und eine Mittelschule genau wie die im Südwesten. Die beiden sind identisch. Gehst du weiter nach Osten, triffst du auch dort auf Ackerland. In den Südosten ziehen die Neuen, da stehen die neuen Häuser. Eichen gibt es im Südosten nicht, nur Kiefern. Die Häuser sind größer, und hässlicher, sagen unsere Eltern. Die Lincoln High ist total überfüllt, und ein Großteil des Unterrichts findet in Containeranbauten statt, aber sie schicken jetzt auch Schüler zur Adams. Unser Eltern-Lehrer-Ausschuss hat dagegen Beschwerde eingelegt, die jedoch vom Schulamt abgelehnt wurde.

Wir im Südwesten sind weitgehend weiß. Die schwarzen Leute bei uns sind Ärzte, Rechtsanwälte und Lehrer. Im Südosten können sie alles sein. Auf der Adams sehen wir wenige schwarze Kids, nur auf der Stripline, wenn wir zu Footballspielen gehen oder über die County-Grenze fahren, um Alkohol zu kaufen.

Adamsville ist trocken. Es gibt keine Schnapsläden und keine schicken Restaurants. Fast Food, das ist unser Ding, davon haben wir jede Menge. Es gibt ein Taco Bell im Südwesten und eins im Südosten. Das Gleiche gilt für Sonic, Burger King, McDonald's, Wendy's, Chick-fil-A, Dairy Queen, Pizza Hut und Domino's. Dazu kommen zwei Restaurants zum Hinsetzen, wieder eins im Südwesten und eins im Südosten. Das Blue Bistro im Südwesten ist natürlich besser. Wir reservieren rechtzeitig, um sicherzugehen, beim Schulfest einen Tisch zu haben, für das Dinner vor dem Ball.

Im November war es so weit. Im Oktober bauten wir einen Wagen und bereiteten uns auf die Parade und das Footballspiel vor. Bei irgendwem aus der Zwölften gab es eine Party, vor allem aber stellten wir eine offizielle Hotlist auf, eine, die es schon länger gab als den Blog. Sie verzeichnete die Namen der hübschesten und beliebtesten Mädchen der Schule. Und wir wählten den Hofstaat für den Schulball aus.

Wir hatten bereits vorausgesagt, welche vier aus unserem Jahrgang auf die Liste kommen würden: Brooke Moore und Gemma Davies natürlich, und wahrscheinlich Taylor Lyon und Tiffany Port. Aber vielleicht auch Carolyn Lessing, wozu sie eine der anderen verdrängen musste. Es ist nicht erlaubt, sich für die Nominierung irgendwie ins Zeug zu legen, und die Auswahlkriterien sind ziemlich vage: »Die Mädchen, die eure Klasse und die Werte, für die ihr steht, am besten repräsentieren.«

Im Jahr zuvor war ein Mädchen aus der Zwölften, Heather Hunt, die nicht bei den Cheerleadern war, auf die Liste gewählt worden, dann kam jedoch heraus, dass sie schwanger gewesen war und ihr Kind im Sommer verloren hatte, und die Leute sagten, hätten sie das gewusst, hätten sie niemals für sie gestimmt. »Sie darf nicht dabei sein, auch wenn sie das Glück hatte, das Baby zu verlieren«, sagte Taylor Lyon in unserem ersten Kurs. »Wenn ich auch *16 und schwanger* auf MTV liebe, heißt das noch lange nicht, dass ich so eine auch im Hofstaat will.« Woraufhin sie lachte, und alle lachten mit.

Einige Mädchen aus der Zwölften hatten einen Antrag gestellt, um Heather aus dem Hof zu bekommen – sie kursierte auf Facebook. Und dann holte Mr Overton Heather in sein Büro, und als sie wieder herauskam, heulte sie. Später am Tag kam eine Durchsage über den Lautsprecher, dass Heather Hunt durch Kerry Karle ersetzt worden sei, es habe einen Fehler bei der Auszählung gegeben. Heather absolvierte den Rest des Schuljahres von zu Hause. Die Leute dachten, sie sei wieder schwanger und komme deshalb nicht mehr.

Am Tag vor den Nominierungen beobachtete Lauren Brink, wie Brooke auf dem Flur zwischen der ersten und der zweiten Stunde Carolyn mit der Schulter rammte. Sie sagte, der Stoß war so heftig, dass Carolyns Bücher und Mappen, ihre Handtasche und alles zu Boden fiel. Die Zettel flogen überall hin und lagen im Weg herum.

Die Leute stiegen über Carolyn, machten einen Bogen um Brooke und gafften ein bisschen, aber die meisten gingen einfach weiter. Lauren stand bei ihrem Spind und verfolgte alles. Sie erzählte uns, was sie hörte und was sie sah.

Brooke stand über Carolyn, als sie versuchte, alles wieder einzusammeln. Tiffany und Taylor kamen den Flur heruntergerannt, Lauren sagte, es war erbärmlich, als hätte Carolyn den Notruf betätigt oder so. Und schon waren die beiden auf den Knien, um ihr zu helfen.

Lauren sagte, Brooke habe praktisch geschrien, fürchterlich dramatisch, damit alle stehen blieben und guckten. »Oh, NEIN. Das tut mir jetzt aber SO LEID.« Und dann leise: »Ich hab dir doch gesagt, du sollst AUFPASSEN.«

Carolyn stand vom Boden auf. »Was sagst du da?«

»Ich sagte, du sollst vorsichtiger sein.« Brooke lächelte.

Tiffany und Taylor sammelten etwas weiter immer noch lose Blätter ein. Carolyn stand nahe bei Brooke. »Warum bist du so gemein zu mir?«

»Vielleicht, weil ich mir nichts von dir holen will.«

Lauren sagte, Mrs Matthews sei jetzt langsam auf sie zugekommen, mit hochgezogenen Augenbrauen, als wollte sie dazwischengehen oder alles beobachten, aber vielleicht wollte sie sich auch nur etwas die Füße vertreten. Egal. Mr Ferris kam von der anderen Seite und blinzelte, als sei er verwirrt.

Carolyns Augen weiteten sich, sagte Lauren, und füllten sich mit Tränen. »Dir was holen?«

Brooke sah zu Taylor und Tiffany, dann wieder zu Carolyn. »Das wissen doch alle, dass du Herpes hast.« Brooke sagte es flüsternd und schlug Carolyn ihr Ringbuch aus der Hand.

»Was geht hier vor?« Mrs Matthews Gesicht war voller Sorge und Befürchtungen.

Lauren sagte, Carolyn habe etwas sagen wollen – vielleicht wollte sie erklären, was passiert war, vielleicht so tun, als sei nichts gewesen –, und dann schaltete sich Mr Ferris vom anderen Ende her ein. »Was ist passiert, Carolyn? Sind Sie okay?«

»Es ist alles in Ordnung«, sagte sie und ließ dabei Brooke nicht aus den Augen.

Brooke wirkte wütend, sie sah zu Mrs Matthews. »Ich habe Carolyn gerade eingeladen, in unserer Gebetsgruppe mitzumachen.«

Mrs Matthews Miene hellte sich auf. »Oh, das ist ja toll, Brooke, einfach toll«, sagte sie und legte ihr eine Hand auf den Rücken.

»Yeah, ich habe gerade gesagt, dass Carolyn die Gebetsgruppe echt guttun würde.« Brooke hielt den Blick auf Carolyn gerichtet, während sie sprach.

»Ist das so, Carolyn? Stimmt das?« Mr Ferris schien verärgert, sagte Lauren.

»Ja«, sagte Carolyn schnell. Tiffany und Taylor nickten.

»Also gut.« Mr Ferris sah in die Runde, dann auf seine Uhr. »Es klingelt gleich. Ihr geht jetzt besser in eure Kurse.«

Lauren sagte, Brooke sei mit Mrs Matthews den Flur hinuntergegangen, habe sie angeschleimt und einen auf nett und freundlich gemacht, und Carolyn habe bei Mr Ferris gestanden, bis es klingelte. Da wandte er sich ab und ging davon.

kapitel 8

Unsere Tage und Wochen hatten einen festen Rhythmus angenommen. Wie fuhren, saßen, hörten, redeten. Aßen zu Mittag und machten unsere Hausaufgaben. Gingen über die Flure und überquerten die Grünflächen. Saßen an unseren Tischen und nahmen tagein, tagaus die gleichen Wege. Manche Leute grüßten wir, manche ignorierten wir, immer wieder. Wir beschwerten uns, das Leben sei langweilig und alles voraussagbar, Adamsville öde. Im Nachhinein würden wir das nicht mehr unbedingt sagen. Es war schön zu wissen, was als Nächstes kam.

Der Tag, an dem wir den Hofstaat für den Schulball bestimmten, bot eine Abwechslung, etwas, worauf wir uns freuen konnten. Ganz gleich, wie lächerlich es war, konntest du nicht anders, als dir vorzustellen, wie es wohl wäre, deinen eigenen Namen zu hören: dass dich jemand auswählte. Die Lehrer fragten gleich in der ersten Stunde nach den Nominierungen, und wir hoben die Hände, warteten, dass wir an die Reihe kamen, riefen einen Namen und warteten darauf, dass sich ein, zwei mit anschlossen. Aber selbst, wenn es einmal leicht anders lief, waren die Ergebnisse am Ende doch immer gleich. Hin und wieder versuchte jemand ein hübsches Mädchen aus der Schulband vorzuschlagen – Amanda Morris oder Ashley Anderson zum Beispiel –, aber das endete immer auf die gleiche Weise. Wenn die

Band auch zweihundertzwanzig Mitglieder hatte, stimmten sie doch nicht füreinander. Sie stimmten für die, die sie selbst in einem nächsten Leben am liebsten wären. Die sollten in den Hofstaat. Es waren nicht mal unbedingt die Mädchen, die wir mochten, ganz und gar nicht, und wenn man ihre Schönheit objektiv beurteilte, würden sie vielleicht gar nicht zu den Schönsten zählen. Aber diese Mädchen hatten etwas, das wir nicht hatten, und wir hoben die Hände, stimmten für sie und sorgten dafür, dass sich am Ergebnis nichts änderte.

Carolyn wurde in unserer Klasse nominiert, zusammen mit Tiffany Port, Brooke Moore, Gemma Davies und Taylor Lyon, und Sekunden, nachdem die Nominierungen aufgenommen worden waren, schickte Lauren Brink eine SMS, Carolyn sei auch in ihrer Klasse aufgestellt worden.

Coach Cox sah zur Decke und sagte, wir sollten unsere Telefone wegstecken oder er sammele sie ein. Wir gehorchten. Nach der Stunde gratulierten wir Carolyn. Sie lächelte und wurde rot. »Danke. Ich weiß nicht mal, was genau es bedeutet.« Es bedeutet eine Menge, sagten wir ihr. Eine Menge.

Miss Simpson musste auch mal Dinge außerhalb der Schule gemacht haben – was, wusste niemand von uns. Sie war in einem anderen Staat aufs College gegangen, hatte Literaturgeschichte und Russisch studiert und sprach davon, in Japan Englisch zu unterrichten. Sie hatte einen rotblonden Bob, das Haar kinnlang, und trug Leggings, Pullover mit Wintermotiven, bunte Stoffhaargummis, redete von Aerobics und Kuchenbacken, und wir hatten gehört, dass sie Online-Dating betrieb. Sie war eine weitere Ehemalige im Kollegium, wie Mr Overton, aber sie nervte weit mehr, weil sie so erbärmlich war. Sie habe in New York gewohnt, erzählte sie uns, direkt nach dem College, in einer Wohnung, die sie sich mit einer »Freundin« geteilt habe. Die Jungs nannten sie eine Lesbe, und es war demütigend, von ihr gelobt zu werden. Sie rief mehr Mädchen als Jungs auf, was merkwürdig war, und bot vor allem den Einserkandidatinnen an, mit ihnen zusätzlich nach dem Unterricht zu üben.

Während sie Sachen erklärte, suchte sie Blickkontakt und lächelte, hatte ständig Lippenstift auf den Zähnen, ihre BH-Träger rutschten herunter, und sie griff in ihr Top, um sie wieder hochzuholen, so alle fünfzehn Minuten. Sie aß während des Unterrichts, was nicht erlaubt war, und wenn wir hintereinander in die Klasse kamen, sagte sie jedem Einzelnen von uns hallo, versuchte es aber zu variieren: »He da!«, »Hi«, »Wie geht's«, »Hallihallo«, »Was macht die Kunst?«.

An dem Tag war sie noch seltsamerer Laune als gewöhnlich, und wir nahmen an, es liege daran, dass sie das bevorstehende Schulfest an ihr eigenes trauriges Highschool-Leben erinnerte. Wir waren sicher, dass sie damals eine Außenseiterin war. Was anderes konnten wir uns nicht vorstellen.

Als wir uns hinsetzten, hievte sie sich auf ihr Pult und ließ die Beine vorne herunterbaumeln. Sie lächelte, riss einen Energieriegel auf und trank eine Diet Coke. Wenn wir sahen, was sie aß, staunten wir immer, dass sie übergewichtig war. Wahrscheinlich stopfte sie sich abends voll, dachten wir.

Der Unterricht verlief wie gewohnt: etwas Lesen, etwas Diskutieren, etwas Verzögerungstaktik von unserer Seite, damit sie nicht die Zeit hatte, uns mehr aufzugeben. Und kurz bevor es klingelte, bat sie Carolyn nach der Stunde noch einen Moment zu bleiben. Blake Wyatt saß in der ersten Reihe, und er drehte sich um und formte mit den Lippen das Wort »Ärger«. Wir lachten.

Es klingelte, und wir gingen hinaus. Im Vorbeigehen sahen wir zu Miss Simpson: Sie hatte einen Stapel Blätter in der Hand, unsere Aufsätze aus der vorhergehenden Woche. Sie blätterte sie durch, und wir erkannten unsere Überschriften, die Farbe unserer Kulis, unsere Schrift. Wir sahen, dass die Aufsätze bereits benotet waren, und wünschten, sie gäbe sie uns zurück.

Wir sahen zu Carolyn hinüber, die mit ihrem Telefon herumtat oder so und nicht aufblickte. Alyssa Jennings war Miss Simpsons Hilfskraft, und sie saß am Computer und stellte gerade eine Aufgabe für die Neunte zusammen. Sie sammelte YouTube-Clips von Shakespeare-Aufführungen und spielte sie zusammen. Alyssa blieb in der Klasse, als Miss Simpson mit Carolyn redete, und so erfuhren wir, worum es gegangen war.

»Also ich war doch ziemlich beeindruckt von Ihrem Aufsatz.« Sie kaute beim Sprechen. »Wirklich ziemlich beeindruckt.«

Carolyn hielt den Kopf gesenkt und starrte auf ihr Telefon unter dem Tisch. Alyssa trug Kopfhörer, hatte aber den Ton abgestellt.

Carolyn sagte, sie sei froh, dass Miss Simpson ihren Aufsatz möge. Miss Simpson puhlte sich mit dem Zeigefinger zwischen den Zähnen. Kein Wunder, dass sie nicht verheiratet war.

»Nun, ich bin ironisch, und ich glaube, das wissen Sie.« Sie machte eine Pause und nahm das letzte Stück ihres Energieriegels. Sie steckte es in den Mund, kaute und redete gleichzeitig. Alyssa sagte, sie habe wegsehen müssen, aber gehört, wie Miss Simpson schluckte und von ihrer Diet Coke trank.

»Nein, ich war ganz und gar NICHT beeindruckt, Carolyn. Wirklich nicht.« Wieder machte sie eine Pause. »Sie haben sich als HELL definiert.«

Alyssa sagte, Carolyn wurde rot, und dann lachte sie, nur ein wenig.

Miss Simpson wurde jetzt auch rot, sie blitzte Carolyn an. »Finden Sie das komisch, Carolyn?«

Carolyn senkte den Blick.

»Die Aufgabe bestand darin, sich als eine FARBE zu definieren, und HELL ist nicht wirklich eine Farbe, oder?«

»Ich weiß nicht.«

»Doch, ich glaube, das WISSEN Sie. Ich glaube, Sie WISSEN, dass Hell keine Farbe ist. Und ich glaube, Sie wissen auch, dass der Sinn der Aufgabe in dem Versuch bestand, genau aufzuzeigen, was Sie einzigartig macht. Haben Sie denn keinerlei Wertschätzung für sich?«

Miss Simpson atmete laut aus.

»Wissen Sie, ich hasse es, das tun zu müssen, aber es geht nicht anders.« Als Alyssa uns das später so berichtete, fragten wir uns, warum. »Ich denke, Sie WISSEN, was für eine Farbe Sie sind. Sie haben nur Angst, es niederzuschreiben.«

Sie machte eine Pause. Eine Kunstpause, sagte Alyssa. Miss Simpson war *so* eine Dramatikerin.

»Habe ich recht?« War sie wütend? Oder wollte sie Carolyn ermutigen? Alyssa wusste es nicht.

»Ich weiß nicht.« Carolyns Blick fuhr im Raum herum, sagte Alyssa. Sie sagte, sie sei ihr wie eine Irre vorgekommen.

»Ich werde Sie also bitten, den Aufsatz noch einmal zu schreiben.«

Carolyn ließ ein Ächzen oder Stöhnen hören, ob aus Protest, konnte Alyssa nicht sagen.

Miss Simpson legte eine weitere Pause ein. Sie schob sich das Haar hinter die Ohren und holte Luft, versuchte das Papier von ihrem Energieriegel in den Papierkorb zu werfen, traf aber nicht und ließ die Luft aus ihrer Lunge entweichen.

»Was denken Sie, Carolyn?«

»Ich war nicht wirklich sicher, wie, also, wie ich die Aufgabe angehen sollte.«

Wir konnten uns den Raum vorstellen: Er war immer zu heiß, und es roch nach CK One oder irgendeinem billigen Drogerie-Parfüm.

»Wissen Sie, Carolyn, ich versuche Ihnen zu helfen. Seit Sie hier angekommen sind, versuche ich Ihnen zu helfen. Ich bin ein großer Fan von Ihnen.«

Der Raum konnte erdrückend sein und es einem schwermachen zu atmen.

Sie fuhr fort: »Wobei die Frage für mich ist: Warum sind SIE kein Fan von sich?«

Vor dem Fenster, auf dem Hof, rempelten sich Taylor Lyon und ein paar Jungs aus der Zwölften an. Carolyn sah zu ihnen hinaus.

Miss Simpson seufzte. »Ihr Mädchen. Ich wünschte, ihr könntet euch sehen, so wie ich euch sehe.«

Carolyn hielt den Blick aus dem Fenster gewandt.

Miss Simpson seufzte wieder. »Ich möchte nur, dass Sie darüber nachdenken, was für eine Farbe Sie sind.«

»Okay«, sagte Carolyn. Was für eine öde Aufgabe.

Miss Simpson muss jetzt wirklich gelächelt haben, wir konnten es uns vorstellen, den Lippenstift auf den Zähnen.

Blake Wyatt sah durchs Fenster, und Alyssa erwiderte seinen Blick. Er zeigte Miss Simpson den Mittelfinger, aber die sah es nicht.

»Ich denke, Sie sind etwas Besonderes, einzigartig und anders, Sie nicht?«

Schweigen.

»Nun, ich denke es, und ich wäre Ihnen wirklich dankbar, wenn Sie Ihren Aufsatz dementsprechend noch mal neu schrieben. Okay?« Sie wartete einen Moment. »Okay?«

Carolyn nickte.

»SUPER«, sagte Miss Simpson. »Das ist SUPER.«

Carolyn stand auf und sammelte ihre Sachen zusammen.

»Und, Carolyn?«

Carolyn legte sich den Gurt ihrer Tasche über.

»Wie geht es sonst so? Verstehen Sie sich mit den anderen Mädchen?«

Carolyn warf einen Blick zu Alyssa hin, und Alyssa

meinte, sie habe nicht sagen können, ob sie nun angepisst oder amüsiert war. Carolyn wandte sich wieder Miss Simpson zu und nickte.

»Ich hoffe es. Ich denke, Sie sind etwas ganz Besonderes.« Miss Simpson lächelte, und Carolyn ging hinaus.

kapitel 9

In der Cafeteria klapperten die Tabletts und krachten gegeneinander, und wir schrien quer durch den Raum und warfen mit Äpfeln und Roastbeef-Sandwiches, wenn die Lehrer nicht hinsahen. An manchen Tagen brachten wir unser Mittagessen mit, an anderen kauften wir uns was, und wir hockten uns Tag für Tag auf dieselben Plätze. Die Cafeteria roch nach Hotdogs, Pommes, Lasagne, Hühnersteak und Bratensoße. Sie roch nach Desinfektionsmittel, Neuntklässlern, die aus dem Sportunterricht kamen, und Mädchen, die gerade ihr Parfüm aufgefrischt hatten. In Carolyns Schule, und in allen Schulen, die wir aus dem Fernsehen kannten, mussten die Schüler zum Mittagessen vom Schulgelände, gingen in die Mall, in ein Restaurant, eine Tankstelle oder nach Hause. Carolyn war meist Sushi essen gegangen, oder zu Whole Foods, wo sie und ihre Freundinnen sich einen grünen Saft holten. »Es ist komisch, dass man hier nicht herauskommt«, sagte sie. »Yeah«, stimmten wir ihr zu und verübelten es ihr, nur ein bisschen, dass sie uns aufs Neue das Gefühl gab, rückständig zu sein. Nicht alles, was anders ist, ist besser.

In der Mitte der Cafeteria bildete eine niedrige Mauer ein Quadrat. Innerhalb und außerhalb von ihr standen Esstische für je sechs Personen, gitterförmig angeordnet. Brooke saß mit Gemma Davies und Andrew Wright in der Mitte, die übrigen Plätze an ihrem Tisch waren leer. Wir an unserem Tisch redeten über die Nominierungen, und wie öde das alles war und wie komisch, dass Carolyn in so vielen Klassen nominiert worden sei. Wir sagten, dass sich Brooke wahrscheinlich immer noch das Maul über Carolyns Platz auf der Hotlist zerriss, und beobachteten, wie sie kleine Stücke von ihrem Sandwich abbrach und langsam darauf herumkaute, eine Hand vorm Gesicht.

Wir sahen zum Tisch mit den Cheerleadern hinüber, zu Amber, Bridget, Emma, Tiffany, Taylor, Shane und Carolyn. Shane hatte den Arm um Carolyn gelegt, aber als Coach Cox an ihrem Tisch vorbeikam, ließ er ihn schnell sinken. Coach Cox lächelte, und dann sahen wir, wie Shane unter dem Tisch nach Carolyns Hand griff und sich damit über das Bein rieb. Wir stellten uns alles Mögliche vor, worüber sie sprechen mochten: ihre Freunde in New Jersey vielleicht oder Shanes Leistungen im Football, vielleicht zogen sie aber auch über die Lehrer her, wie wir alle es taten. Wir wussten es nicht. Alle Augen am Tisch richteten sich auf Carolyn, und der Großteil der Blicke aus dem Rest der Cafeteria ebenfalls. Wir konnten nicht anders.

Zu der Zeit wunderte sich niemand, dass Shane so in sie verknallt war, die Cheerleader Arm in Arm untergehakt mit ihr über den Flur gingen und sie in jenen ersten Monaten zu jeder Party eingeladen wurde, auch bei denen nur die beliebtesten Schüler auftauchten. Sie war einfach so cool.

Hausmeister Ken wischte den Boden, während wir aßen. Er war langsam, behindert oder vielleicht einfach etwas zurückhaltend – einige von den Jungs mochten es, mit ihm abzuklatschen, wenn sie ihn auf dem Flur sahen, wollten wissen, wie Alabama am Wochenende gespielt hatte und wen er für heißer hielt, Miley Cyrus oder Taylor Swift. Wenn er antwortete, lachten sie fast immer, wiederholten, was er gesagt hatte und versuchten ihn dazu zu bringen, es noch einmal zu wiederholen, nur lauter, und wir waren nicht sicher, ob sie es nett meinten oder sich über ihn lustig machten. Es war uns unangenehm, wir wollten wegsehen, das wussten wir. Aber vielleicht waren ja auch wir die Arschlöcher, die ihn systematisch übersahen und so taten, als sähen wir ihn nicht oder, schlimmer noch, als könnten wir glatt durch ihn hindurchsehen. Wir sahen zu ihm hinüber und hätten schwören können, dass Shane etwas in seine Richtung geworfen hatte, ein Stück Pommes oder so, das auf Kens Kopf landete. Und da blieb es auch, während er sich vorbeugte, um einen leeren Milchkarton aufzuheben.

Miss Simpson saß mit Mr Ferris, Coach Cox und Mrs Matthews an einem Tisch. Wir dachten nicht darüber nach, ob sie sich mochten oder nicht, wir lachten nur über Miss Simpsons und Mrs Matthews Outfits, und ihr übertriebener Gebrauch von Stoffhaargummis trieb uns fast die Tränen in die Augen. An dem Tag lachten wir vor allem über Mrs Matthews: Sie trug einen braun-orangefarbenen Pullover mit einem riesigen Füllhorn voller Gemüse darauf. Nicole sagte, sie sei nicht sicher, ob Mrs Matthews dazu tauge, uns als Vertrauenslehrerin aus der Patsche zu helfen, wenn sie diese Wahl treffe. »Wenn ich den Pullover sehe, könnte ich kotzen. Da tu ich doch alles, um mir von der nicht helfen lassen zu müssen.«

Laurens Dad hielt einmal in der Woche am Cullman Community College einen Vortrag über Personalführung im mittleren Management, und er hatte ihr erzählt, dass er Mrs Matthews da gesehen habe, zusammen mit Miss Simpson. Er dachte, die beiden seien in einem Backkurs – Miss Simpson hatte eine Schachtel essbarer Blüten dabei, aber Mrs Matthews zwei Bücher von Freud. Neugierig fragte er sie danach. Psychotherapie, hatte sie geantwortet, und Mr Brink erzählte es Lauren und Lauren uns. Psychotherapie. Wir hielten sie schlicht für verrückt. Jeden Tag sahen wir zu, wie sie ihren traurig aussehenden Salat aus einer traurig aussehenden Tupperware-Dose aß. Und wandten den Blick ab.

Nach dem Essen sahen wir, wie Brooke Moore in der Toilette verschwand. Wir warteten ein, vielleicht zwei Minuten, dann gingen wir auch. Wir liefen ihr nicht nach, nicht wirklich, aber wir waren gerne in ihrer Nähe, egal, was die Leute sagten. Brooke war beliebt, sie war cool – ob sie dich mochte, darauf kam es an. Wenn Brooke da war, passierte was, das war sicher. Sie war dabei, als Blake Wyatt seinen ersten Joint drehte, Dylan Hall seinen ersten Handstand auf einem Fass machte und Alyssa Jennings sich so abschoss, dass sie oben ohne in den Seven Eleven marschierte. Brooke war immer dabei, was bei uns in der Stadt auch passierte, und so spazierten wir hinter ihr in die Toilette und verteilten uns gleich auf die Abteile. Wir lasen, was auf den mit Sharpie-Marker, Blasenbuchstaben, Herzen und Kreuzen bedeckten Wänden stand.

»Jesus rettet dich!«

»Alicia Cooper ist eine SCHLAMPIGE SCHLAMPENSCHLAMPE.«

»Ich berausche mich am LEBEN an CRYSTAL METH.«

Wir hörten Würgen und Husten. Wir wussten, es war keine von uns, das Geräusch hatte angefangen, bevor wir die Abteiltüren geschlossen hatten. Und es ging weiter, auch nachdem wir die Spülung betätigt hatten und herausgekommen waren, um uns die Hände zu waschen. Wenn wir zusammen waren, wuschen wir sie uns immer ein paar Sekunden länger, um zu zeigen, dass wir sauber waren, aber nicht zwangsgestört. Wir standen vorm Spiegel und halfen uns mit Lipgloss, Haarspray und DKNY-Parfüm aus. Wenn Brooke schon wieder draußen gewesen wäre, hätten wir auch ihr unsere Sachen angeboten, hätten ihr gezeigt, was für Marken wir benutzten, und uns von ihr sagen lassen, ob unser Lidschatten zu unserem Hautton passte. Aber heute war sie langsam, das Würgen und Husten lauter und länger als gewöhnlich, das Platschen in die Schüssel schwerer als an den meisten Tagen. Wir sagten nichts dazu, an dem Tag und auch den anderen nicht, aber wir sahen uns mit großen Augen im Spiegel an, bis die Spülung gedrückt wurde, machten wir weiter mit dem, was wir gerade machten, puderten uns die Nasen mit Bare Escentuals und strichen uns Cream Blush auf die Apfelbäckchen. Brooke kam aus ihrem Abteil, das Gesicht und die Augen gerötet. Sie lächelte, als wir ihr gratulierten. »Keine große Sache«, sagte sie. »Keine große Sache.«

Trigonometrie kam nach dem Mittagessen.

Mr Ferris begrüßte uns nicht, als wir in die Klasse kamen, aber wir begrüßten ihn. Er war heiß, und wir freuten uns auf seine Stunden, so irre schwer sie waren.

»Ich habe heute einen kleinen Wettbewerb für euch.« Er lächelte, und wenn er das tat, bildete sich rechts von seinem Mund ein Grübchen. So süß.

Er lächelte und ließ den Blick schweifen. Mr Ferris war leicht zufriedenzustellen, und wenn wir es konnten, wollten wir es auch. Er war beim Militär oder so gewesen, aber jetzt unterrichtete er. Es hatte was Trauriges. Wir hatten gehört, er und Miss Simpson seien im August oder so miteinander ausgegangen, was alle überraschte, hauptsächlich, weil sie so lesbisch war. Blake Wyatt hatte die beiden im Kino gesehen, in *Akte X 2*, und Nicole Willis hatte ihnen im Blue Bistro hinterher Nachos und Diet Cokes serviert. Dylan Hall arbeitete bei Sonic, und er sagte, Miss Simpson habe am selben Tag um 23:45 Uhr noch eine große Portion frittierte Gurken bestellt. Frustessen, sagte er, und das schien es zu treffen.

Mr Ferris war dennoch der beliebteste Mathelehrer an der Schule. Wenn du auf *ratemyteacher.com* gingst, fandest du Hunderte Kommentare zu ihm: »Mr Ferris ist supernett, und wenn der Unterricht bei ihm auch nicht einfach ist, macht er doch ziemlich Spaß«, und wenn du nur lange genug auf der Seite bliebst, stießt du irgendwann auf was Obszönes, über seinen Hintern, seine Zunge oder sein Durchhaltevermögen, was dann wenig später von den Website-Leuten gelöscht wurde.

Er räusperte sich: Mehr musste er nicht tun, um unsere Aufmerksamkeit zu erlangen. »Der Schulball sollte nicht das Einzige sein, was Ihnen wichtig ist.« Er sah sich um, und sagte, wir sollten uns von unseren Stühlen erheben. Einige der Jungs stöhnten, doch wir taten, was er sagte: Wir sahen ihn gerne an. Er trug dunkle Khakihosen, ein blaues Hemd mit geknöpftem Kragen und eine rote Krawatte. Er hatte Gel oder so was im Haar, aber nicht zu viel. Gerade genug, um ihn aussehen zu lassen, als käme er frisch von der Dusche her. Lauren schickte eine SMS: »Sein A**** ist heute super.«

Dylan Hall blieb sitzen. »Ich stehe erst auf, wenn Sie uns sagen, was wir machen.« Es sollte ein Spaß sein, dachten wir, aber es nervte. Wir wollten nicht, dass er Mr Ferris wütend machte.

»Ich werde euch jetzt gemäß eurem Notendurchschnitt umsetzen. Die Zeugnisse gibt es nächste Woche.«

Er war nicht der einzige Mathelehrer, der das tat. Mr Scott, Mrs Kuby und Mr Ford taten es auch, und es war etwas, das du entweder liebtest oder hasstest, wobei alle sagten, dass sie es hassten – sonst hättest du wie ein totaler Trottel gewirkt.

Wir stöhnten ein bisschen und sahen zu Carolyn hinüber. Ihr Blick fuhr in der Klasse herum. Sie hatte den kleinen Finger im Mund und kaute auf dem Nagel. Sie wusste nicht, worum es ging.

Wir stellten uns vor die Tafel und warteten, dass Mr Ferris unsere Namen aufrief. Er fing mit der schlechtesten Note an. Es war wie bei *American Idol*, sagten wir später, nur dämlich und alles andere als unterhaltend.

Als Mr Ferris zu den letzten fünf kam, waren nur noch Mädchen übrig. Wir waren natürlich dabei, aber auch Carolyn. Natürlich. Wir standen da und warteten, vorsichtig darauf bedacht, uns nicht gegen die Tafel zu lehnen. Du wolltest keine Kreidespuren auf deinem Hintern oder den Abdruck einer Reziprokfunktion auf dem Rücken. Mr Ferris wurde zum Ende hin langsamer, und wir fragten uns, ob er *American Idol* gesehen hatte oder einfach nur die Spannung erhöhen wollte. Eine nach der anderen nahmen wir unsere Plätze ein. Carolyn kam als Letzte, mit der besten Note, sie hatte Trigonometrie bereits in ihrer alten Schule gehabt und kaum lernen müssen, wenigstens hatte sie das gesagt. Als ihr Name aufgerufen wurde, weiteten sich ihre Augen, und sie senkte den Kopf und ging zu dem Tisch ganz rechts in der Ecke, das Gesicht von ihren Haaren verborgen. Wir saßen bereits alle, wären aber am liebsten aufgesprungen und hätten ihr das Haar hinter die Ohren geklemmt, damit sie sah, wohin sie ging, keine Tische umrannte und hinfiel. Wir wollten das Haar aus ihrem Gesicht, damit sie etwas sah, aber auch, weil es wirkte, als gäbe sie damit an: Keinen interessiert, wie dick, lang und glänzend dein Haar ist, hör schon damit auf.

Mr Ferris lächelte. »Im Hofstaat beim Ball UND die beste Note in fortgeschrittener Trigonometrie. Da hat jemand einen perfekten Tag.«

kapitel 10

Wir trainierten jeden Tag nach der Schule, von 15:30 bis 17:00 Uhr. Im Aquadome, einer Glaskugel mit einem Pool, einzigartig im ganzen Staat. Natürliches Licht strömte durch die Decke, und beim Rückenschwimmen sahen wir in den Himmel, sahen die Sonne, die Wolken und Vogelschwärme. Wenn es keine Wolken gab, schien die Sonne so hell, dass wir die Augen schließen mussten. Unsere Eltern sagten, der Aquadome sei das hellste Gebäude in ganz Adamsville: Sie trugen Sonnenbrillen, wenn sie auf der Tribüne saßen und uns beim Schwimmen zusahen.

Es überraschte uns, dass Carolyn tatsächlich in die Mannschaft kam, beliebte Mädchen gingen zu den Cheerleadern, spielten Fußball oder machten, im schlimmsten Fall, Leichtathletik. Schwimmen war an der Adams fast so übel wie die Band, es gab keine coolen Leute in der Mannschaft, und hatte es nie gegeben. Butterfly war Carolyns stärkster Schwimmstil, da war sie wie Nicole Willis. Sie war allerdings ein kleines bisschen schneller als Nicole, wie wir bemerkten, und ihre Rollwenden waren irre. Coach Billy holte uns aus dem Pool, damit wir ihr zusahen.

»Seht euch das an, Mädchen. Carolyn macht das perfekt. Die Kraft ihres Beinschlags kommt nicht aus den Hüften, nicht aus den Knien. So müsst ihr's machen.«

Wir verdrehten die Augen.

Coach Billy stöhnte. »Hört auf damit und seht ihr zu.«

Wir trainierten auf derselben Bahn. Zwischendurch, als wir am Rand hingen, uns ausruhten und auf die Uhr sahen, bemerkte Jessica verschiedene Schnitte auf Carolyns rechtem Arm. »Wie von den Krallen einer Katze oder so«, sagte sie später, »aber tiefer, eigenartiger.« Wir versuchten einen Blick darauf zu erwischen, später, beim Training mit dem Schwimmbrett, doch sie erwischte uns dabei, nahm den rechten Arm herunter und begann Wasser zu treten. Ihr Kopf und ihre Schultern blieben völlig ruhig, aber unten, ihre Beine, die traten und kreisten wie verrückt. Nach sechzig Sekunden stieß sie sich von der Wand ab, trat mit den Beinen und bewegte sich sehr schnell voran, spritzte dabei aber kaum. Die Male an ihrem Arm waren jetzt sichtbar, und sie schienen tief zu gehen. Sie sahen aus, als müssten sie schmerzen, stechen, weh tun.

Sie konnte zwei Bahnen ohne Luftholen schwimmen. Ihr Butterfly war wunderbar. Wenn sie ins Wasser sprang, spritzte es kaum, und beim Brustschwimmen kam sie mit dem ersten Zug fast fünfzehn Meter weit. Sie hatte Talent, das war sicher, und nach dem Training unterhielten wir uns manchmal ein bisschen. Hin und wieder wünschten wir uns, sie könnte ein wenig langsamer sein. Jetzt war Carolyn die Erste auf der Bahn, wo wir uns doch so an unsere Ordnung gewöhnt hatten. Solche Veränderungen waren nervig, aber wir mochten es, ihr beim Schwimmen zuzusehen, wie sie ohne einen Spritzer durchs Wasser glitt.

Mit unseren Kappen, Schwimmanzügen und Brillen

sahen wir alle gleich aus, Jungen wie Mädchen, höchstens, dass einige etwas dicker und einige etwas dünner waren, aber im Prinzip waren wir alle gleich. Bei Wettkämpfen verwechselten uns unsere Eltern beim Applaudieren, feuerten Lauren an, obwohl sie Nicole meinten, oder schlimmer noch: applaudierten einem Jungen, wo sie doch eine Tochter hatten. Und wir waren genauso: Wir sprachen jemanden an, und dann mitten im Gespräch wurde die Brille heruntergezogen, und du kapiertest, dass du dich verhauen hattest – und gingst panisch noch mal durch, was du gesagt hattest. Als wir jünger waren, fünf und sechs, hieß unsere Mannschaft die Mighty Minnows, in der Mittelschule dann wurden wir zu den Blue Dolphins. Jetzt, in der Highschool, sagten wir, müssten wir demnach Wale sein, und lachten, ein bisschen, wenn wir es auch nicht wirklich witzig fanden. Nicht, wenn wir unsere Bäuche und Brüste betrachteten, oder die Speckrollen der Jungs, die sich über ihren Speedos zu bilden begannen: Wale, jeder Einzelne von uns. Im Wasser schien das jedoch zu verschwinden. Wir schwammen schnell und lang und liefen rot an, uns wurde heiß und wir schwitzten, schwitzten wie die Leichtathletikmannschaft, sagten wir, nur dass man es unter Wasser nicht sehen konnte. Die Trainingseinheiten ließen uns stöhnen, die Fünfhunderter-, dann die Zweihunderter-, die Hunderter-, die Fünfziger- und schließlich die Fünfundzwanziger-Sprints. Wir stöhnten, maulten und probierten es uns beim Rückenschwimmen leichter zu machen, indem wir uns an den Trennseilen weiterzogen – trotzdem blieben wir dabei, weil wir wussten, wenn wir schwammen, lebten wir und waren doch gleichzeitig unsichtbar. Und so wollten wir es haben.

Der Umkleideraum war dunkel, nur eine Leuchtstoffröhre flackerte in der Mitte, im Grunde zogen wir uns im Schatten um. Wenn du nach anderthalb Stunden im Licht des Aquadome da hineinkamst, hatte die Dunkelheit fast schon etwas Furchterregendes. Entlang der Wände standen Spinde, in der Mitte alte Holzbänke mit eingeschnitzten Sprüchen, Graffiti und allem. Die Umkleiden waren alt, die Türen auf der einen Seite führten in den Aquadome, die auf der anderen in die Turnhalle, in der die Cheerleader und die Basketballer trainierten. Neben der Tür zur Turnhalle stand eine altmodische Waage wie aus einer Arztpraxis. Wir hörten, dass sich die Cheerleader jeden Tag wogen und Ms Coker alles aufschrieb und drohte, sie aus der Truppe zu werfen, wenn sie über die 55er-Marke kamen. Die Leute sagten, Brooke Moore hätte im Sommer an der Waage herumgebastelt, um sicherzugehen, dass sie dabeiblieb. Wir wussten nicht, wie das möglich sein sollte, glaubten es aber trotzdem. Wir wogen uns selbst ein-, zweimal im Jahr, mehr war zu schmerzlich, und wenn wir sahen, wie der Zeiger immer höher stieg, nahmen wir uns vor, im nächsten Jahr alles anders zu machen und daran zu arbeiten, die Zahlen wieder herunterzubringen, auf den Stand aus unserem ersten Highschool-Jahr, oder besser noch auf den aus der Achten.

Carolyn zog sich auf der Toilette um, nicht offen wie alle anderen. Wir sahen, wie sie ihre Tasche packte und sich heimlich, still und leise zu verabschieden versuchte, aber natürlich sahen wir sie. Sie war die Dünnste von uns allen, so viel war sicher, deshalb fanden wir ihre Heimlichtuerei komisch, obwohl wir selbst vielleicht auch lieber für uns gewesen wären.

Später redeten wir über die Male an ihren Armen. Und vielleicht hätten wir sie fragen sollen, was es damit auf sich hatte, aber wir taten es nicht, wobei uns Carolyn wohl sowieso nicht geantwortet hätte. Wenn wird draußen auf unsere Eltern warteten, war alles zugedeckt, und wir wollten nicht, dass sie dachte, wir würden ihren Körper begaffen, also redeten wir über das Training, wie sehr wir die Butterfly-Übungen hassten und wie schrumpelig unsere Finger im Pool geworden waren. In Nachhinein wird klar, dass das die einzigen Male waren, dass wir mit Carolyn sprachen, und wir sagten nichts Wichtiges, nichts, was zählte. Am Ende kamen unsere Eltern, und wir stiegen in unsere Autos. Carolyn stand meist noch am Bordstein, wenn die Letzte von uns davonfuhr.

Sie winkte. »Bye.«

»Bye.«

Manchmal wünschten wir, wir hätten mehr gesagt.

Am nächsten Dienstag vergaß Carolyn ihre Umhängetasche in der Umkleide. Es war eine blaue JanSport, auf der vorne die Initialen C.E.L. zu lesen waren, und wir rieten eine Weile herum, wofür das E. wohl stand.

Lauren sagte, es müsse Esther sein. Wir lachten.

»Oder Evelyn?«, riet Nicole. »Das wär irgendwie cool.«

»EUGENE«, sagte Jessica mit großen, blitzenden Augen. Wieder lachten wir.

Nicole sagte, es sei sicher Elizabeth, und wir stimmten ihr zu. Das war das Wahrscheinlichste.

Im Kreis standen wir um ihre Tasche herum, als wäre sie ein lebendiges Wesen, das uns beißen, zu uns sprechen oder davonlaufen könnte. Wir überlegten, ob wir sie in Mr Overtons Büro bringen oder jemandem simsen sollten, der ihre Nummer hatte, aber wir gingen in die Behindertentoilette und machten sie auf.

Drei Ringbücher, neu und sauber, mit Trigonometrie- und Englisch-Arbeitsblättern. Die Blätter saßen sauber aufeinander wie in einem Lehrbuch, waren makellos und wirkten kaum benutzt, obwohl sie voller Notizen waren. Ihre Hefte, eines für jedes Fach, trugen Etiketten mit ihrer Handschrift, die so ordentlich war, dass es etwas Einschüchterndes hatte. Wir blätterten hindurch, voller Angst, etwas laut zu sagen, falls jemand hereinkam. Wir suchten nach Geheimnissen, Bemerkungen zu Shane, anderen Jungs oder ihrem Freund zu Hause. Stattdessen fanden wir nur Notizen zum Unterricht. Alles wortwörtlich genau das, was unsere Lehrer gesagt hatten. Also redeten wir hauptsächlich über ihre Handschrift. Sie wirkte wie eine Computerschrift, Times New Roman, Arial oder so, völlig perfekt oder pedantisch, wie du wolltest. In der vorderen Tasche hatte sie ihr Make-up, Lâncome-Juicy-Lipgloss, Maybelline-BB-Crème, eine Flasche NARS Body Glow (Lauren sagte, die gäb's auf der Sephora-Seite für sechzig Dollar aufwärts). Wir fanden Tampons und ein winziges Medizintäschen: Yasmin. Es überraschte uns nicht, dass sie die Pille nahm, aber wir taten so, und irgendwer sagte, wir sollten sie klauen und sehen, wie lange es dauere, bis sie schwanger sei. Aber wir steckten sie zurück. Es gab auch Fotos, brieftaschengroß, die lose unter allem lagen, einige von ihr, alte, auf denen ihr Haar kürzer war, heller. Die Ausleuchtung schien professioneller als bei den Schulfotos an der Adams. Photogeshoppt, sagten wir. Ein Exemplar von: *Die Glasglocke, Seelensprung, Ein eigenes Zimmer* und eine Ausgabe von *Glamour*. Ein Slim-Fast-Riegel, Ibuprofen, ein halb leerer Flakon Marc Jacobs Daisy. Eine Schachtel Zigaretten, Marlboro Golds. Keiner wusste, dass sie rauchte. Und Kaugummi, sechs Päckchen Kaugummi, alle ohne Zucker. Ein Umschlag mit ihrem Namen darauf, wir öffneten ihn: eine Karte. Vorne drauf ein Bär, blau und grau, mit einem Luftballon und einer Sprechblase: »Alles Gute zum Geburtstag, meine Tochter.« Wir schlugen sie auf, und da standen drei Worte: »Alles Liebe, Dad.«

Die Tür ging auf, wir spürten den Luftzug, stopften alles zurück in die Tasche, verließen die Toilette und schlichen uns, ein bisschen ängstlich, hinten aus der Umkleide, ohne zu gucken, wer da hereingekommen war. Wir redeten uns ein, es sei unwahrscheinlich, dass es Carolyn war oder dass sie uns gesehen hatte.

Wir erzählten ein paar Leuten, was wir gefunden hatten: einen Brief, Anti-Baby-Pillen, Zigaretten, Slim-Fast-Futter. Bilder von ihr. Wochen später kam die Geschichte wieder bei uns an, von ein paar Mädchen, die Carolyn Lessings Tasche gefunden hätten, und dazu reichlich über die Sachen, die darin gewesen waren. Die Liste war länger geworden. Mit dazu gekommen waren Ecstasy, Rasierklingen und einige Ausgaben *Playgirl*.

Vielleicht hatte ja noch jemand anders ihre Tasche gefunden. An einer anderen Stelle, bei anderer Gelegenheit, mit anderen Sachen darin. Interessanteren Sachen, aufregenderen Sachen. Weil, was da zurückkam, war was anderes als das, was wir gefunden hatten.

kapitel 11

Carolyns Mutter hatte irgendeinen wichtigen Job bei 3M. Sie hatte zu den wenigen weiblichen Chefingenieuren in New Jersey gehört, und der Job in Adams ville war eine Beförderung. Fast jeder im neuen Teil der Stadt arbeitete für 3M, es hatte Artikel in der Zeitung gegeben, dass uns das gerettet habe, dass es uns reich mache und die Stadt deswegen jetzt »boome«. Aber wir bemerkten keinen großen Unterschied, nur dass ein Abercrombie in die Mall kam, ein Bagel-Shop neu eröffnet hatte, und bald sollte auch Banana Republic kommen, und ein Kate-Spade-Laden. Drei Starbucks gab es bereits. In dem Jahr allerdings, etwa um die Zeit, als Carolyn kam, hörten wir auch, dass manch ein Shop zumachte: Morgens in der ersten Stunde mussten wir uns die Nachrichten ansehen und hörten von der »Rezession«. Das ist für uns nicht wichtig, sagten wir, aber unsere Eltern wirkten vielleicht etwas müder, und es gab etwas mehr Streit zu Hause. Wir hörten, dass Shane Duggans Dad seinen Job verloren hatte und Brooke Moores Mom stundenweise bei Parisians arbeiten musste, um Mr Moores Schichtkürzungen bei Monsanto auszugleichen. Geschwister von Schülern zogen nach dem College zurück nach Hause und hofften darauf, Jobs in Birmingham, Nashville oder Atlanta zu ergattern. Eigentlich änderte sich jedoch nichts. Eine der Starbucks-Filialen machte am Ende dicht, aber es war auch zu blöde, gleich drei zu haben. Plus: Kaffeetrinken war was für Angeber.

Wie wir hörten, sollte Carolyns Mutter eine Art Genie sein, wie der Typ in *The Apprentice,* nur dass sie eine Frau war und ihr ganzes Leben im Norden gelebt hatte. Wie wir hörten, war sie geschieden, oder getrennt, und vielleicht hatte sie Carolyn schon mit sechzehn gekriegt? Wie Lorelai Gilmore. Wir waren nicht ganz sicher.

Nachdem wir ihre Tasche gefunden hatten, versuchten wir extranett zu Carolyn zu sein. Sie sollte sehen, dass wir nett und freundlich waren und keine Zicken, die die Sachen anderer Leute filzten. Nicht, dass wir glaubten, sie wisse davon, überhaupt nicht, trotzdem wollten wir was in Ordnung bringen. Im Nachhinein fragten wir uns, ob uns da schon bewusst zu werden begann, dass es für sie an der Adams nicht immer so toll sein würde und Taylor sie am Ende vielleicht auch fallenließ, so wie sie uns hatte fallenlassen. Wir fragten Carolyn, ob sie nach dem Training mit zu Wendy's kommen wollte, sagten ihr, dass wir ihre Rollwenden super fänden, und wollten wissen, wo sie ihren Badeanzug gekauft hatte. Nach und nach wurde Carolyn offener, und wir erfuhren etwas mehr über sie. Und ein paar Wochen nach der Geschichte mit der Tasche lud sie uns nach der Schule zu sich nach Hause ein.

Wir sagten nicht viel, als wir auf die andere Seite der Stadt fuhren, redeten nicht darüber, wie begeistert wir waren, von Carolyn eingeladen worden zu sein und sie zu Hause zu besuchen. Tiffany und Taylor waren in der zweiten Schulwoche da gewesen, aber nur, um sie abzuholen, weil sie zusammen in die Mall wollten. Carolyn hatte ihnen gesagt, sie sollten hupen, wenn sie kämen, und lief zu ihnen hinaus. Es war nicht nötig, dass sie hereinkamen, aber dann sagte Taylor, sie müsse aufs Klo, und Tiffany musste auch, sie gingen aber nur aufs Besucherklo vorne in der Diele. Taylor erzählte in der Studienstunde, das Klo sei »abgefahren«, es gebe kleine Teelichter und L'Occitane-Seifen, Tommy-Hilfiger-Handtücher und Unmengen teuren Scheiß, »und das ist nur das KLO«. Was soll's, dachten wir. Jedenfalls waren wir die Ersten, die für einen ganzen Nachmittag eingeladen waren, richtig eingeladen. Wir waren nicht sicher, was genau das zu bedeuten hatte, aber es war etwas. Wir versuchten, ruhig zu bleiben, lächelten in uns hinein, drehten das Radio lauter und sahen aus dem Fenster.

»Zu verkaufen«-Schilder säumten die Straßen, zusammen mit hölzernen, rot-schwarzen Schildern der Lincoln High: »Die Cats vor!« und »Lincoln, die Nr. 1«. Auf unserer Seite der Stadt waren es Orange und Schwarz und die Bears. Es war ein neues Viertel, und an jedem dritten Haus wurde noch gebaut, Lastwagen standen vor hohlen, unbewohnten Hüllen. Die Bäume waren schlank und groß, neu und in gleichmäßigen Abständen gepflanzt. Unsere Footballmannschaft hatte im letzten Jahr versucht, drei der Häuser am D'Evereaux Drive, also die Bäume davor, mit Klopapier zu umwickeln, aber ohne Erfolg, hatten wir gehört, weil sie so weit auseinanderstanden. Wir wussten, dass John Maltby in der Straße wohnte, er war der Quarterback der Lincoln High, und auch Candance Starrs, ihre oberste Cheerleaderin. Die beiden waren in der sechsten Klasse zusammen gegangen, bis sie begriffen, dass sie Cousins dritten oder vierten Grades waren. In der Achten waren wir auf der Geburtstagsparty von Candance, sie hatte alle aus der Kirchengruppe eingeladen, und die Jungs tricksten es so hin, dass sie »Sieben Minuten Himmel« allein mit John hatte. Ihnen wurden die Augen verbunden, und als sie aus dem Schrank kamen und die Tücher heruntergezogen, fing Candance an zu heulen. Unsere Mütter zwangen uns, Dankeskarten zu schreiben und uns dabei gleich auch zu entschuldigen. So weit wir wussten, machte das aber nur Nicole.

Während wir durch das Viertel fuhren, versuchten wir uns das Innere der Häuser vorzustellen, in einigen waren wir in den letzten Jahren gewesen, als sie zu besichtigen gewesen waren, aber nicht in Carolyns. Unsere Häuser waren alt, und unsere Eltern dachten, das mache sie besser, aber wir dachten das nicht. Wir hatten dicke, beigefarbene Teppiche in allen Zimmern, Küchen mit schrottigen Eichenschränken und hässlichen goldenen Lampen. Es gab zu viele Zimmer in unseren Häuern, dachten wir, nachdem wir auf HGTV gelernt hatten, dass »offene Wohnbereiche« das waren, was man heute hatte. Unsere Häuser waren voller Kram, zu klein und zu alt, und unsere Eltern störte es nicht. Wir versuchten uns auch nicht daran zu stören, aber mit Carolyns Haus und all den anderen Neubauten auf der anderen Seite der Stadt war das nicht so einfach.

Sie hatten eine ringförmige Auffahrt, und wir parkten hinter ihrem Honda und einem silbernen Audi, der, wie wir annahmen, ihrer Mutter gehörte. Wir klingelten und hörten Schritte. Carolyn öffnete die Tür, und der Geruch von Fresien schlug uns entgegen. Sie ließ uns herein, und wir bewegten uns in der Diele hin und her, während Carolyn unsere Rucksäcke nahm und auf die Treppe stellte. Der Boden war aus massiven Holzdielen, und alles war sonnenhell. Wir hoben die Köpfe und sahen ein großes Oberlicht. Carolyn lächelte. »Das war die Idee meiner Mutter. Sie hat es einbauen lassen, nachdem wir das Haus gekauft hatten.« Sie führte uns die Diele hinunter, und es roch immer noch stark nach Fresien. Später sagten wir, das Haus sei umwerfend, die Möbel direkt von Pottery Barn und einfach alles anders, sorgsam ausgewählt und cool. Regale vom Container Store standen an den Wänden, und im Flur hingen in gleichmäßigen Abständen gerahmte Gemälde. Wir hatten nicht die Zeit, sie im Vorbeigehen richtig anzusehen, sagten wir, aber alles war supercool.

Carolyn sagte immer wieder, dass sie noch nicht fertig wären, ohne dass wir kapiert hätten, wie sie das meinte. Das Haus war wie aus *Martha Stewart, Real Simple* oder einer anderen dieser Sendungen und Zeitschriften. Die Küche lag am Ende des Flurs, war ganz aus Granit, Stahl und supermodern. Hübsche Gefäße und Gläser standen auf den Regalen, so dass es unordentlich und ordentlich zugleich aussah. Wie die Wohnung in *How I Met My Mother* oder so. Als wir hereinkamen, saß Carolyns Mutter auf einem Barhocker, eine Zeitung vor sich auf der Granittheke.

Carolyns Mutter bestand darauf, dass wir sie Abby nannten. Sie war blass, trug kein Make-up, und ihr Haar glänzte so sehr, dass wir sagten, wir hätten es anfassen wollen. Ihre Augen waren klein, grün und funkelten. Sie war hübsch, und wir meinten später, sie sei wie eine alte Schauspielerin aus dem *Independent Film Channel* – vielleicht wie Julianne Moore? –, eine Musikerin oder irgendjemand anderes Alternatives. Sie war dünn, hübsch und älter als wir, aber nicht so alt wie unsere Eltern. Sie sah ziemlich so aus wie Carolyn, meinten wir. Die beiden hätten echt Schwestern sein können.

Das Essen war komisch: Abby machte uns einen Snack mit Weizenkeksen, Hummus und Mandeln. Als Carolyn nach Chips fragte, verzog Abby das Gesicht. »Chips sind kein Essen«, sagte sie, lachte und steckte sich eine Mandel in den Mund. Wir saßen da, aßen, und sie stellte uns Fragen zu unseren Kursen, zum Schulball und fragte Lauren, wo sie sich das Haar schneiden lasse. Carolyn müsse unbedingt zum Friseur, sagte sie und wollte wissen, wie oft Lauren ging. Sie fragte uns nach dem Schwimmtraining, ob es uns hungrig mache und ob wir auch Geländeläufe unternähmen. Sie fragte Nicole nach ihren Noten und Jessica, ob sie einen Freund habe. Sie wollte wissen, was unsere Eltern machten und auf welche Colleges wir wollten. Wir hatten kaum die Möglichkeit, eine ihrer Fragen zu beantworten, nicht wirklich, und dann sagte sie, sie müsse weg und sei gegen zehn, elf wieder da.

Carolyn führte uns in ihr Zimmer am anderen Ende des Flurs, und es war riesig, wie ein Musterzimmer aus *Selling Houses*. Überall standen und lagen Dinge und Bücher: ihr eigenes MacBook, eins von den alten, rosa und mit einem Griff, vier, vielleicht fünf Bücherregale und, ja, überall Bücher. Bilder, Dutzende, einige gerahmt und einige nicht, aber viele mit diesem dünnen, gebräunten Mann. Silbergrau. Wie George Clooney, nur nicht so heiß. Als wir sie fragten, wer der Mann auf den Bildern sei, sagte sie, ihr Vater. Sie sagte, er sei Schriftsteller und schreibe Romane, und dass seine Bücher in vielen verschiedenen Sprachen herauskämen. Wir hatten noch nie von ihm gehört, aber das gaben wir nicht zu, und Jessica fragte, ob sie eines von seinen Büchern ausleihen könne.

»Nur, wenn du wirklich vorsichtig damit bist.«

»Natürlich.« Jessica lächelte. Später lasen wir es alle, nacheinander. Es war ein Roman, dessen Handlung schwer zu verfolgen war, über einen Mann, der Physik studierte, in einer Stadt in New England, oder war es Europa? Wir konnten es nicht sagen. Er versuchte, einen Durchbruch oder so etwas zu schaffen. Seine Frau verließ ihn, weil er von seinen Experimenten geradezu besessen war. Aber dann wieder schlief er mit all diesen Frauen. Der Sex im Buch war komisch, wir waren nicht mal sicher, ob er Sex beschrieb, nur sahen wir immer wieder Worte wie »Schwanz« und »nass«, und wir wussten, es musste damit zu tun haben. Später lasen wir, er sei ein »literarischer Autor, der sich darum bemüht, eine verständige Leserschaft zu finden«. Wir hatten so was noch nie gelesen. In den biographischen Angaben hinten im Buch hieß es, er lebe allein, und von Carolyn war keine Rede. Bei einer Übernachtungsparty Monate später lachten wir darüber – über das Buch, den Sex, die biographischen Angaben – und jemand sagte, wahrscheinlich habe sie ihn erfunden. Wir waren nicht sicher, ob das wirklich witzig war, lachten aber trotzdem. Irgendwie hörte Carolyn davon, dass einige Leute so was gesagt hätten, und wir fragten uns, wie sie das hatte erfahren können, und meinten, es müsse von woanders gekommen sein.

Eine Digitalwaage stand neben ihrem Schreibtisch und an der Wand dahinter hing ein Streifen Millimeterpapier, auf dem mit Bleistift Datumsangaben und Zahlen standen – 10.1.: 51,3; 10.2.: 51,2; 10.3.: 51,5, gefolgt von drei Ausrufezeichen; 10.7.: 50,3, gefolgt von einem Smiley.

Lauren ging auf die Toilette in Carolyns Bad. In der Dusche fand sie Kerastase-Shampoo und Benefit-Bodywash, auf dem Tischchen beim Waschbecken standen ihre GHDs, mehr Lâncome-Juicy-Lipgloss und ihr Marc-Jacobs-Parfüm. Dinge, um die wir bettelten, aber nicht bekamen: zu teuer und zu »reif«. Lauren sah auch in das Medizinschränkchen und erzählte uns, was sie darin gefunden hatte: eine orangefarbene Pillendose mit Carolyns Namen und Adresse. Etwas, das Seroquel hieß.

Wir simsten den Leuten später, um ihnen vom Haus und dem, was wir gesehen hatten, zu berichten. Das Schränkchen im Bad und die Tabelle an der Wand hatten wir fotografiert und posteten beides auf Instagram, Facebook, wo immer. Im Nachhinein ist es so leicht zu sehen, wie abgefuckt das war, wie verantwortungslos wir waren, mit Informationen und den Gefühlen anderer Leute. Aber wir konnten nicht wissen, was passieren würde. Wir konnten nicht wissen, was diese Dinge bedeuteten, was sie waren, warum sie da waren und was sie bewirken mochten. Wenigstens sagten wir uns das und versicherten es einander wieder und wieder, über Jahre: Wir konnten es nicht wissen.

Facebook
(gelöschte und wiederhergestellte Posts)

Gemma Davies: ws mn in CLs bad fndt? crack, cloud9, cristal meth % pepto bismal. KRASS!!
10 Personen gefällt das.
Brooke More, Carolyn Lessing und Gemma Davies haben diesen Beitrag kommentiert.

Brooke Moore: Cloud 9 = Crystal Meth
Carolyn Lessing: da ihr nie bei mir zuhause wart lügt ihr
Gemma Davies: verlassliche quelle
Carolyn Lessing: du solltest nicht alles glauben, was du hörst
Gemma Davies: muss du grade sagen. verbreit keine gerüche über meine fruendin
Carolyn Lessing: Sie verbreitet Gerüchte über mich. Ich dachte, wir wären Freundinnen?
Gemma Davies: ich habe viel fruendinnen
Carolyn Lessing: Ich dachte, du wärst netter als sie
Gemma Davies: schck mr PN
Carolyn Lessing: Okay

kapitel 12

Adamsville Plaza sah wie jede andere Mall aus, die du gesehen haben mochtest, nur öder und kleiner, mit kaum guten Geschäften. Zwei Ebenen mit einem Kaufhaus in jedem Flügel. Parisians, das bessere, oben, und unten ein Kmart. Es war darüber geredet worden, Kohl's solle in der Mall aufmachen, aber dazu kam es nie, und so fuhren wir einmal im Jahr nach Birmingham, um die Sachen zu kaufen, die wir bei uns nicht bekamen. Jeder dritte Laden war leer, in den Schaufenstern lagen zerlegte Schaufensterpuppen und Schilder mit der Aufschrift: »Das hier könnte Ihr Geschäft sein!« Spencer's Gifts verkaufte seine Waren wegen Geschäftsaufgabe aus, und wir hörten, dass Payless Shoes womöglich ebenfalls schloss, was übel war, denn die färbten die Pumps passend zum Kleid für den Schulball und den Abschlussball. An allen Ecken gab es Brunnen, und als wir klein gewesen waren, hatten wir Pennies hineingeworfen und uns was gewünscht. Wir fragten uns, was es gewesen war, was wir uns gewünscht hatten, konnten uns aber nicht erinnern. Heute waren unsere Wünsche klar: dass uns ein Junge vor Aeropostale ansprach und unsere Telefonnummer wollte, dass Brooke Moore und Gemma Davies auf uns zukamen und wollten, dass wir mit ihnen shoppten – dass etwas, irgendetwas passierte.

An Spieltagen gingen wir nach der Schule in die Mall und hofften, uns was Neues zum Anziehen leisten zu können, dass Abercrombie einen Ausverkauf veranstaltete und ein paar Sachen so weit heruntersetzte, dass wir sie uns von unserem Taschengeld leisten konnten. Meist saßen wir aber nur da, aßen Cookies von der Great American Cookie Company und beklagten uns über unsere Schenkel. Eines Tages Ende Oktober sahen wir Carolyn, die mit Taylor Lyon und Tiffany Port durch den Food-Court der Mall ging, und wir winkten und riefen: »Hallo!«, aber Taylor und Tiffany ignorierten uns komplett, marschierten geradeaus weiter und mieden unsere Blicke. Carolyn blieb jedoch stehen, sah zu uns herüber und winkte zurück.

»Hallo, ihr.« Sie kam zu uns, Taylor und Tiffany zögerten kurz, gingen dann aber weiter, an Häagen Dazs vorbei in Richtung von Payless Shoes.

»Einkaufen?« Carolyn sah uns direkt in die Augen. Jessica bot ihr ein Stück Cookie an, aber sie schüttelte den Kopf.

»Wir kaufen neues Make-up«, sagte Lauren, obwohl wir nur herumliefen und kein Geld hatten, um etwas zu kaufen.

»Bei Clinique ist Bonus-Time.« Carolyn deutete zu Parisians hinüber. »Aber ich finde ihr Zeugs übel.«

Wir nickten und wollten sie fragen, was nicht übel sei, wo sie ihr Make-up in New Jersey kaufte und ob sie überhaupt was trug, wo ihre Haut so perfekt war.

»Bobbi Brown ist am besten«, fuhr Carolyn fort. »Aber das haben sie hier nicht, und ich kann nicht glauben, dass es keinen Sephora gibt.« Sie seufzte.

»Wir haben hier gar nichts. Hier ist es wie in der Dritten Welt.« Nicole zerknüllte die Tüte, in der unsere

Cookies gewesen waren, und warf sie in den Papierkorb. »Du musst nach Birmingham.«

»Meine Mom sagt das auch. Das mit Birmingham, nicht mit der Dritten Welt.« Carolyn lachte halb, und wir auch. Sie fuhr sich mit der Hand durchs Haar, und wir fragten uns, ob sie Arganöl benutzte, ob sie es permanent hatte glätten lassen oder ob es tatsächlich so seidig war. »Ich glaube, wir fahren nächste Woche. Ihr solltet unbedingt mitkommen.«

Wir lächelten und waren dann nicht ganz sicher, ob sie es wirklich ernst meinte, und wenn ja, ob wir unsere Mütter davon überzeugen könnten, uns mitfahren zu lassen. Ein Tag Einkaufen mit Carolyn Lessing. Geil.

»Carolyn!« Wir drehten die Köpfe und sahen Taylor herüberblaffen, die vor Aeropostale stand. Als wir ihren Blick auffingen, sah sie auf ihr Telefon.

Carolyn verdrehte die Augen. Sie holte ihr iPhone aus der Tasche, es blinkte. Lauren sagte hinterher, sie habe Shanes Namen auf dem Bildschirm gesehen, dazu sein Bild, das rotblonde Haar über die Augen fallend, den Mund weit geöffnet, als schreie er dich an. Wir stellten uns vor, wie Carolyn das Foto gemacht hatte, wie nahe sie ihm dabei gewesen sein musste und wie entspannt er mit ihr zusammen war.

»Ich gehe besser ran«, sagte sie, aber da hörte das Telefon auf zu blinken. Sie zuckte mit den Schultern, lächelte und sah zu Taylor und Tiffany hinüber, die mit den Händen in die Hüften gestemmt dastanden, völlig angepisst, weil wir ihre Freundin aufhielten. »Wollt ihr mit uns shoppen?«

Wir sahen einander an und fragten uns, was wir mit Taylor, Tiffany und Carolyn einkaufen sollten und ob sie sich über unsere wenig straffen Bäuche und etwas zu runden Schenkel lustig machen würden. Ob sie über die Sachen lachen würden, die wir für süß hielten, oder schlimmer noch, ob sie uns sagen würden, etwas sei süß, was es gar nicht war.

»Wir wollten eigentlich nach Hause«, sagte Jessica mit gesenktem Blick, die Hand vor dem Mund, das lange braune Haar halb vor dem Gesicht. Sie war eine so schlechte Lügnerin.

»Oh, echt? Ich sollte auch nach Hause …« Das Telefon leuchtete wieder auf, mit Shanes Gesicht. Carolyn hob einen Finger und sagte leise: »Sekunde …«

Sie nahm den Anruf an. »Kann ich dich gleich zurückrufen? Ich bin mit den Mädchen beim Shoppen.« Und dann hörten wir seine Stimme, ganz gedämpft, am anderen Ende. Sie lachte, und dann sagte sie: »Klar. Ruf dich gleich an.«

Später sagten wir, es wäre schön gewesen, wenn sie länger telefoniert hätten. Wir wollten wissen, warum er sie anrief, worüber sie redeten und ob er ihr auch simste, sie iChat benutzten oder was. Wir fragten uns, ob wir zu »den Mädchen« zählten, ob sie je über uns redeten und ob Shane wusste, wer wir waren. Wir sagten, wie cool sie mit ihm umgehe und wie irre es sei, dass sie ihn einfach so abwimmelte und nicht den ganzen Tag dasaß und darauf wartete, dass er sich meldete. Wir fragten uns, ob Shane sie deshalb so mochte: weil sie so cool war, so locker.

Carolyn sah uns an und lächelte.»'tschuldigung.« Wir schüttelten die Köpfe und sagten, das mache nichts.

»Aber ihr kommt doch zum großen Spiel heute Abend? Und zur Skate Night?« Sie setzte mit den Fingern Anführungszeichen um das »große Spiel« und die »Skate Night«, und wir fanden das witzig. Später haben die Leute das oft vergessen: Wie witzig sie war.

»Jaja.«

»Cool«, sagte sie und ging rückwärts. »Und wenn ihr Foundation kauft, probiert sie bei Tageslicht.«

Sie sagte das auf nette Weise, nicht so, wie Brooke und Taylor es gesagt hätten, mit einem Lachen und der Andeutung, dass wir trashig aussahen und viel zu aufgebretzelt. »Ich kaufe immer nur Foundation, wenn ich sie bei Tageslicht an mir gesehen habe«, fuhr sie fort und hüpfte dabei fast. »Sonst sehe ich wie eine Zigeunerin aus.« Damit drehte sie sich um und lief zu Taylor und Tiffany hinüber. Wir lächelten und sagten nichts, obwohl es cool von ihr war, uns so etwas zu sagen, auch wenn es nur was Kleines war.

Wir gingen zum Spiel. Standen auf halber Höhe der Tribüne bei der Fünfzig-Yard-Linie, alle in einer Reihe, schrien und klatschten, stampften mit den Füßen und sahen uns um, wer sonst noch da war. Es war nicht wichtig, gegen wen wir spielten, nicht für uns, aber egal, was wir sagten, gewinnen wollten wir. Das ganz sicher. Wir verstanden nicht alle Footballregeln, nicht wirklich, aber es waren unsere Jungs, und wir hielten die Anzeigetafel im Blick und verfolgten, wie die Cheerleader jubelten, tanzten und funkelten.

Vorher hatten wir uns die Gesichter angemalt: Bärentatzen auf die Wangen, Glitter auf die Lippen, und in die

Haare hatten wir uns orangene und schwarze Bänder gebunden. Wir hatten Absolut in unser Gatorade geschüttet und heimlich Bier aus den Kofferräumen der Zwölftklässler getrunken. Wir sahen zu, wie sich die Jungs das Herz aus dem Leib spielten, hörten wie Coach Cox brüllte, damit sie besser wurden, und beobachteten, wie Carolyn Lessing halb bis zur Tribüne kam, lächelnd, winkend und mit jedem redend, an dem sie vorbeikam.

Für gewöhnlich gewannen wir, in dem Jahr im Oktober jedes einzelne Heimspiel. Die Jungs waren begeistert, die Coaches wie im Rausch, die Schule hocherfreut und unsere Eltern außer sich. Wir waren glücklich: Zu gewinnen machte alles so viel lockerer, und die Dinge fühlten sich so viel besser an.

Nach jedem Heimspiel gab es eine Skate Night. Organisiert vom Eltern-Lehrer-Ausschuss oder den Coaches, aber vielleicht war es auch nur eine Geldgeschichte für das Adamsville Bowl. Uns war das ziemlich egal, weil es etwas war, was wir nun mal machten. Es gab nicht viele solche Dinge, nicht in Adamsville, und die Skate Night machte Spaß, ganz gleich, was wir laut darüber sagten. Wenn das Spiel vorbei war, die Mannschaft geduscht und sich umgezogen hatte, wenn wir unsere Spruchbänder eingerollt, neues Deo aufgetragen hatten und uns noch einmal mit den GHDs durch die Haare gefahren waren, wenn die Bandmitglieder ihre Instrumente eingepackt und unsere Eltern uns zum Abschied geküsst und ermahnt hatten, es nicht zu spät werden zu lassen, wenn das alles getan war, setzten wir uns in die Autos und fuhren die sechseinhalb Kilometer durch die Stadt zum Adamsville Bowl, wo unsere Schule an dem Abend den Platz hatte.

Wir folgten Blake Wyatts Mini-Van auf den Parkplatz, fanden weiter hinten eine Lücke und sahen beim Einparken, wie Footballspieler um Footballspieler über den Parkplatz humpelte, die Cheerleader hinter ihnen herliefen, sie bei den Schultern packten und ihnen auf die Rücken sprangen, leichter als ein Rucksack, hübscher als alles andere.

Wir nahmen die Bänder aus unserem Haar, holten die Spiegel hervor, wischten uns die Farbe aus dem Gesicht und versuchten den Glitter raffinierter aussehen zu lassen. Und wir dachten daran, was uns Carolyn Lessing in der Mall gesagt hatte, aber es war unmöglich, abends im Auto Tageslicht zu finden.

Das Adamsville Bowl lag direkt an der Stripline, mit zwei, drei Kilometern Ackerland gleich dahinter. Parktest du hinten, sahst du Heuballen, Baumwolle, Weizen und sonst noch was, zu hören war kaum etwas: Das Stadion war so groß, dass es den Lärm von der Stripline komplett schluckte. Nach vorne hin war alles grell erleuchtet, war die Straße, standen Trucks und Autos, der eine oder andere Krankenwagen, die Polizei und hier und da ein Lowrider, aus dem die Black Eyed Peas wummerten. Wir parkten am liebsten hinten, da konntest du schnell noch eine rauchen, bevor es nach drinnen zum Skaten ging.

Das Licht war gedämpft, ein Lichtkegel raste über die Bahn, und wir sahen, wie sich die Hälfte unserer Highschool anstellte, um Skates auszuleihen und nach und nach das Rund zu füllen, wo die Leute bereits im Kreis fuhren und die irren Skate-Freaks mit einem Tempo dahinflitzten, dass uns schwindelig wurde.

Wir gaben Miss Simpson fünf Dollar, die mit einer Kasse an der Miettheke stand und unsere Namen notierte. Sie trug einen Pullover mit einem Truthahn drauf. Jessica fotografierte sie mit ihrem Handy, lud das Foto auf Instagram hoch und sammelte Kommentare.

Miss Simpson lächelte uns zu. »Ihr Mädchen seht toll aus.« Dabei nickte sie. »Einfach toll, wirklich.«

»Danke«, sagte Lauren, schob sich das Haar hinter die Ohren und fuhr mit der anderen Hand darüber, um sich zu versichern, dass es auf dem Weg vom Auto nicht verwuschelt war.

»Vielleicht ein neues Make-up?« Miss Simpson kniff die Augen zusammen, als versuchte sie zu ergründen, was da wohl anders war.

Wir nickten, wandten uns ab, verdrehten die Augen und wünschten, wir könnten nach Hause gehen, duschen und uns umziehen. Die Frau war so eine Versagerin.

Wir standen in der Skates-Schlange und witzelten darüber, wie lahm das Adamsville Bowl war. Schon unsere Eltern waren hier in ihrer Schulzeit auf Skate Nights gewesen, und richtig peinlich wurde es, wenn wir daran zurückdachten, wie wir mit zwölf unsere Geburtstagspartys hier hatten feiern wollen. Wir lachten, zogen über den Besitzer her, den Sohn des ursprünglichen Besitzers, der ein kleiner Alkoholiker und zu blöd war zu kapieren, dass eine Bude, die Adamsville Bowl hieß, eine Bowling-Bahn sein sollte und keine Skating-Anlage.

Wir lachten, zogen Grimassen, ließen den Blick schweifen und sahen Shane und Carolyn Hand in Hand hereinkommen. Ein Raunen ging durch die Leute, und dann riefen einige Shanes Namen und schließlich auch Carolyns: König und Königin waren eingetroffen. Wir sahen die beiden an und machten große Augen. Shane war gegen ÖLB, öffentliche Liebesbekundungen, aber er ging so nahe neben Carolyn, dass sein gebräunter Körper sie gleichsam umhüllte, wobei seine Größe sie noch kleiner und dünner machte, als sie sowieso schon war.

Wir nahmen unsere Skates, orange, braun und schrottig, setzten uns auf eine Bank und zogen sie an, konnten dabei aber kaum den Blick von Shane und Carolyn wenden. Niemand konnte es.

Sie setzten sich neben uns auf die Bank, ganz nahe, und wir dachten, Shane ist so aus der Nähe echt noch heißer als aus der Entfernung. Sein Haar wurde immer noch länger, mit kleinen Locken an den Enden, und als er sich vorbeugte, um die Schuhe auszuziehen, konnte man jeden Muskel in seinem Arm erkennen, selbst auf seinem Rücken zeichneten sie sich ab. Jessica sagte hinterher, sie habe in sein Hemd sehen können, sein Sixpack sei perfekt und sein ganzer Körper völlig geschmeidig, wie der von Brad Pitt, Ryan Gosling oder so.

Carolyn hatte ihre eigenen Skates. Wir sahen zu, wie sie hineinfuhr: nicht zu hoch, schwarz mit einem türkisen Streifen auf der Seite. Wir fragten sie, wo sie die herhabe.

»Aus einem Laden im Village.« Sie lächelte, als sie das sagte, und band die wasserblauen Schnürsenkel zu,

Schleife, Knoten, Schleife, Knoten. »Ich habe noch drei Paar zu Hause, ich hätte sie mitbringen sollen.«

Wir sahen hinunter auf unsere geliehenen klobigen, hohen Dinger, braun und völlig abgewetzt. Skates wie Carolyns hatten wir noch nie gesehen.

»Die sind cool, was?« Shane berührte die Skates und legte eine Hand auf Carolyns Schenkel.

»Die will ich auch«, sagte Lauren leise, und Carolyn lächelte noch immer.

»Ich hab zu Hause ein bisschen Roller Derby betrieben«, sagte Carolyn. Sie stand jetzt auf ihren Skates und rollte vor und zurück, während sie sprach. Shane sagte nichts, aber er legte ihr die Hände um die Taille, und wir stellten uns vor, wie es sich anfühlen würde, ihn so nahe zu haben, jemanden, dem das so gar nicht peinlich war, bei sich zu spüren.

»Nie im Leben!«, hauchten wir. Wir hatten den Drew-Barrymore-Film im Jahr zuvor gesehen, aber nicht gewusst, dass das Mädchen in unserem Alter tatsächlich machten.

»Das ist nichts Besonderes«, sagte Carolyn, und wir waren ihr dankbar dafür. Sie wollte nie, dass sich die Leute schlecht fühlten. »Ich denke, dass ihr wahrscheinlich viel besser wärt, ehrlich. Ich bin so ein Klotz.«

»Das bezweifeln wir«, sagten wir. Shane sah zu uns her und formte mit dem Mund die Worte: »Ich auch.« Es war das erste Mal, dass er überhaupt was zu uns sagte, und das lag nur an Carolyn. Brooke hätte es nie so weit kommen lassen.

Carolyn sagte »bye«, winkte kurz und war auch schon in der Arena, wo sie uns und anderen zuwinkte, als sie ihre erste Runde drehte. Shane folgte ihr, schloss zu ihr auf, griff nach ihr und hätte sie beinahe aus dem Gleichgewicht gebracht. Sie lachten.

Wir sahen uns um. Es waren schon sechzig, siebzig Leute da, hauptsächlich aus der Elften und der Zwölften, aber auch ein paar Jüngere. Jungs in Jeans und Poloshirts, die ihre Mütter in Outlets in Birmingham gefunden hatten, Mädchen in Gap-Minis, blickdichten Strumpfhosen und engen Pullis.

Carolyn war super, sie schien wirklich zu wissen, was sie tat, fuhr aber nicht wie die Loser, die jede freie Minute darauf verwandten, Runden zu drehen und um die eigene Achse zu wirbeln, oder was immer sie dir in privaten Übungsstunden beibrachten. Sie wirkte völlig natürlich, locker, als wäre alles so einfach. Sie trug kurze Denim-Shorts mit einer graugemusterten Strumpfhose darunter, und dazu ein übergroßes Ramones-Sweatshirt, das sie, wie wir gehört hatten, bei der Heilsarmee gefunden hatte. Im blitzenden Licht der Schweinwerfer glänzte ihr Haar so sehr, dass es aus Kristall hätte sein können, und mit den Skates war sie groß und sah aus wie ein Model, so dünn war sie. Ihr Outfit sei der Wahnsinn, sagten alle. Zu ihr und zu allen anderen. Und dann Shane, in alten Jeans und einem weißen T-Shirt. In dem Licht sah er noch brauner, kräftiger und besser aus als sonst. Die beiden waren wunderschön.

Brooke und Gemma sahen wir an dem Abend nicht. Vielleicht waren sie nicht gekommen, was allerdings merkwürdig war, weil sie beide wirklich gut waren und eigentlich fast alles mitmachten. Andrew Wright kam zu spät, in einer schwer mitgenommenen schwarzen

Jeans und einem weichen, grauen Hoodie. Er ließ die Kapuze die ganze Zeit auf, setzte sich auf eine der Bänke und redete mit den Footballspielern, und wir glaubten, gesehen zu haben, wie Miss Simpson irgendwann mit ihm zu sprechen versuchte. Er kam nicht mit auf die Bahn, so was machte Andrew nie, er saß einfach nur da, sah zu, wartete auf Shane, hielt nach Gemma Ausschau oder wollte nur nicht nach Hause.

Als der langsame Teil kam, blieben nur die Paare auf der Bahn, hielten sich bei den Händen, und wenn sie dachten, Miss Simpson sehe gerade nicht hin, fuhren sie unter die Shirts ihrer Freundinnen, und die Mädchen küssten ihre Freunde auf den Hals. Wir sahen ihnen zu, den goldenen Paaren, wie sie zu Taylor Swifts *Love Story* ihre Runden drehten, und ihr Anblick machte uns traurig, meistens, weil wir nie zu ihnen gehörten: dahinrollend, Händchen haltend, bewundert.

Zu diesem Zeitpunkt waren nur etwa ein Dutzend Paare auf der Bahn, und Carolyn und Shane waren das schönste, das vollkommenste von ihnen. Sie sahen glücklich aus, dachten wir, als wären sie seit Jahren zusammen und würden es auf ewig bleiben.

Jessica machte ein Foto von ihnen, wie sie eng umschlungen miteinander dahinfuhren. Später am Abend schickte Jessica es Carolyn.

Sie antwortete: »Thx.«

Und Minuten danach änderte sie ihr Profilfoto auf Facebook. In 24 Stunden bekam sie 87 Gefällt-Mir dafür.

november

1. November 2010
Carolyn Lessing
Englisch (Leistungskurs): Miss Simpson

Romeo und Julia: Kontraste

Frage: Bitte analysieren Sie die folgenden Szenen aus Shakespeares Romeo und Julia, umreißen Sie die Bedeutung des Stückes und stellen Sie dar, wie Shakespeare die Sprache gebraucht, um Bedeutung auszudrücken. Vielleicht mögen Sie auch ausführen, inwiefern das Stück heute noch relevant ist (wenn es denn so ist). Im letzten Teil bezeichnen Sie bitte Aspekte des Stücks, die Sie im weiteren Unterricht gern von uns behandelt sähen.

Romeo und Julia, Dritter Aufzug, Fünfte Szene

Julia:
Willst du schon gehn? Der Tag ist ja noch fern.
Es war die Nachtigall und nicht die Lerche,
Die eben jetzt dein banges Ohr durchdrang;
Sie singt des Nachts auf dem Granatbaum dort.
Glaub', Lieber, mir, es war die Nachtigall.
Romeo:
Die Lerche war's, die Tagverkünderin,
Nicht Philomele; sieh den neid'schen Streif,
Der dort im Ost der Frühe Wolken säumt.
Die Nacht hat ihre Kerzen ausgebrannt,
Der muntre Tag erklimmt die dunst'gen Höhn;
Nur Eile rettet mich, Verzug ist Tod.

Julia:
Trau mir, das Licht ist nicht des Tages Licht,
Die Sonne hauchte dieses Luftbild aus,
Dein Fackelträger diese Nacht zu sein,
Dir auf dem Weg nach Mantua zu leuchten;
Drum bleibe noch: zu gehn ist noch nicht Not!
Romeo:
Lass sie mich greifen, ja, lass sie mich töten!
Ich gebe gern mich drein, wenn du es willst.
Nein, jenes Grau ist nicht des Morgens Auge,
Der bleiche Abglanz nur von Cynthias Stirn.
Das ist auch nicht die Lerche, deren Schlag
Hoch über uns des Himmels Wölbung trifft.
Ich bleibe gern; zum Gehn bin ich verdrossen.
Willkommen, Tod! hat Julia dich beschlossen.
Nun, Herz? Noch tagt es nicht, noch plaudern wir.

Julia:
Es tagt, es tagt! Auf! eile! fort von hier!
Es ist die Lerche, die so heiser singt,
Und falsche Weisen, rauhen Misston gurgelt.
Man sagt, der Lerche Harmonie sei süß;
Nicht diese: sie zerreißt die unsre ja.
Die Lerche, sagt man, wechselt mit der Kröte
Die Augen: möchte sie doch auch die Stimme!
Die Stimm' ist's ja, die Arm aus Arm uns schreckt,
Dich von mir jagt, da sie den Tag erweckt.
Stets hell und heller wird's: wir müssen scheiden.

Romeo:
Hell? Dunkler stets und dunkler unsre Leiden!

In der obigen Szene aus William Shakespeares Romeo und Julia *betonen die vom Autor evozierten visuellen Kontraste die gegensätzlichen Gefühle von Euphorie und Betroffenheit, welche die beiden titelgebenden Personen im Verlaufe des Stücks durchleben. Klingt der Austausch zwischen ihnen auch heiter, so unterstreicht der Gebrauch von Licht und Dunkelheit, Tag und Nacht, Leben und Tod doch den Hauptkonflikt des Stücks.*

Die Szene setzt ein, nachdem Romeo und Julia die Nacht miteinander verbracht haben, und wie der Text zeigt, möchte Julia nicht, dass Romeo geht. Sie fühlt sich vollständig und glücklich, wenn sie zusammen sind, und wird jede nur erdenkliche Geschichte erfinden, um ihn zum Bleiben zu ermutigen. Romeo würde auch gern bei ihr bleiben, aber er erinnert sie an die Wirklichkeit ihrer Situation: »Nur Eile rettet mich, Verzug ist Tod.« *Julia fährt fort mit ihren Versuchen, Romeo zum Bleiben zu bewegen, und fühlt sich ihm so tief verbunden, dass sie sich vorstellt, auch Himmel und Erde wollen sie zusammen sehen. Sie erklärt ihm, das Licht, das er sehe, sei nicht das der Morgendämmerung, sondern* »die Sonne hauchte dieses Luftbild aus«.

Als Romeo jedoch mitzuspielen beginnt, fängt Julia an, die Situation besser zu verstehen. Er sagt ihr, dass er für sie sterben würde: »Willkommen, Tod! hat Julia dich beschlossen.« *Zwar macht der Ton der Verse klar, genau wie die direkt vorangehenden Szenen, dass die Worte nicht ernst gemeint sind, dennoch schafft die Szene eine wichtige Vorahnung: Wenn die*

beiden zusammenbleiben, bringen sie ihr Leben in Gefahr. Julia begreift das, ganz gleich, was sie zuvor gesagt hat: »Stets hell und heller wird's: wir müssen scheiden.« *Die letzte Zeile der Szene hebt dann noch einmal die Gefahr hervor, in der sich das Paar befindet:* »Hell? Dunkler stets und dunkler unsre Leiden!« *Die kontrastierenden Bilder im Text unterstreichen auch den Unterschied zwischen Romeos und Julias Familien. Alles ist so oder so, Mittelwege scheint es nicht zu geben.* »Die Lerche war's, die Tagverkünderin«, »Trau mir, das Licht ist nicht des Tages Licht.« *Doch die Tatsache, dass Romeo und Julia solch eine Debatte führen können, heiter fast, über dieses Thema, zeigt, als wie vage und kompliziert sich diese Definitionen manchmal erweisen können. Sie sind nicht so klar geschieden, wie es den Anschein haben mag.*
Shakespeare dramatisiert die Gefühle der meisten jungen Paare: den Druck, mit jemandem aus der eigenen sozialen Gruppe zu gehen, akzeptiert zu werden, sich einzufügen. In gleicher Weise fängt er die Intensität unserer Gefühle füreinander ein: Wenn wir uns verlieben, tun wir es so vollständig, und es ist unmöglich, sich ohne den anderen noch ganz zu fühlen. Während wir im Unterricht darüber diskutiert haben, ob Romeo Julia liebt (und nicht einfach lustentbrannt ist), würde ich gern über Julias Gefühle für Romeo sprechen, die ich für wahrhaftig und bedeutungsvoll halte und die reflektieren, wie sich eine junge Frau fühlt, wenn sie sich zum ersten Mal verliebt.

Note: 1

Das ist wirklich ausgezeichnet, Carolyn. Ihr Aufsatz zeugt von einer guten Textkontrolle/einem guten Textverständnis und bietet eine einfühlsame, intelligente Analyse. Er ist sehr gut geschrieben und klar aufgebaut. Vielleicht zitieren Sie noch etwas viel, da könnten Sie beim nächsten Mal etwas mehr selbst formulieren. Alles in allem aber ist das sehr gut. Sie haben ein Gespür für Shakespeare. Weiter so.

kapitel 13

Jeden Morgen erklangen aus den Lautsprechern das *Star Spangled Banner* und die Ankündigungen der Schulleitung. Wir hörten von Wettbewerben, Drogenaufklärung, Erfolgen der verschiedenen Schülerclubs oder anderen Themen der Woche. Mr Overton bat uns, ihm die Texte in Schriftgröße 16 auszudrucken, so dass er sie lesen konnte. Schülernamen hatten wir in Lautschrift zu schreiben, damit er es nicht vermasselte, was er aber regelmäßig tat.

Manchmal forderten sie Schüler auf, Erklärungen zu einem bestimmten Thema zu verfassen und vorzulesen, und am ersten Montag im November stand Shane Duggan vor Mr Overtons Büro, um eine PE abzugeben. Um 9:15 Uhr lauschten wir unserem Quarterback, der uns erzählte, wie wir uns verhalten sollten:

»Die Technik verändert die Art und Weise, wie wir miteinander kommunizieren in toller Weise. Aber manchmal vergessen wir dabei, was für Auswirkungen das, was wir schreiben, auf andere Leute haben kann. Wir müssen Textnachrichten, E-Mails und Facebook-Beiträge wie eine persönliche Kommunikation von Angesicht zu Angesicht betrachten – sagt nie etwas im Internet, von dem ihr nicht wollt, dass es im wirklichen Leben jemand von euch hört. Wenn wir denken, jemand benutzt das Web, sein Telefon oder Facebook, um einen anderen zu schikanieren, müssen wir versuchen, das zu stoppen.

Wenn ihr eine E-Mail, eine Textnachricht oder etwas über Facebook bekommt, das übel und gemein ist, antwortet nicht darauf. Versucht, euch da nicht hineinziehen zu lassen. Macht einen Screenshot oder eine Kopie und zeigt es einem Lehrer, der Vertrauenslehrerin oder euren Eltern. Es ist einfach, auf eurem Telefon, auf Gmail oder Facebook Filter einzurichten, die Nachrichten oder Beiträge von diesen Leuten blocken. Wenn ihr denkt, jemand will euch unter Druck setzen, richtet einen Filter ein. Wir müssen alle zusammenarbeiten, um diese Art von Verhalten zu stoppen. Ob online oder persönlich, wenn jemand euch weh tut oder versucht, euch weh zu tun, gibt es Dinge, mit denen sich das stoppen lässt.«

Ein Mädchen von der Lincoln High hatte in der Woche zuvor auf Facebook damit gedroht, Selbstmord zu begehen. In der *Adamsville Daily* und den Sechs-Uhr-Nachrichten hieß es, der Grund seien gemeine und dumme Nachrichten gewesen, die sie von einigen Leuten bekommen habe. Unsere Eltern drehten fast durch, und aus New York und DC kamen Journalisten, um eine Geschichte darüber zu schreiben. Wir mussten lachen, als wir sahen, wie ernst das alle nahmen, die hatten verdammt keinen Plan. Und das Mädchen lebte noch.

Shane lächelte, als wir ihm später auf dem Flur begegneten und »super« sagten. Shane wurde immer gerufen, wenn es um solche Sachen ging, das war schon in der Grundschule so gewesen. Vor drei Jahren war er ausgewählt worden, um die Adams beim Rassenintegrationsseminar an der Lincoln zu vertreten, und er gehörte zu den Leaders of Tomorrow des Staates Alabama. Er sah gut aus, und seine Stimme klang fast wie die eines Radiomoderators. Ryan Seacrest. Nur größer. Und heißer.

Wer beim Schulball in den Hofstaat kam, wurde nachmittags über den Lautsprecher verkündet. Aus unserem Jahrgang waren es Brooke, Gemma, Taylor und Carolyn. Wir hörten zu, simsten Glückwünsche und waren während der nächsten Tage damit beschäftigt, Mädchen zu umarmen, die es hineingeschafft hatten, und Mädchen, die es nicht geschafft hatten. Hinter ihren Rücken redeten wir darüber, wie öde das alles war. In der Halbzeit würden sie auf einem Wagen auf das Spielfeld fahren, zum nur halbformellen Ball ein Cocktailkleid tragen und mit ihren Fotos in ein spezielles Kapitel des Jahrbuchs kommen. Dazu in die Zeitung. Kronen würden sie tragen und billige Korsagen, und jedes Jahr wurde es lächerlicher mit den Kleidern, länger wurden sie und waren mit Pailletten besetzt, wie das von Miss America in *My Big Fat Gypsy Wedding*. Adamsville war in einer Zeitschleife gefangen, sagten wir. Wir machten uns über die Kleider lustig, aber die Mädchen in ihnen waren trotzdem wunderschön. Sie waren was Besonderes.

Am Abend, als die Zusammensetzung des Hofstaats bekannt gegeben wurde, postete Brooke in ihrer Facebook-Chronik: »Die Schwimmmannschaft ist voller hässlicher Lesben.«

Und am nächsten Tag rief Taylor Carolyn an und sagte ihr, sie solle Brooke anrufen und ihr sagen, sie sei ein Miststück, und dass Brookes Kommentar ihr gelte. Aber Carolyn tat es nicht, nicht, soweit wir wissen.

Am Freitag mussten wir uns die Umkleide mit den Cheerleadern teilen, wegen des Zeitplans ihrer Auftritte, was wir nicht wirklich kapierten. Und wir hassten es, weil ihre Körper so gebräunt und vollkommen waren, weil sie Wäsche von Victoria's Secret trugen und ihre Haut nicht so mitgenommen war von dem ganzen Chlor, und wenn sie dir ein Kompliment machten, warst du nicht sicher, ob du dich bedanken oder ihnen widersprechen solltest. Brooke und Gemma waren immer die Lautesten, und am Freitag nach der Nominierung war Brooke superlaut. Taylor und Tiffany zogen sich irre schnell um und waren schon weg, bevor wir auch nur aus der Dusche kamen. Wir wünschten, sie hätten sich mehr Zeit genommen und wären noch etwas geblieben.

Als Carolyn zum Umziehen auf die Toilette wollte, wie sie es seit September schon tat, streckte Brooke den Arm aus, legte die Hand auf den Spind gegenüber und stellte einen Fuß auf die Bank, so dass Carolyn nicht durchkonnte. Carolyn drehte sich um, aber da saß Gemma und stemmte die Füße gegen den Spind auf der anderen Seite. Gleich dahinter zog sich Jessica Jenkins um, und Carolyn kam auch da nicht durch, ohne dass jemand Platz machte, ohne verdammt unbeholfen zu wirken. Carolyn blieb stehen. Sie fragte, ob sie vorbeikönne. Wir zogen uns weiter um und hörten Brooke und Gemma zu. Die beiden lächelten beim Reden.

»Äh, Carolyn? Warum willst du dich denn da hinten umziehen?«

»Ist es, weil du LESS-bisch bist?«

»Hier bei uns ist dir nicht zu trauen, was? Stimmt's?«

»Oder liegt es einfach daran, dass du so heiß bist?«

»Hast du Angst, dass wir alle Lesben sind?«

»Machen das die Leute in New York, entschuldige, New JERSEY, so?«

»Wir denken nicht, dass du so sexy bist, Carolyn.«

»Aber vielleicht ist sie ja eine LESBE und will, dass wir auch alle Lesben werden.« Brooke nahm den Arm herunter. Carolyn sah uns an.

Wie sahen weg, kämmten uns die Haare und versuchten nicht so auszusehen, als dächten wir, dass die beiden gemein oder komisch waren, oder als hörten wir überhaupt zu.

Brooke lachte. Carolyn sah Gemma an.

»Was?«, fragte Gemma. »Gott! Verstehst du keinen Spaß?«

Nach dem Umziehen warteten einige von uns draußen darauf, von ihren Eltern abgeholt zu werden. Carolyn wartete ebenfalls.

»Ich bin nicht lesbisch.«

»Das haben wir nicht gesagt.«

Wir sahen einander an.

Lauren sagte als Erste etwas. »Habt ihr das gesagt?«

»Nein«, antworteten wir, nicht ganz einstimmig.

»Siehst du? Keiner hat das gesagt.«

»Sowieso, die Leute waren so … das war nur Spaß.«

»Du musst lernen, Spaß zu verstehen.«

Reglos standen wir da.

Es war dunkel und wurde kalt, und unser Haar war noch nass. Wir konnten die Footballspieler auf dem Feld trainieren hören, wie sie ächzten, schrien und ihre Übungen machten.

Carolyn starrte uns an. »Ich bin's jedenfalls nicht, falls es euch interessiert.«

Wir wussten nicht, was wir sagen sollten.

Ein paar Tage später wurde Adam Simmons beim Rauchen auf dem Parkplatz erwischt, und er wartete vor Mr Overtons Büro auf seine Strafe, als Carolyn hereinkam. Brooke kam ein paar Minuten später durch die Tür. Er war überrascht, die beiden da zu sehen, und dachte, sie bekämen eine Art Preis oder so was, nur dass sie dafür zu angepisst aussahen. Carolyns Haut war fleckig, und nur eines ihrer Augen war geschminkt, das andere nicht. Wie ein Vorher-nachher-Bild, sagte er, aber in ihrem Gesicht. Brooke saß mit verschränkten Armen da und verdrehte immer wieder die Augen. Warum, konnte Adam nicht sagen. Er erzählte uns, dass er versucht hatte, Brooke anzusprechen, Carolyn kannte er nicht wirklich.

»Was geht ab, Brooke?«

Sie ignorierte ihn, erzählte er uns, und er dachte, das sei ganz schön zickig. Er hätte ihr schon sagen wollen, dass er es bedaure, ihr seine Stimme für den Hofstaat gegeben zu haben, doch da sagte sie etwas.

»Hey.« Sie sah Carolyn an, dann ihn und verdrehte die Augen. »Was machst du hier?«

»Das Gewohnte.« Er drückte Daumen und Zeigefinger zusammen, führte sie an die Lippen und kniff die Augen zusammen. »Und du?«

»Wegen irgend so 'nem Schwachsinn.« Und als sie das sagte, blitzte sie zu Carolyn hinüber, die auf ihre Hände starrte. Adam sah, wie Carolyn sich die Ärmel hochschob, und er erzählte, dass er die Male überall auf ihren Unterarmen erkennen konnte, dass sie die Fingernägel hineingegraben und eins der Male zu bluten begonnen habe. Und dann kam Miss Simpson aus Mr Overtons Büro.

»Würdet ihr zwei jungen Damen mit mir in Mr Overtons Büro kommen? Er hat mich gebeten, bei diesem Treffen dabei zu sein.«

Adam sagt, dass er versucht war, sein Ohr gegen die Tür zu drücken, aber da bekam er eine SMS von seinem Bruder wegen einer Wochenendparty im Cullman Community. Das lenkte ihn ab. Jungs hatten keinen Draht für solche Sachen.

Später hörten wir, dass es um die Geschichte in der Umkleide gegangen war: Entweder hatte Miss Simpson das Ganze mitbekommen, oder jemand hatte ihr davon berichtet. Keiner sagte da was Klares, von uns hatte auf jeden Fall keine was gesagt, nicht, soweit wir wussten. Wenn es eine von uns gewesen wäre, hätten wir auch Gemma mit genannt, sie war schließlich an der Sache beteiligt, aber sie wurde nicht ins Büro gerufen. Sie war zu brav.

Später, bei der Untersuchung in der Schule, sprach Mr Overton viel über dieses Treffen. Die Leute sollten wissen, dass es stattgefunden hatte und ihnen, dem Kollegium, die Sache wichtig gewesen war. Die Schulleitung konnte die Mädchen nicht dafür bestrafen, dass sie miteinander redeten, aber in den Berichten stand, dass »die in der Diskussion benutzte Ausdrucksweise Besorgnis hervorrief« und »das Kollegium den Streit beigelegt sehen wollte«. Am Ende redeten sie wieder und wieder über dieses Treffen, obwohl Adam sagte, sie waren höchstens fünfzehn Minuten bei ihm drin.

Zu der Zeit konnten wir kaum glauben, dass sie so einer Sache solche Beachtung schenkten, diese Art Scheiß passierte jeden Tag, aber einige Leute meinten, es liege daran, dass Carolyn neu und hilfsbedürftig sei. Später fragten uns Reporter, ob wir immer noch dächten, das Treffen sei unnötig gewesen. »Ja«, sagten wir. »Was hat es denn bewirkt?« Das war rhetorisch gemeint. Wir waren nicht sicher, ob sie das verstanden.

kapitel 14

Unsere Kirche sieht nicht aus wie Kirchen im Fernsehen. Das Gebäude, oder sagen wir, der Komplex, sollte ursprünglich ein Lowe's mit angeschlossenen Büroräumen und Fitnessstudio werden. Lowe's hatte dann aber was Größeres gekauft, ein Stück weiter die Stripline hinunter, und unsere Kirche bekam das Gebäude im Zentrum. Das bedeutete, dass unser hübsches Gotteshaus im alten Teil der Stadt renoviert werden konnte oder so und wir jetzt alle in dieselbe Kirche gingen. Sie war sogar groß genug für Leute aus anderen Countys, und auf der neuen Website der Gemeinde konnte man direkt aus ihrem Inneren streamen. Reverend Davies trug einen Kopfhörerbügel mit Mikro, wie ein Aerobiclehrer. Unsere Kirche sei global, sagte Reverend Davies.

Die Kirche war groß, aber der Parkplatz noch viel größer. Wenn du von der Stripline auf ihn einbogst, war sie nur ein winziger Punkt, ein Klecks in der Ferne. Wenn du früh kamst, sahst du Linien über Linien, die die Parkbuchten begrenzten, dazu weiße und gelbe Kreuze auf grauem Zement. Aber wenn du zu spät kamst, oder erst fünf Minuten vor Predigtbeginn, dann war da ein Meer aus Autos. Im Sommer, oder eigentlich fast das ganze Jahr, fingen deren Spiegel die Sonne ein, und du musstest deine Augen abschatten, oder du kamst von der Straße ab. Die Autos wiegten sich in der Hitze, der Teer war wie flüssige Farbe, und du hattest Angst, dein Auto könnte verschluckt werden, von Treibsandteer. Je weiter du auf den Parkplatz vordrangst, desto größer wurde die Kirche, und wenn du nicht von hier warst, nahmst du an, es wäre ein Wal-Mart, ein Kmart, ein Winn-Dixie, ein Lagerhaus oder sonst was. Aber es war unsere Kirche, und selbst wenn du kein Baptist warst, kamst du aus dem einen oder anderen Grund hierher. Sonntags und mittwochs waren alle gläubig.

Wir blieben immer so lange auf dem Parkplatz wie nur möglich, versuchten zu sehen, wer da war, bei den Jungs zu stehen, die wir mochten, und redeten darüber, was wir am Abend zuvor gemacht hatten. Drinnen war es wie in einem Lagerhaus, es war egal, wie viel Zeugs sie auf den Altar packten und wie viel Teppiche sie an die Wände hängten: Es war und blieb ein Lagerhaus, in dem es nach Autos und Kerzen roch, und wie in einem runden Theater befanden sich Altar und Lesepult in der Mitte. Rundherum standen Bänke, weiß, aus Plastik und auf den Boden geschraubt. Die krankhaft fetten Leute mussten hinten sitzen, auf Stühlen, die von Ruby Tuesday auf der anderen Seite der Stripline gespendet worden waren. Einhundertvierundzwanzig Bänke, in denen je nach Breite fünf bis zehn Leute sitzen konnten, wir hatten sie gezählt. Und an Weihnachten mussten trotzdem noch Leute stehen.

Wir gingen jeden Sonntag und jeden Mittwoch. Es war ein Teil von uns, etwas, worüber wir nicht debattierten, was wir nicht in Frage stellten. Es störte uns nicht, wenn wir ehrlich waren, nicht wirklich. Die Kirche gab uns etwas zu tun, war ein Ort, um Leute zu sehen, eine Möglichkeit, uns rauszuputzen. Später im College würden wir das vermissen. Sicher, auch da gingen wir in die Kirche, auf dem Campus, natürlich taten wir das, aber es war nicht das Gleiche. Es fühlte sich anders an, kälter, fremd. Wir vermissten die Sicherheit unserer eigenen Kirche, die Vertrautheit der Messe, die Nähe, die wir zu allen anderen verspürten. Wir vermissten sogar ihren Geruch: Sonntags konntest du Kaffee riechen, vermischt mit Parfüm und dem Kölnischwasser der Jungen, der Alten und sehr Alten.

Die Kirche war hell. Am Weihnachtsmorgen waren die Lichter gedämpft, und manchmal auch, wenn wir als Erste kamen, aber am Ende wurden sie voll aufgedreht, und wenn du nach oben sahst, konntest du Hunderte Lampen zählen: Die meisten waren auf das Pult gerichtet und gaben Reverend Davies einen Lichtkreis, ein Leuchten. Es gab auch Lichter im Boden, blaue, und wir hörten, dass der Beleuchter vom Regal Theater auf Honorarbasis beschäftigt wurde, um dafür zu sorgen, dass die Beleuchtung bei den Messen höchsten Standards entsprach.

Als sie frisch hergezogen waren, gingen Carolyn und ihre Mutter nicht in die Kirche, sie waren katholisch oder so, aber nach ein paar Wochen, als Carolyn öfter mit Shane abhing, änderte sich das, und sie und Abby kamen hin und wieder. Allerdings nicht schon früher wie wir, und sie sangen auch nicht mit, schüttelten den Leuten die Hände oder blieben anschließend noch eine Weile. Zwischendurch schlossen sie die Augen, und einige Leute beschwerten sich, dass sie nicht kommen sollten, wenn sie nicht gläubig und nicht errettet worden waren. Aber niemand hielt sie auf, und mit der Zeit kamen sie regelmäßiger, und dann gar nicht mehr. Man sollte denken, bei so vielen Leuten hätte es uns nicht auffallen sollen. Aber wir merkten es. Besonders, was Carolyn anging.

An einem Sonntag im Herbst, nicht lange, nachdem Carolyn in den Hofstaat gewählt worden war, gab es eine spezielle Jugendmesse, was unser »Jugendführer« Dave Dillon angeregt hatte, damit wir stärker in die Gemeinde eingebunden würden. Es sollte Lesungen geben, und jemand aus der Zwölften würde eine Predigt halten, von Reverend Davies vorbereitet, so weit traute er uns noch nicht. Als Musik war unter anderem eine kitschige Ballade geplant, die vor vier Jahren im Radio gelaufen war und vage mit Jesus zu tun hatte, auf der Gitarre von einem Typen vom Cullman Community College gespielt, den sie da nicht mehr wollten, mit einem Vorsänger. Das Ganze war eine lahme Sache, das wussten wir, aber wir hatten die Messe monatelang vorbereitet, Leute vorsprechen lassen, und unsere Eltern wollten sie mitschneiden. Wir hatten ein bisschen zu viel Aufhebens darum gemacht.

Wir kamen an dem Tag im Oktober früh in die Kirche und erinnerten uns später, Brooke und Gemma beim Altar stehen gesehen zu haben. Die beiden redeten miteinander, Brookes Gesicht war etwas fleckig, und Gemma strich ihr übers Haar.

»Du musst sie einfach ignorieren.« Gemmas Stimme war nicht mehr als ein Flüstern, aber der Altar war so voller Mikros, dass wir sie so eben verstehen konnten.

»Ich weiß, ich weiß.« Brookes Gesicht war jetzt von

uns abgewandt, und wir blieben ganz hinten, damit es nicht aussah, als lauschten wir, aber natürlich wollten wir hören, was zu hören war.

»Sie braucht einen Dämpfer, weißt du?« Gemmas Stimme wurde noch leiser. »Sie ist eine miese Schlampe, nichts anderes.«

Brooke, oder vielleicht auch Gemma, hustete, und das Mikro pfiff. Sie sahen sich um. Wir gingen den Gang hinauf und winkten ihnen im Näherkommen zu.

Wir nahmen unsere Plätze vorn ein. Wir sollten die erste Kollekte übernehmen, saßen da und warteten, dass sich die Kirche füllte. Mütter und Väter, Cousins ersten und zweiten Grades, Nachbarn, Lehrer, Coaches und alle, die wir kannten, oder mal gekannt hatten, strömten in die Kirche, schüttelten uns die Hände, umarmten uns, küssten uns, und wir umarmten auch sie und küssten sie, denn so machten wir es in Adamsville, so machten wir es in der Kirche.

Carolyn und ihre Mutter waren da, saßen vorn auf der Seite, vielleicht in der dritten, vierten Reihe. Wir konnten ihre Gesichter sehen. Carolyns Outfit stammte vom Cover des Anthropologie-Katalogs, der vor Wochen in ihrem Zimmer gelegen hatte. Beide, Carolyn und ihre Mom, hatten noch nasses Haar, und ihre Gesichter wirkten wie mit Tau benetzt, als wären sie gerade schwimmen gewesen. Vielleicht war es ja so. Wir fragten uns, wie es sein würde, so perfektes Haar zu haben, dass du es einfach an der Luft trocknen lassen konntest, eine so makellose Haut, die nur etwas Mascara und Lipgloss brauchte, und dazu einen straffen Körper, der dich in einem weißen, übergroßen Sommerkleid perfekt proportioniert aussehen ließ. Wir gaben uns alle Mühe, die beiden nicht anzustarren.

Musik füllte die Kirche, und wir standen auf. Reverend Davies kam den Gang herunter, schüttelte Hände, umarmte einige Leute und verteilte Grüße und Küsse. Eine Gruppe Neuntklässler, Mädchen und Jungen, folgte ihm. Sie trugen übergroße violette T-Shirts mit der Aufschrift »CROSS« – *Christians Reaching Out in Selfless Service:* Christen, die dir selbstlos die Hand reichen. Shane Duggan war ein paar Schritte hinter ihnen, in einem neuen Footballtrikot, auf dem vorne »Doing it for Jesus« stand. Als er weiter nach vorne kam, sahen wir auch die Rückseite: »Johannes, 3:16.« Einige Eltern begannen zu klatschen, als er an ihnen vorbeikam. Coach Cox ballte die Faust zur Siegergeste, Shane erwiderte seinen Gruß.

Jemand erzählte uns später, dass Shane Carolyn vom Gang aus zugezwinkert habe. Jemand anders meinte, es habe eher so ausgesehen, als zwinkerte er Abby zu. Die Leute lachten, und wieder andere Leute erzählten, Carolyn habe ihm eine Kusshand zugeworfen. Wir bekamen von alldem nichts mit, nicht aus unserer Perspektive.

Als die Messe begann, fassten wir uns bei den Händen, sahen uns um, checkten, was die Leute trugen, und merkten uns einiges. Wir musterten uns gegenseitig und zogen uns die Jacken um die Schultern, als wir fühlten, wie die Luft der Klimaanlage auf uns niederblies. Wir beteten.

Etwa nach der Hälfte der Messe bat Reverend Davies Shane zum Altar und gab ihm ein Mikro, damit er »ein paar Worte sagen« konnte. Shane erhob sich aus der ersten Bank, schob sich zwischen den Violetthemden durch und wurde von einem Lichtkegel erfasst, der ihn zum Altar begleitete. Hättest du ihn fotografiert, hätte er einen Heiligenschein gehabt.

Er räusperte sich, das Geräusch dröhnte durch den Raum, und Shane begann zu sprechen: »Ich komme mir echt klein vor hier vorn, wo ich zu euch allen sprechen soll, im Namen meiner Freunde und aller Schüler der Adams.« Er wurde rot, und wir dachten, dass seine Hände zitterten.

»In diesen Tagen ist viel darüber zu lesen, wie es Teenagern geht, wie schwer es ihnen fällt, sich einzugliedern, Freunde zu finden und bei alldem der Versuchung zu widerstehen und sich von der Sünde fernzuhalten. In anderen Städten Amerikas ist das wirklich schwer. Da kennen sich die Leute nicht, und die Kirche ist nicht wichtig. In Moulton, nur ein paar Städte weiter, ist es nicht erlaubt, vor Footballspielen zu beten. Sie dürfen nicht Jesus Christus gedenken, bevor sie aufs Feld hinausgehen, dürfen nicht mit ihm sprechen und seine Liebe fühlen, die Liebe, die ihnen doch erst die Kraft zu spielen gibt, die sie so gut wie nur möglich macht.

Deswegen können wir uns hier in Adamsville glücklich schätzen. Wir besitzen gemeinsame Werte und die Liebe des Herrn, wir wissen, dass Er unser Retter ist und wir alles, was wir tun, ihm zu Ehren tun sollten. Wir wissen, dass Alkohol, Sex und Drogen, dass all das verhindert, Ihm nahezukommen. Wir haben Eltern und Freunde, die Jesus so lieben, wie wir Ihn lieben, und die uns helfen, nicht vom Weg abzukommen.«

Wir hörten ihm zu und dachten an den Shane in Blake Wyatts Haus im Sommer, wie er im Handstand auf dem Fass möglichst viel Bier in sich hineingepumpt und anschließend mit Brooke in Wyatts Pool herumgeknutscht hatte.

»Wenn dir jemand auf einer Party einen Drink anbietet, wenn jemand sagt: ›Ein Bier kann nicht schaden‹, solltest du für einen Moment an Jesus denken und dich in deinem Herzen fragen, ob Er möchte, dass du das deinem Körper antust, deinem Körper, den Er dir geschenkt hat.«

Wir sahen zu Reverend Davies, der neben Shane saß, das Gesagte auf einem Blatt mitlas und befriedigt lächelte.

»In den Predigern warnt uns die Bibel vor dem Verlangen unserer Augen: ›So freue dich, Jüngling, in deiner Jugend und lass dein Herz guter Dinge sein in deinen jungen Tagen. Tu, was dein Herz gelüstet und deinen Augen gefällt; aber wisse, dass dich Gott um das alles vor Gericht ziehen wird.‹

An jedem Wochenende sehen wir uns der Versuchung gegenüber, bei jeder Party, jedem Ball, zu dem wir gehen. Aber der Herr will, dass wir diese Sünden durch Gebete ersetzen, durch spirituelle Disziplin. Die Schrift gibt uns den Weg vor: ›Und siehe, ob ich auf bösem Wege bin, und leite mich auf ewigem Wege.‹« Shane hob den Blick hinauf zur Decke, verlagerte das Gewicht, bewegte sich aus dem Lichtkegel und rieb sich die Augen.

Wir sahen zu Brooke und Gemma hinüber, die eng beieinandersaßen. Gemma flüsterte Brooke etwas ins Ohr.

Reverend Davies stand auf und trat neben Shane. »Danke, Shane.«

»Ich danke Ihnen, Reverend.« Shane sah direkt zu den Anwesenden. »Die Bears vor. Ich hoffe, ich sehe euch alle am Wochenende.« Dann senkte er den Blick und ging zurück zu seinem Platz. Reverend Davies hob die Arme, und wir standen auf. Die Messe ging weiter.

Nach der Kollekte sangen Gemma und Brooke ein Duett, und der Community-College-Typ begleitete sie auf der Gitarre. Es war Faith Hills *Breathe*, nur dass sie den Text geändert hatten. *»Im Gebet versunken, weiß, Du bist da, Jesus, sollte so nicht die Liebe sein. Ich kann Dich atmen hör'n.«* Wir lachten später darüber, wie öde der Text gewesen war und dass sie übel durch die Nase gesungen hatten, und natürlich über den Kerl mit der Gitarre, aber auf Facebook posteten die Leute nur, wie gut die beiden geklungen hätten, wie cool sie seien, und dass sich die beiden bei *X Factor* bewerben sollten, wenn es das nächste Mal nach Birmingham kam.

Nach der Messe gingen wir zum Mittagessen in den Country Club. Es gab Kartoffelpüree, Makkaroni mit Käsesoße, gebratene Okraschoten und grüne Tomaten, Grillhähnchen, grüne Bohnen und Buttermilchkekse. Alles auf einem Büfett im Haupthaus, wo wir keine Jeans oder Tennisschuhe tragen durften. So sahen wir denn aus wie aus dem J.Crew-Katalog, nur dicker, sagten wir. Der Club war früher nur für Weiße gewesen, hatten unsere Eltern uns erzählt, aber mittlerweile gab es auch ein paar Schwarze, allerdings nur wenige. Das Personal war jedoch komplett schwarz und am Wochenende meist in unserem Alter. Sie brachten uns Essen vom Büfett.

Carolyn kam mit Taylor, und vielleicht, weil Tiffany und all die anderen nicht dabei waren, setzten sie sich zu uns. Später waren alle anderer Meinung, wann das alles stattgefunden hätte, ob vor dem Schulball oder danach, aber es muss vorher gewesen sein, das sagten wir, weil die Luft noch warm war und Carolyn noch lächelte. Sie redete noch und lachte, und die Leute wollten ihr noch nahe sein.

Nachdem wir alle unser Essen hatten, sagte sie, wie unheimlich, dass alle Bediensteten schwarz seien, und war uns das nicht unangenehm? Wir sagten, darüber hätten wir noch nicht wirklich nachgedacht, und das stimmte im Prinzip auch. Später sagten wir, dass wir dachten, sie tue nur so. Es war leicht, so wie sie zu sein, wenn du nicht von hier warst. Die Dinge sind komplizierter, wenn du Teil von ihnen bist.

Die Eltern blieben an den Tischen sitzen, aber wir nahmen unser Essen in Styroporbehältern mit nach draußen auf den Golfplatz. Die Jungs rauchten, als sie sicher waren, außer Sichtweite des Clubhauses zu sein, und wir zogen hin und wieder bei ihnen, wenn uns danach war. Es war an diesem Herbsttag noch warm, die Sommerhitze hielt sich länger als gewöhnlich in diesem Jahr, und die Feuchtigkeit machte es schlimmer. Wir saßen in einem Sandbunker, weil wir sagten, dort sei es kühler, trotzdem fühlten wir den Schweiß im Nacken.

Rechts sahst du den Rest des Platzes, Bäume, den Pool, die Tennisplätze und wieder Bäume. Links standen Bäume, und hinter einer Lichtung wischte der Verkehr auf der Stripline vorbei. Das Wal-Mart-Schild war gerade so zu erkennen, »24 Stunden geöffnet«. Der Verkehrslärm drang nur sehr gedämpft herüber. Sonntagabends, nachdem der Platz um fünf geschlossen hatte, waren hier nur Grillen zu hören und Glühwürmchen zu sehen. Als wir klein waren, versuchten wir sie mit den Händen zu fangen und vergaßen immer, Marmeladengläser von zu Hause mitzubringen. Wir hielten sie eine Sekunde lang, aber dann kitzelten sie, und wir mussten die Hände öffnen und sie davonfliegen lassen. Andrew Wright vermochte so gut wie alles zu fangen, als wir klein waren, aber einmal war er zu aufgedreht und zerquetschte ein Glühwürmchen zwischen den Händen. Wir dachten, er sei von einer Biene gestochen worden, weil er schrie und Tränen in den Augen hatte, doch da war kein Fleck oder Stich, nur die Flügel klebten in seiner Hand. Ein paar Jahre später, als wir älter wurden, hörten wir damit auf – und in ein paar Jahren, nach der Highschool, würden wir mit unseren Eltern da drinnen im Clubhaus sitzen müssen wie unsere älteren Brüder, Schwestern und Cousins. Aber jetzt noch nicht.

An dem Tag draußen auf dem Golfplatz forderte Carolyn uns heraus, in den Pool zu springen, obwohl er nur im Sommer geöffnet war und wir unsere Badesachen nicht dabeihatten. Wir dachten, sie mache Spaß, und blieben sitzen, als sie über den Parkplatz lief und über den Zaun zum Pool sprang. Wir sahen uns an und begriffen, dass sie es ernst meinte. Aber mussten wir es dann nicht platschen hören? Nur kam da nichts. Also rannten wir hin und spähten durch den Zaun. Zusammengeklappte Liegestühle, auf der Erde liegende große blaue und weiße Sonnenschirme, ein orange-grünes Badetuch beim Planschbecken, *Arielle, die Meerjungfrau* oder so was: Wir nahmen an, dass es seit dem Sommer schon dort vor sich hin schimmelte und verblich. Seitlich lagen ein paar weiße Keds. Verkrustete cremefarbene Sportsocken. Wir wollten schon wieder gehen, als wir das Sprungbrett wippen hörten, trocken, knarzend. Carolyn stand am vorderen Rand des oberen Bretts, von dem wir erst nach unseren ersten Schwimmstunden hatten springen dürfen. Sie lächelte nicht und sah auch nicht zu uns herüber, stand barfuß vorn auf dem Brett und federte in die Höhe. Sie hob die Hände in die Luft, als wollte sie springen, und einer von den Jungs rief, sie solle aufhören. Sie sah zu uns her, die Augen groß und leer, sagte nichts, und dann lächelte sie, zog ihr Kleid aus und warf es auf den Beton, neben den Sitz des Schwimmmeisters. Wie konnten die Male an ihren Armen und auch einige auf ihrem Bauch erkennen – vielleicht waren es nur einfache Narben? Wir starrten sie an, wie sie auf und ab schnellte. Und dann sprang sie: Es spritzte kaum, und sie war im Wasser, mit dem Kopf voran tauchte sie bis auf den Boden, berührte den Ausfluss und blieb eine gefühlte Ewigkeit unter Wasser. Wir wussten nicht, wie sie nach Hause kommen würde, was wir unseren Eltern sagen oder was wir tun sollten, wenn einer der Angestellten des Clubs käme. Wir sahen ihr beim Schwimmen zu, unter Wasser, sahen ihre winzig schmalen Hüften und die Muskeln in ihren Schultern, ihre dürren Beine, die knubbligen Knie und Ellbogen, das Haar, das wie ein Schweif hinter ihr wehte. Sie konnte endlos schwimmen, ohne Luft zu holen, und als sie schließlich doch hochkam, sah sie nicht zu uns herüber oder schien auch nur zu wissen, dass wir sie beobachteten.

Keiner von uns sagte oder rief irgendetwas, und die Jungs ließen keine ekligen Kommentare hören. Wir standen nur alle da und sahen ihr zu. Und wir überlegten, ob wir unsere Blusen und Röcke ausziehen und zu ihr hineinspringen sollten. War deine Unterwäsche nicht wie ein Bikini? Aber es war einfacher, nur zuzusehen, entschieden wir.

Niemand machte an dem Tag Fotos, von uns auf dem Rasen, von ihr im Wasser, wie eine Meerjungfrau mit ihrem BH, und später sagten wir, dass wir froh seien, keine gemacht zu haben. Die Leute hätten es nie vergessen, es ihr nie verziehen. Wir ließen sie davonkommen, stellten ihr einen Freischein aus, saßen nur da, sahen ihr zu und machten die Fotos in unseren Köpfen, redeten oder simsten nicht darüber, erst viele Monate später. Ihr Körper war winzig, sie war vollkommen, und sie war unerschrocken.

Jahre später erinnerten wir uns wieder daran, aber die Einzelheiten waren unklar, und was die eine für sicher hielt, widersprach der Erzählung einer anderen. So blieben wir am Ende alle bei unseren eigenen Bildern, die aber durchaus Platz ließen für die Erinnerungen der anderen. Es war uns wichtig, das zu besitzen, eine gemeinsame Wahrheit – wir teilten sie nie mit einem anderen, wobei nicht ganz klar war, warum.

Andrew Wright war an dem Tag auch dabei. Wir fragten uns, warum er nicht mit Gemma zusammen war. Seit Schulbeginn waren sie wie siamesische Zwillinge, knutschen unter der Tribüne herum, auf dem Parkplatz, während der Freistunden, schon vor Schulbeginn. Die beiden klebten aneinander, wohin immer wir blickten. Aber an dem Tag war Andrew Wright allein, und wir fragten uns, ob es Gemma störte – wenn sie es denn wusste –, ob es sie störte, dass ihr Freund die Neue anstarrte, während sie sich halb auszog und in den Pool sprang. Im Nachhinein fragten wir uns, ob das der Punkt war, an dem die Sache für Carolyn losging. Wir nahmen an, dass es vielleicht schon früher angefangen hatte, wenn wir an Andrew auf dem Ballon-Fest dachten, auf dem er so angespannt und verlassen gewirkt hatte, aber andere meinten, es sei erst viel später gewesen, und sie sei ihm nachgelaufen. Auf jeden Fall erinnerten wir uns sehr gut an Carolyn an diesem Tag, und wir sahen auch Andrews Gesicht noch vor uns. Vielleicht wegen der Geschichte mit seiner Mom, vielleicht weil er immer schon etwas Angst vor dem Wasser gehabt hatte, sah er wie gebannt mit offenem Mund zu Carolyn dort im Pool hinüber. Hätten wir uns über ihn lustig machen wollen, hätten wir es gekonnt. Aber wir wollten es nicht. Und wir waren froh darüber, da Andrew Worte verletzten. Was immer die Leute sagten, dass Worte ihnen nicht weh täten und so, bei Andrew taten sie es eindeutig.

Facebook

Dave Dillon: »Der HERR ist meine Stärke und mein Lobgesang und ist mein Heil. Das ist mein Gott, ich will ihn preisen; er ist meines Vaters Gott, ich will ihn erheben.«

Brooke Moore: »Wer seine Missetat leugnet, dem wird's nicht gelingen; wer sie aber bekennt und lässt, der wird Barmherzigkeit erlangen.« Was ist dein Bibelzitat heute?

Brooke Moore und 12 anderen gefällt das.
Gemma Davies, Brooke Moore und eine weitere Person haben das kommentiert.

Brooke Moore: »Offenbar sind aber die Werke des Fleisches, als da sind: Ehebruch, Hurerei, Unreinigkeit, Unzucht, Abgötterei, Zauberei, Feindschaft, Hader, Neid, Zorn, Zank, Zwietracht, Rotten, Hass, Mord, Saufen, Fressen und dergleichen, von welchen ich euch zuvor gesagt und sage noch zuvor, dass, die solches tun, werden das Reich Gottes nicht erben.«
Dave Dillon: Sehr gut, Brooke. Super, ich sehe dich in der Messe.
Gemma Davies: »So tötet nun eure Glieder, die auf Erden sind, Hurerei, Unreinigkeit, schändliche Brunst, böse Lust und den Geiz, welcher ist Abgötterei, um welcher willen kommt der Zorn Gottes über die Kinder des Unglaubens.«
Dave Dillon: Weiter so, Gemma! Dein Dad wäre stolz auf dich!
Gemma Davies: Danke, Dave. Können ich und Brooke uns mit dir treffen? Wir wissn, dass einge Kids nacktbaden waren (nach der Messe), und wir sind bsorgt. ☹
Dave Dillon: Danke, Gemma. Ich ruf dich an.

kapitel 15

Wir bauten den Wagen für den Schulball auf der Farm der Halls. Nach der Schule sammelten wir Ideen, der Ausschuss schrieb sie auf, wir bekamen Aufgaben zugewiesen und arbeiteten von fünf Uhr nachmittags bis zehn Uhr abends oder auch bis Mitternacht, je nachdem, wie lange wir brauchten. Wir schütteten Wodka in Red Bull, ein paar Mädchen taten betrunken, und einige von den Jungs rauchten hinter der Scheune. Wir bemalten den Wagen, wir sangen und tranken. Wir standen zusammen und versuchten zu flirten oder einander zu ignorieren. So ging's.

Die Farm der Halls wurde nicht mehr bewirtschaftet. Der Vater von Dylans Vater hatte sie noch als Farm betrieben, aber als er starb, machte Dylans Dad nicht damit weiter. Er war auf die UAB Business School gegangen und besaß drei Sonics, zwei in Adamsville und einen in Cullham. Trotzdem war Dylan im Club der zukünftigen Farmer Amerikas, und sein Dad war der Elternführer. Wir waren nicht sicher, warum. Manchmal im Sommer veranstalteten sie Führungen über die Farm, für einige der Sommercamps im County, und sie hatten noch Pferde, und hin und wieder konnten wir Dylan reiten sehen. Die Farmgebäude waren riesig, unsere Highschool hätte zweimal Platz darin gehabt, sagte Dylans Dad, und wir fanden es toll, dort zu sein. Wir stellten uns vor, das alles würde noch bewirtschaftet und dass Dylan und seine Familie von ihrem Land lebten, Kühe molken und Heu machten. Aber Dylans Dad brachte uns abends mehrfach frittierte Gurken von Sonic, was uns daran erinnerte, wie es wirklich war. Trotzdem, es gab so viel Platz, wir konnten unglaubliche Wagen bauen – es auch versauen und noch mal neu anfangen –, und es gab reichlich Orte, um sich zu verstecken, zu reden oder zu knutschen. Was immer wir wollten. Wir liebten diese Zeit des Jahres.

Es war Abend, als wir ankamen, das Licht am Himmel verblich, und die Scheune war mit Weihnachtslichtern erleuchtet. Wir arbeiteten drinnen, sahen aber hinaus aufs Land, während wir Sperrholz, Papiermaschee, Sprühfarbe und Glitter sortierten. Die Hunde der Halls, zwei Golden Retriever, wahrscheinlich fünfzehn oder zwanzig Jahre alt, rannten über die Weiden, versteckten sich hinter Strohballen und bellten jedesmal, wenn ein Auto die lange Kiesauffahrt heraufkam. In der Ferne leuchtete das Haus der Halls, wenigstens einen Kilometer von der Scheune entfernt, gelb, mit weißen Fensterläden und einer Veranda, die rings um das Haus reichte. Drinnen waren alle Lichter an, und wir stellten uns Mrs Hall und Dylans jüngere Brüder vor, Mrs Hall, wie sie das Abendessen machte, und die Jungs, wie sie sich vor dem Fernseher drängten und einen Zeichentrickfilm ansahen, bevor es etwas zu essen gab und es ans Schlafengehen ging. Neben der Vierer-Garage hing eine Autoreifenschaukel von einer mächtigen Eiche, gleich dahinter standen ein Klettergerüst und eine Rutsche. Die Halls hatten Glück, über so viel Platz zu verfügen, sagten wir, obwohl wir Dylan oder einen seiner Brüder nicht ein einziges Mal draußen auf dem Hof gesehen hatten.

Beim Arbeiten sahen wir Brooke Moore lachen, den Kopf in den Nacken legen und Red Bull trinken. Sie redete mit Gemma, aber fast die ganze Scheune sah zu ihr hin, so war es nun mal mit Brooke. Sie war für die Schrift zuständig, die Cheerleader produzierten immer perfekte Blasenbuchstaben: Es war die jahrelange Übung mit Schildern für die Motivationsveranstaltungen, die Spruchbänder für die Busse und die Fassade der Schule. Brooke hielt den Pinsel in der einen, die Red-Bull-Dose in der anderen Hand. Wir konnten nicht sagen, ob sie betrunken oder einfach wirklich glücklich war. Ihr Lachen war in der ganzen Scheune zu hören.

Carolyn kam eine Stunde nach uns allen, und als sie aus der Dunkelheit in die Scheune trat, konnten wir schemenhaft Shane hinter ihr ausmachen. Und schon blickten wir wieder zu Brooke und sahen, wie sich ihr Ausdruck veränderte. Sie wirkte nicht wirklich wütend, aber doch nervös, genervt, verkrampft oder so. Sie starrte Carolyn an, die eine alte Trainingshose und ein nicht dazu passendes Sweatshirt trug, aber immer noch schön aussah, immer noch perfekt. Brooke holte ihr Telefon aus der Tasche und schrieb etwas. Sie ging aus der Scheune, setzte sich in ihr Auto und knallte die Tür zu.

Brookes Scheinwerfer flammten auf, und das Licht füllte die Scheune. Die Leute riefen, sie solle die Dinger ausschalten, und legten die Hände vors Gesicht. Carolyn wandte den Blick nicht ab, und ihr Gesicht wurde hell angestrahlt, ihre Augen waren klar und schimmerten, und ihre Haut war so blass, dass das Licht praktisch von ihr abprallte. Sie starrte in die Scheinwerfer, ohne zu blinzeln. Das Auto setzte zurück, und die Scheune wurde wieder normal hell.

Carolyn stand mit Shane da und sagte nicht viel, oder wenigstens nicht viel, was wir hören konnten. Seit der Sache nach dem Schwimmtraining war sie stiller geworden, uns und vielleicht auch allen anderen gegenüber, und wir wussten nicht, wie wir es wieder in Ordnung bringen und sie aus ihrer Reserve locken konnten.

Sie arbeitete am selben Teil des Wagens wie Shane. Das Thema war Mardi Gras, und während er Holz für den Rahmen zuschnitt, malte sie einen Jazzmusiker auf ein Brett, das vorne an Mr Overtons altem Ford Mustang befestigt werden würde. Ihr Bild war voller Einzelheiten, das Saxophon wirkte wie in 3D, und später redeten wir darüber, wie gut sie war. Wie sie so was ohne ein Muster oder eine Schablone so hinbekam, ganz allein. Ohne Angst zu haben, sie könnte es versauen, dass die Leute es vielleicht nicht mögen würden oder am Ende irgendwas nicht stimmte. Wir fragten uns, ob es ihr tief im Innern wirklich wichtig war, und kamen zu dem Schluss, das eher nicht. Wir fragten uns, worüber sie die ganze Zeit nachdenken mochte, kamen jedoch nie dazu, sie danach zu fragen. Sie machte alles richtig, so weit wir sehen konnten, und das war allen bewusst, vor allem wohl Brooke. In Nachhinein gaben wir zu, dass es für Brooke sicher ziemlich schwer war. Zu der Zeit aber hielten wir sie für nichts als eine egoistische Zicke.

In den Wochen bis zum Schulfest arbeiteten wir bis Mitternacht, meinten, dass wir es niemals schaffen würden, so weit lagen wir hinter dem Plan zurück, wussten dabei aber gleichzeitig, dass es am Ende doch irgendwie klappen würde, weil es das immer tat, das war schon in der Mittelschule so gewesen. Allerdings hatten wir Angst, dass es in diesem Jahr nicht so toll werden würde wie im letzten und der Standard sank. Wir waren nicht unbedingt die künstlerischste Klasse, wie die über uns, dafür aber die, die am härtesten arbeitete, hieß es, und sich am meisten für die Parade ins Zeug legte. Carolyn machte am Ende den Unterschied, alle künstlerischen Aspekte wurden ihr übertragen, und sie entwarf einen Plan für den ganzen Wagen. Im Nachhinein fragen wir uns, ob es so gut für sie war, dass sie dieses Talent hatte. Wenn du neu und ein Mädchen bist, ist es nicht so toll, in etwas zu gut zu sein. Da bist du besser der Durchschnitt, kaum sichtbar und hältst dich im Hintergrund. Carolyn tat das nicht, so gesehen fügte sie sich nicht ein.

Als der Wagen fertig war, schichteten wir ein Feuer auf. Das war ebenfalls Tradition, und Mr und Mrs Hall halfen uns, Zeugs zu finden, das gut brennen würde. Dazu gaben sie uns ein paar Klötze und Stämme aus der Scheune – als Wal-Mart einen Teil ihres Landes kaufte, hatten sie ein paar Eichen fällen müssen –, die wir ums Feuer herum anordneten, zum Draufsitzen und Zuschauen.

Das Feuer fing klein an, unten in der Mitte, wurde nach fünf, zehn Minuten, nachdem Mr Hall es mit Benzin, Ästen und Zeitungen angeheizt hatte, aber riesig und loderte hoch auf, blau und rot und schwarzen Rauch emporschleudernd. Wir mussten ein Stück zurückweichen, um nicht geblendet zu werden und uns nicht die Gesichter zu verbrennen. Zu zweit, in Dreier-

und Vierergruppen saßen wir da, Shane und Carolyn direkt gegenüber von uns, und wir konnten sie durch das Blau und Rot knutschen sehen, er fuhr ihr unter das T-Shirt, und sie hielt die Hände im Schoß.

Mrs Hall gab uns alles Nötige, um Smores – Kekse mit Marshmallows und Schokolade – und Wunderkerzen zu machen. Das Feuer wurde immer noch größer, und die Marshmallows verbrannten und wurden schwarz, zu schwarz, um sie zu essen, nur Dylan nahm sie und packte zwanzig von ihnen auf einen Boden aus Graham-Crackern.

Die Wunderkerzen mochten wir am liebsten, und wenn sie erst einmal brannten, gingen wir vom Feuer und unseren Plätzen hinaus aufs dunkle Feld, wirbelten mit ihnen durch die Luft und versuchten Worte mit ihnen zu schreiben, unsere Namen, wenn es ging, und die Jungs schrieben F-Worte, so wie sie es mit ihren Taschenrechnern taten, und dann malten wir Herzen, Sterne und Blumen oder einfach nur Linien und Kreise, wie auf einer magischen Tafel. Mr und Mrs Hall sagten uns, wir sollten vorsichtig sein, und erinnerten uns an die Schreckensgeschichten, die sie in den Nachrichten gehört hatten, ließen uns aber trotzdem weitermachen, und Blake Wyatt schaffte noch ungefähr zwanzig beiseite und sagte, die könnten wir später anstecken, wenn alle weg seien. Während wir mit dem Feuer spielten, standen Shane und Carolyn auf ihrem Holzklotz und knutschten. Nachdem Brooke weg war, machte es ihnen offenbar nichts mehr, wer sie sah. Wir sahen zu ihnen hinüber, sahen ihre Gesichter durch das orangene Glühen und den Rauch, und fragten uns, wie es wohl wäre, wie sie zu sein, so heftig begehrt und so leicht akzeptiert zu werden.

Wir blieben vom Feuer weg, noch lange, nachdem unsere Wunderkerzen erloschen waren, standen einfach nur da, redeten und flirteten. Als Dylan ins Haus ging, um mehr zu essen zu holen, sagte Blake Wyatt, wir sollten ihm folgen und 1-900-Nummern anrufen. Mr Hall tue es die ganze Zeit, sagte er, und keiner würde es merken. Wir fanden das witzig, und er versuchte, ein paar von uns zum Mitkommen zu bewegen, aber wir wollten nicht. Also ging er selbst auch nicht, und wir standen noch so lange da herum, wie wir es ertrugen.

Wir blickten wieder hinüber zu Carolyn und Shane, aber Shane war weg, und sie saß allein auf dem Klotz, alle anderen waren vor dem Rauch geflüchtet. Nur Carolyn blieb sitzen, hatte ihr Telefon auf dem Schoß, sah aufs Display und ins Feuer, aufs Display und ins Feuer, wieder und wieder. Wir begriffen nicht, dass es ihre Augen nicht umbrachte. Blake rief ihren Namen, aber sie schien ihn nicht zu hören, und dann dachten wir, sie käme zu uns, aber sie ging aufs Feuer zu, also wirklich, wirklich nah ran, so nah, dass wir dachten, sie läuft hinein.

»Was zum Teufel macht sie da?«

»Lasst sie.«

»Sollte nicht jemand zu ihr gehen?«

»Lasst sie tun, was sie will.«

»Sie wartet nur auf Shane.«

»Duggan ist weg.«

»Er sitzt in seinem Auto.«

»Sollten wir nicht hingehen?«

»Lasst sie in Ruhe.«

»Sie sieht es sich nur an.«

»Sie wartet nur auf Duggan.«

»Aber was zum Teufel macht sie da?«

Sie stand völlig reglos da, wiegte sich dann etwas vor und zurück und streckte die Hände vor sich. Es sah aus, als berührte sie das Feuer, aber das ging nicht, dann hätte sie sich Verbrennungen dritten Grades geholt.

Andrew war bei uns, und er ging weg, ging zu ihr, und wir wussten nicht, warum. Blake rief ihren Namen wieder, und jetzt, erst jetzt wandte sie den Blick vom Feuer. Sie sah Andrew an, oder wenigstens dachten wir das, trat zurück und verschränkte die Arme vor der Brust. Sie drehte sich um und ging zu den Autos hinüber. Als Andrew zum Feuer kam, war sie bereits weg. Die Lichter von Shanes Auto leuchteten auf, sie setzte sich auf den Beifahrersitz, und die beiden fuhren davon.

Adamsville Daily News
15. November 2010

Schulball 2010 – Adams High-Schüler füllen Fifth Avenue mit einem Hauch von Bourbon Street

Am Donnerstagabend haben die Schüler der Adams High letzte Hand an die Wagen für die Freitagsparade anlässlich ihres Schulfestes gelegt. Mit ihrem Thema Mardi Gras verspricht der Umzug den historischen Teil Adamsvilles mit einem Hauch von Bourbon Street zu füllen. Die örtlichen Geschäfte

haben hervorgehoben, wie wichtig die jährliche Parade dafür ist, Umsätze und Handel anzuregen.
Brent Moore, der Besitzer einer hiesigen Eisenwarenhandlung, sagt: »Wenn die Parade auch nur ein paar Stunden dauert, profitieren doch alle Geschäfte in der Innenstadt von einer größeren Kundenfrequenz. Im Übrigen danken wir den Schülern, dass sie die Materialien ihrer Wagen in unseren örtlichen, unabhängigen Geschäften kaufen. Es muss eine Versuchung für sie darstellen, in den neuen, großen Märkten wie Wal-Mart oder Lowe's einzukaufen, und wir danken ihnen, dass sie ihr Geld in die traditionellen Geschäfte tragen und zu deren Fortbestand beitragen.«
Die Parade wird auch wieder den diesjährigen Hofstaat ins rechte Licht rücken, der aus vier jungen Damen jedes Jahrgangs besteht. Im Einzelnen sind das für die Neunte: Jessica White, Ashley Moore, Brittany Clarke und Amanda Lewis, für die Zehnte: Kayla King, Brittany Baker, Amber Cooke und Danielle Gray, für die Elfte: Gemma Davies, Carolyn Lessing, Brooke Moore und Taylor Lyon, sowie für die Zwölfte die Seniors Heather Watson, Jasmine Smith, Sarah Barnes und Emily Simmons.
Heather Watson, die Tochter von Henry und Judy Watson aus der Branch Brooke Road, sagte uns, sie freue sich wahnsinnig, wieder im Hofstaat zu sein: »Das ist jetzt mein viertes Jahr, ich bin ein Senior, und es ist toll, eine letzte große Erinnerung an den Schulball zu haben.« Heather wurde bereits von der University of Alabama angenommen, will Soziologie studieren und den Lehrerberuf ergreifen.

Kayla King aus der Zehnten (die Tochter von John und Marjorie King vom Oak Ridge View) hat die letztjährige Wahl zur Miss Teen der Tennessee Valley Authority gewonnen und sagt, sie hofft, als Hofdame nicht so nervös zu sein wie beim Wettbewerb um den Miss-Teen-Titel: »Ich hatte mich mit meinem Coach zwar ausgiebig vorbereitet, war dann aber vor der Show unheimlich nervös. Monatelang bin ich zu Hause zur Übung auf Stöckeln herumgelaufen!« Kayla gehört auch zur Cheerleader-Auswahl, und ihre ältere Schwester Kristina, die in diesem Jahr ihr Studium an der Auburn University aufgenommen hat, war an der Adams High der Cheerleader-Captain.
Junior Carolyn Lessing (die Tochter von Abby Lessing vom D'Evereaux Drive) ist erst frisch aus New Jersey nach Adamsville gezogen und gleich in ihrem ersten Halbjahr mit der Ehrenrolle betraut worden. Zu ihren Hobbys gehören Schwimmen und Kunst, und Carolyn sagte den Daily News, dass sie »begeistert« sei, Teil des Hofstaats zu sein, und dass sie eine Schlüsselrolle beim Bau des Paradewagens der elften Klasse innegehabt habe.
Wir können es kaum erwarten, das alles zu sehen.
Die Parade beginnt um 14:15 Uhr beim Adamsville-Eisenwarenladen in der Fifth Avenue. Familien wird geraten, zeitig zu kommen, um einen nahe gelegenen Parkplatz zu finden.

kapitel 16

Der Schulball war ein Riesending. Er folgte auf die Parade, ein Abendessen irgendwo im Restaurant und das Footballspiel. Für das Spiel war eine Gastmannschaft eingeplant, die problemlos geschlagen werden konnte, und die Band studierte eine besondere Musikfolge ein, praktisch den ganzen Sommer hatte sie daran gearbeitet. Die gesamte Schülerschaft fuhr in die Stadt, um der Parade zuzusehen, und auch die Kids von der Mittelschule kamen und natürlich unsere Lehrer und Eltern. Wir trugen die Schulfarben: alle vorstellbaren Orangetöne, dazu schwarze Jeans und schwarze Bänder im Haar. Wir malten uns die Gesichter an, mit Bärentatzen, den Initialen AHS auf den Wangen und Glitter um die Augen. Die Sportler trugen ihre Footballtrikots, die Cheerleader ihre Uniformen, die Band ihre Marschkostüme. Der Hofstaat seine Kleider. Mit Pailletten, Glitzer und Pumps, in denen man nicht laufen konnte.

Wir durften zeitig aus der Schule und kamen um zwei in der Innenstadt an. Es war bereits gerammelt voll, mit Ballons und Kids, Moms und Dads, Flaggen und Plakaten. Bis ins Auto hinein konntest du das Singen hören, die Band, die sich warmspielte, die Cheerleader mit ihren Rufen. Die Leute reckten ihre Handys in die Luft und machten Fotos, überall blitzte es. Die Ampeln blinkten orange, Adamsville stoppte alles für den Schulball und die »heimkehrenden« Absolventen, die wie immer dabei waren.

Wir fanden einen Parkplatz vor Stewart's Coffee Shop in der Fifth Avenue, fern von den Kids und den Eltern, aber nahe bei den Seniors und einigen aus dem Cullman Community. Uns gefiel unser Platz, nur stank es nach Speck, Fett und Pommes. Wir fotografierten uns gegenseitig, malten die Gesichter nach, banden uns die Jacken um die Hüften, warfen das Haar zurück und warteten auf die Parade. Andrew Wright und Shane Duggan standen mit dem Rest ihrer Footballtruppe so gut wie direkt vor uns. Sie bewegten sich kaum. Um 14:15 Uhr, so in etwa, hörten wir die Band kommen, das Dröhnen der Trommeln, das Klacken der Stöcke, das Stampfen der Füße. Wir standen da und reckten die Hälse. Die Band kam immer als Erstes.

Wir sahen, wie sie um die Ecke bog. Zweihundertzwanzig Mann und das Flaggencorps. Sie machten kleine Schritte, links, rechts, die Reihen geordnet, und mit dem Einbiegen auf die Fifth Avenue begann ihr Programm, ihr Set, oder wie immer sie es nannten: Einige marschierten auf der Stelle, während sich die Reihen hinter ihnen in regelmäßigen Wellen nach innen und außen bewegten. Von unserem Platz aus konnten wir einige Gesichter ausmachen, aber es war schwer. Es war schwer, die Freunde und Freudinnen zwischen den anderen zu erkennen, wer weiß war und wer schwarz, wer dünn und wer dick, wer ein Junge und wer ein Mädchen. Das Set dauerte fast zehn Minuten und brachte Auszüge aus den Songs, die sie in der Halbzeitpause ganz spielten: *When the Saints Go Marching In, Sum-*

mertime, den *Adams High Fight Song* und *Amazing Grace.* Es dauerte immer einen Moment, bis wir die Songs erkannten, wir waren so nahe bei den Trommeln, dass du die Melodie nicht gleich ausmachen konntest. Aber wenn es so weit war, sangen wir mit, ein wenig. Wir sahen, wie sich Familien auf der anderen Straßenseite hin und her wiegten, kleine Mädchen drehten sich im Kreis und tanzten. Die Musik war perfekt, perfekt getimt, perfekt abgestimmt, und wir sagten, sie wären wie Roboter, was natürlich nicht stimmte: Sie fanden zusammen und bewegten sich im Rhythmus, und wir liebten die Bläser, die Trommeln, die Flöten und das Klacken der gegeneinanderschlagenden Stöcke. Der Fuß eines Einzelnen machte kein Geräusch, aber alle zweihundertzwanzig zusammen produzierten einen Takt, der uns mitriss, und wir wollten mitmachen, mit unseren Füßen auf dem Bürgersteig, taten es aber nicht. Wir hielten den Atem an und hörten zu, spürten die Gänsehaut auf unseren Armen, wischten sie weg und zogen die Jacken an, die wir umgebunden hatten.

Die Band zog weiter, die Musik blieb hörbar, und das Set wiederholte sich, als sie in die Shop Street zogen und anschließend in die Fourth Avenue. Minuten später sahen wir die Wagen: Bourbon Street, einen chinesischen Drachen, Komödien- und Tragödienmasken, eine Flussszene. Irgendwie cool, irgendwie beeindruckend, aus Papiermaschee, selbst gemacht und eigenartig, und alle supertoll. Weil *wir* sie gebaut hatten.

Und vor allem der Hofstaat: Die Seniors kamen immer zuerst, wunderschön, vollkommen, älter. Hinter ihnen die Juniors, unser Jahrgang. Vier Mädchen in

Mr Overtons altem Mustang. Sie winkten. Brooke und Gemma saßen eng beieinander, Carolyn und Taylor hinter ihnen, genauso eng. Carolyn hockte ganz am Rand, und es sah aus, als könnte sie runterfallen. Die Leute schrien und klatschten. Die Eltern machten Fotos.

Brooke trug ein hellrotes Kleid, Gemma war in Wasserblau mit weißen Blumen auf dem Rücken, Taylor ganz lila und golden, und alle waren über und über mit Pailletten besetzt. Nur Carolyn trug ein langes schwarzes Seidenkleid ohne Pailletten, ohne Glitzer, und es hing etwas groß an ihrem Körper. Sie hatte das Kleid schon zu einem Anlass zu Hause in New Jersey getragen, irgendeine offizielle Schulgeschichte an Bord einer Jacht. Wir fanden das so unglaublich wie exotisch, hielten es aber nicht für richtig. Wer im Hofstaat war, kaufte was Neues. Du gingst zu Special Moments auf der Stripline und probiertest an, was anzuprobieren war, ließest die Schuhe passend färben und dir das Haar machen. Wir fanden, sie sah besonders und wunderschön aus, aber manche nannten ihr Outfit sonderbar, als gebe sie sich nicht mal Mühe.

Bevor wir sie kennenlernten, bevor wir sie sahen, bevor Taylor Lyons Mutter ihnen die Fenster gemacht hatte und Carolyn Lessings Fotos herumgeschickt wurden, hatten wir uns etwas anderes vorgestellt: New Jersey, das war *Jersey Shore*, das waren die *Real Housewives of New Jersey*, diese Art Scheiß. Wir hatten uns ein Mädchen vorgestellt, das seine freie Zeit auf der Sonnenbank verbrachte, Acrylnägel mit Strass trug, sich betrank und neben den Whirlpool kotzte. Wir hatten nicht gewusst, dass New Jersey größer war, nicht wirklich, und dass Carolyn aus dem anderen Teil stammte, der halb Manhattan war, halb Internatsschule, wo die Leute Geld hatten, nobel und gepflegt waren. Sie war dezent, trug ihr Make-up bei Tageslicht auf und nur das absolute Minimum. Sie kaufte bei Village Vines, hatte vier North-Face-Jacken und einen Burberry-Schal. Wir hatten nicht mal gewusst, dass diese Dinge in waren, dass es Dinge waren, die wir tragen sollten, aber als Carolyn uns ihre Fotos von ihren Freunden und Freundinnen in New Jersey zeigte, als wir ihre Facebook-Fotos durchsahen, wurde uns bewusst, wie cool sie alle aussahen und wie ahnungslos und daneben wir in Adamsville waren. Am Anfang gaben wir uns echt Mühe, wie sie auszusehen, und sie tat nichts, um sich uns anzupassen. Später änderte sich das etwas, aber nicht sehr. Sie kannte Sachen, von denen wir keine Ahnung hatten, Sachen, von denen wir nicht mal wussten, dass wir sie kennen sollten.

Sie war schon in Europa gewesen, hörten wir, in Paris, London, Venedig, Berlin. Als sie erfuhr, dass Shane nicht mal einen Pass hatte, soll sie große Augen gemacht und gelacht haben, weil sie dachte, er macht Spaß. Aber es war kein Spaß, und viele von uns waren wie Shane.

Wir sahen Carolyn an, hinten auf dem Mustang, jemand rief ihren Namen, und wir glaubten, ein Buhen zu hören. Sie wirkte irgendwie fehl am Platz, zu schlicht oder so, als sei sie nicht interessiert, nicht wirklich. So machten sie es da, wo sie herkam: kaum Make-up, einfache, aber teure Kleider und ein Ausdruck, der besagt, dass du hübsch bist, es dir aber egal ist. Wir verstanden das, und sie war tatsächlich bei weitem die Hübscheste, trotzdem sagten die Leute, es sei nicht fair, dass sie dabei war. Sie war neu und ging mit dem Freund von einer anderen. Der Wagen schien sich kaum voranzubewegen, und Brooke, Gemma und Taylor winkten und winkten, lächelten und lachten. Carolyn saß still da. Sie hielt sich am Rand des Wagens fest. Sollte er zu schnell beschleunigen oder die Richtung wechseln, würde sie herunterfallen. Wir bezweifelten es.

Jason Nelson klaute während der Parade Andrew Wrights Handy: Unter den Fotos waren zweiunddreißig von Carolyn und Shane, meist nur von Carolyn. Die Leute lachten, sagten, wie erbärmlich das sei, und sie drohten ihm damit, es Shane zu sagen oder, noch übler, Gemma. Aber Andrew tat ihnen immer noch leid, und so bekam er sein Telefon zurück. Niemand verriet ihn, wenigstens eine Weile nicht.

Für den Ball stylten wir uns auf. Wir trugen Cocktailkleider, Seidenstrümpfe und Pumps, die Jungs Khakihosen und Krawatte, und nach der Parade rannten wir zum Friseur, zum Föhnen und Richten, und in den Nagelsalon für eine Maniküre und eine Pediküre. Und wir rasierten uns die Beine. Nur für den Fall.

Wir kamen völlig aufgedreht in die Schule. Unsere Eltern waren bereits in der Sporthalle, saßen auf der Tribüne und warteten darauf, dass wir paarweise auf die Bühne gerufen wurden. Wir standen aber noch draußen bei unseren Spinden und warteten darauf, fotografiert zu werden, und zwar im Kunstsaal. Die Trinkwasserbrunnen, wo sich sonst die Baseballspieler versammelten, das kaputte Münztelefon, wo sich die Kiffer in der Freistunde versteckten, die Vitrine mit den Trophäen, wo das Kollegium jeden Morgen stand: Alles war völlig anders, wenn du am Abend herkamst, rausgeputzt für einen Ball. Die herumliegenden Blätter um die Papierkörbe, die auf dem Boden verstreuten Erlaubnisscheine zum Verlassen des Unterrichts, die Papiermaschee-Skelette, die wir in Biologie angefertigt hatten, alles war weggeräumt. Natürlich war das Licht anders, aber es roch auch anders: trocken und sauber, nicht nach Chlor, nicht nach Wasserdampf aus dem Pool, nicht nach Sportschweiß.

Zentimeter für Zentimeter ging es in Richtung Kunstsaal, wir näherten uns der Tür und sahen uns um, wen wir entdecken konnten. Der Hintergrund für die Fotos war Airbrush und Pastell, mit Komödien- und Tragödienmasken, die so gut wie identisch waren, die Worte »Mardi Gras« formten einen Bogen über unseren Köpfen, und links standen ein Bourbon-Street-Schild und eine Parkbank. Es sah nicht aus wie New Orleans, aber das störte uns nicht, nicht wirklich, wir hofften nur, dass sich nichts mit unseren Kleidern biss.

Während wir darauf warteten, an die Reihe zu kommen, erinnerten wir uns an das, was wir in *Glamour* gelesen hatten: Lege eine Hand auf die Hüfte, recke Schulter und Kinn vor und presse die Zunge unter den Gaumen. Das half, dünner auszusehen, und normalerweise funktionierte es, solange niemand kapierte, was du da machtest.

Nachdem wir fotografiert worden waren, traten wir auf die Seite, verdrehten die Augen und fächelten uns

Luft zu. Und dann hakten wir uns unter und steuerten die Toilette an, um einen Schuss zu trinken, bevor wir dem Publikum präsentiert wurden.

Wir tranken Absolut mit Gatorade und teilten uns unsere Lâncome Juicys, Deos und Mentos. Wir lachten und sagten, wie sehr wir hofften, dass unsere Fotos nicht alle daneben waren, und versprachen uns, welche fürs Portemonnaie auszutauschen, wenn wir die Ausdrucke bekamen. Da plötzlich hörten wir in einem der Abteile jemanden husten, dann würgen, dann platschte es heftig, und die Spülung rauschte. Wir sahen einander im Spiegel an, Jessica formte »OMG« mit den Lippen, und dann öffnete sich die Tür der Toilette. Carolyns Augen waren gerötet und blutunterlaufen, ihr Mascara war ihr über die linke Wange gelaufen, die Grundierung fleckig und ungleichmäßig. Ihr Haar war aber immer noch glatt und glänzend und ihr schwarzes Kleid nicht verknittert, vom Hals nach unten sah sie noch so aus wie auf der Parade. Wir machten Platz, damit sie sich die Hände waschen konnte, und Nicole sagte als Erste etwas: »Ähm, bist du, so, okay?«

Carolyn sah uns im Spiegel an, lächelte, wirklich heftig, und atmete durch die Nase ein. »Was?« Sie hielt sich am Waschbecken fest und sah aus, als könnte sie umfallen. »Mir geht's gut.« Sie nieste. »Ich denke, das ist die Nervosität.«

»Ich finde dein Kleid toll«, sagte Nicole, obwohl sie den ganzen Nachmittag darüber hergezogen hatte.

»Ich mag deins. Ich mag all eure Kleider.« Carolyn sah uns einzeln im Spiegel an, und sie sagte es, als meinte sie es ehrlich, was uns lächeln ließ, ein kleines bisschen.

Sie wusch sich die Hände gefühlte Stunden lang. »Du ruinierst dir den Nagellack«, erklärte Lauren ihr, und Carolyn lachte. »O ja, daran habe ich nicht gedacht.« Sie holte sich Toilettenpapier, trocknete sich die Hände ab, winkte uns im Spiegel zu und ging hinaus.

»Ist sie, also … bulimisch?« Lauren saugte die Backen nach innen und betrachtete sich im Spiegel.

»Sie sagte, sie ist nervös«, sagte Nicole. »Gott, lass es sie nicht übertreiben.«

»Egal. Ich sage nur, sie ist echt dünn.«

»Sie ist NERVÖS.«

»Und ich sage, sie ist DÜNN. GOTT.«

»Sie ist WIRKLICH dünn«, sagte Jessica. »Glückliches Miststück.«

Wir gingen hinaus, und Andrew Wright stand draußen, sah den Flur hinunter und hielt Carolyns schwarze Kate-Spade-Tasche in der Hand. Carolyn war nirgends zu sehen. Shane kam aus der Jungstoilette, schlug Andrew auf die Schulter und nahm ihm die Tasche ab. Shane lachte, und Andrew wurde rot. Wir simsten den anderen, was wir gesehen hatten.

Im Flur zur Sporthalle wurden wir in alphabetischer Reihenfolge aufgestellt, nach dem Namen des Jungen, nicht dem des Mädchens, vermischten uns aber wieder, sobald die Lehrer außer Sicht waren. Wir wollten reden, uns in Ordnung bringen und gegenseitig beruhigen. Erst ging es langsam voran, dann schneller, und wir verdrehten die Augen, als die Lehrer uns erneut aufreihten. Wir hielten uns bei den Armen, um nach dem Wodka, dem Rum und dem Champagner, den wir in der Limousine gefunden hatten, nicht zu schwanken. Wir zerkauten noch mehr Mentos, damit niemand merkte, dass wir getrunken und die Jungs geraucht hatten, beklagten uns über die hohen Absätze, unsere Mägen und unser Augen-Make-up. Wir sahen Taylor und Tiffany lachen, sich gegenseitig die Puderdosen halten und Parfüm vor sich hin sprühen, wobei sie die Paare vor sich völlig vernebelten. Einige von uns wünschten, sich nicht für schulterfrei entschieden zu haben, weil unsere Brüste die Kleider nicht oben hielten, andere wünschten sich lang statt Cocktail, weil wir dann flache Schuhe hätten tragen können, ohne dass es jemandem aufgefallen wäre.

Carolyn stand ziemlich vorne in der Schlange, mit Shane, und wir konnten ihr Haar von hinten sehen. Sie trug es offen, niemand tat das, und wenn sie den Kopf bewegte, wogte es und legte sich wieder: Sie war wie aus einem Morrocanoil-Clip. Dabei war sie so dünn, dass man die Schulterkapsel sehen konnte, wenn sie den Arm hob. Sie war wie eine Puppe aus *Pinocchio* und schien allein aus Gelenken, Knochen und weißer, weißer Haut zu bestehen. Sie trug flache Schuhe – wie hatte uns das bis jetzt nicht auffallen können? –, und Shanes Arm lag um ihre Taille. Seine Hand, sein Arm, sein Körper, sie ließen sie noch schmaler wirken. Die beiden waren wie Disney-Figuren, unverhältnismäßig groß und klein: er ein bärenstarker Riese, sie winzig und großäugig.

Miss Simpson stand seitlich in der Sporthalle, an einem Pult vor der Bühne, mit einer Namensliste vor sich. Sie rief Shanes Namen, dann Carolyns, und die zwei verschwanden nach drinnen. Applaus brandete auf und schallte auf den Flur hinaus, bis jetzt der lauteste.

»Sie ist hübsch.«

»Sie ist okay.«

»Ihr Kleid sieht alt aus.«

»Das ist Vintage.«

»Was für ’ne Schlampe.«

»Voll die Nutte.«

»Schnauze.«

»Seid nett.«

»Voll die verfickte Schlampen-Nutte.«

Wir kamen in Paaren hinein, ins Rampenlicht, nur für eine Sekunde, wobei unsere Namen genannt wurden und unsere Eltern und Lehrer klatschten. Manchmal riefen die Leute was. Einen Moment lang fühlten wir uns berühmt, als wäre die ganze Welt da in unserer Sporthalle und sehe uns an, fotografiere und konserviere uns für immer. Für einen kurzen Augenblick waren wir jung, voller Hoffnung, schön und furchtlos, und das ließ uns lächeln, bis wir das Murmeln hinter uns hörten, und wir bewegten uns zur Seite, holten unsere Handys, unsere Spiegel und unseren Lipgloss aus unseren Handtaschen und checkten, ob alles in Ordnung war. Wir simsten einander, sobald es ging.

»shst tll aus.«

»sie ist eine 3:-o«

»so ein bldmann«

»sei ncht FIES«

»mg DEIN kld«

»ws is mt deinen blumen??«

»das ist lahm«

»ich ZRREISS sie indeluft«

Andrew Wright und Gemma Davies kamen als Letzte herein. Unser zweites goldenes Paar. Wir musterten ihn intensiver als sie: Er lächelte kaum, seine Khakis waren ein paar Zentimeter zu kurz und seine Krawatte nicht ganz richtig gebunden. Er zog Gemma über die Bühne, die beiden waren schneller als alle anderen, und dann war die Vorstellung vorbei. Der Ball begann.

Alles war voller Glitter, Konfetti auf dem Boden. Die Mädchentoilette stank nach Jim Beam und Cranberry-Saft, nach Dr. Pepper und Estée Lauder White. Taylor und Tiffany hatten seit der Parade vorgemixte Margaritas getrunken, und wir dachten, dass das erklärte, warum sie so nett und ihre Augen so wässrig und glasig waren.

Wir tanzten, und die Cheerleader waren wie immer lächerlich gut, selbst wenn sie herumalberten, wirkten sie professionell und schwitzten kaum. Der DJ spielte bekannte Songs, und wir sangen mit: *Single Ladies, Paper Planes, Love Lockdown, All Summer Long* und *Sweet Home Alabama*. Jeder vierte Song war langsam, und wir gingen von der Tanzfläche und setzten uns auf die Tribüne. Unsere Tänzer wollten nur Freunde sein. Wir sahen zu, wie sich die Paare vor und zurück wiegten, vor und zurück.

Shane und Carolyn standen weit weg von allen anderen und tanzten selbst zu den schnellen Songs langsam. Sie wirkte wie von etwas in der Luft gehalten, eine schwebende Tänzerin an unsichtbaren Fäden, wie Peter Pan im Theaterstück in der Mittelschule. Sie hatte Ballettunterricht oder so was gehabt, nahmen wir an, oder vielleicht machte dich das Dünnsein auch anmutiger. Sie schwitzte nicht und bekam auch kein rotes Gesicht, nicht wie auf der Toilette, ihre Haut blieb weiß, und wenn das Licht darauffiel, funkelte sie. Sie sprach mit niemandem außer Shane, und niemand sprach mit ihr, obwohl wir es zu dem Zeitpunkt noch gewollt hätten. Sie war schön, und sie war vollkommen. Sie trug ein Art Lilie, kein Plastikbukett mit Papierbändern.

Brooke Moore kam nicht zum Ball. Es war das erste Mal, dass ein Mädchen aus dem Hofstaat den Ball schwänzte. Jemals. Die Leute sagten, sie sei zu Hause geblieben und sehe sich *Wie ein einziger Tag* an, wieder und wieder, andere meinten, es sei wohl eher *Step Up* und sie himmele Channing Tatum an und masturbiere dabei. Andere sagten, sie liege auf dem Bett und lese sich laut aus der Bibel vor, wieder andere, sie bastele eine Voodoo-Puppe von Carolyn. Wir waren nicht sicher, konnten es nicht wissen, aber wir wussten, dass sie nicht da war und es nicht so aussah, als würde sie irgendwer vermissen. Nicht wirklich.

Hinterher gingen wir ins Waffle House, so gegen Mitternacht, redeten über den Ball und versuchten so lange zusammenzubleiben wie nur möglich und es bis an den Anschlag auszunutzen, dass wir nicht so früh wie sonst nach Hause mussten. Wir bestellten Silver-Dollar-Pfannkuchen und welche mit Schokoladenstückchen, die Jungs nahmen Speck und Eier, und alle tranken Kaffee, damit wir nicht betrunken wirkten, wenn wir nach Hause kamen. Wir verschütteten Ahornsirup, und die Kellnerinnen und Farmer starrten uns an und sagten, wir sollten uns zum Teufel scheren. Gegen eins war die ganze Schule da. Carolyn und Shane kamen nicht, natürlich nicht, aber alle anderen.

»Ich wette, sie bläst ihm einen.«
»Sie ist hübsch.«
»'ne Nutte.«
»Das würde er nicht.«
»Oh, doch, das würde er.«
»Sie war besoffen.«
»Du bist ein Mistkerl.«
»Du bist 'ne Nutte.«
»Schnauze.«
»Die Frau ist heiß.«
»Eine Lesbe.«
»Sei nett.«
»Arme Brooke.«
»Brooke's 'ne Zicke.«
»SCHA-NAUZE.«
»Selber Schnauze.«

Nachdem wir gegessen, bezahlt und ewig dagehockt hatten, rafften wir uns auf. Unsere Frisuren hingen herunter, die Jungs hatten die Krawatten in die Taschen gesteckt und wir unsere Limos nach Hause geschickt. Wir gingen die Stripline hinunter, über Farmland und zurück rüber in den alten Teil der Stadt, die hochhackigen Schuhe in den Händen. Unsere Strümpfe waren voll mit rotem Lehm, die Hosenaufschläge der Jungs ruiniert, einige Leute schlugen sich ins Heu, knutschten was herum und kamen uns dann hinterhergerannt. Bei Seven Eleven gab's Slurpees, Kaugummi und Krispy Creme-Doughnuts.

Ein Trupp schwarze Kids saß auf dem Parkplatz vom Seven Eleven, oben auf einem alten Renault. Drei Typen und zwei Mädchen, wir sahen sie erst nicht, erst als

Blake eine Dose Sprite vorne auf der Haube umstieß. Einer von den schwarzen Jungs sprang vor ihn hin, und Blake blieb stehen und lachte. Ein Mädchen rutschte vom Auto und legte dem Typen den Arm um die Schultern. »Komm, lass.«

Wir drängten in den Laden, Blake kam hinter uns her und lachte immer noch. Wir sahen uns um. Von drinnen waren sie besser zu sehen, sie setzten sich in ihren Wagen und fuhren davon. Später hörten wir, dass es Alicia Cooper mit ihrem Freund und seinen Cousins gewesen war. Sie kamen aus einem anderen County. Es war schwer zu erkennen, wir hatten nicht sehen können, wer da wer gewesen war. Hätten wir gewusst, dass sie es war, hätten wir hallo gesagt, meinten wir.

Wir verließen den Laden und gingen weiter. Wir fotografierten uns und löschten fast alle Fotos wieder. Wir sahen krass aus, Blake spielte Rihanna mit seinem iPod, und wir liefen über Halls Wiesen in unsere Straßen. Der Himmel begann ganz leicht aufzuhellen, ein helleres Orange als der rote Lehm, und die Jungs legten uns ihre Jacken um die Schultern, damit wir nicht froren. Einige von ihnen rauchten, irgendwer hatte etwas Gras, und wir zogen alle daran. Wir rannten, blieben stehen, rannten, blieben stehen und hingen ewig herum, bevor es wieder losging. Wir brauchten drei, vier Stunden bis nach Hause.

Brookes Haus lag auf unserem Weg, zweistöckig, rote Ziegel, alles dunkel. Wir blieben kurz davor stehen, und Jason rief lachend ihren Namen. Blake boxte ihm gegen die Schulter, und wir sagten, sie sollten ruhig bleiben, und zogen weiter. Aber irgendwem, keiner kann sich erinnern, wer es war, fiel der Briefkasten der Moores auf. Alle drehten sich um, und da sahen wir es: Einer hatte Carolyns Lilie an die rote Flagge des Briefkastens gebunden. Jemand machte ein Foto, das er frühmorgens schon auf Facebook postete, mit dem Titel: »Ruhe in Frieden, Brooke Moore. Carolyn Lessing lebt.«

Adams Hotlist – ein Blog

Ein Wort zum Schulball: Taylor Lyon rockte in einem Michael-Kors-Teil, dem besten Kleid, das sie je getragen hat, was den Blogger hier angeht. Brooke Moore war auf Hochglanz in ihrem bodenlangen Paillettendings, aber (OFF.) enttäuscht von ihrem Versteckte-Kamera-Auftritt später am Abend: Gerüchten zufolge sahen sie ein paar Cullman-Community-Jungs (aber ehemalige Black Bears), wie sie beim Winn-Dixie neben ihr Auto kotzte, und posierten einer nach dem anderen mit ihrem nackten Body. Checkt das auf Twitter aus (#Sloppy Moore), bevor die Bilder entfernt werden.
Und was ist mit Carolyn Lessing, unserer liebsten Boyfriend-Diebin vom Jersey-Strand? Ihr schwarzes Vintage-Calvin-Klein-Kleid war natürlich sterbensschön, aber ihre knochigen Arme haben was Krankes, oder? Und das kam via E-Mail (schickt alle eure krassen Storys an adamshighhotlist@gmail.com!): Caro Bear Lessing wurde auf der Toilette beim Koksen gesehen, bevor sie Duggy Duggs für 'ne Runde Anal-Spaß mit reinzerrte. Hier habt ihr's zuerst gehört, Leute!

Interne Mitteilung
Richard Overton an das gesamte Kollegium
30. November 2010

Liebe Kollegen,
wie Sie alle wissen, hat die Footballauswahl der Adams High eine sehr erfolgreiche Saison gespielt und ist bis jetzt ungeschlagen. Anfang Dezember fährt die Mannschaft zum Spiel um die Staatsmeisterschaft nach Montgomery. Sollte Adams gewinnen, wäre es das erste Mal seit 1983, dass die Mannschaft diesen Titel erobert.
Das bedenkend, möchten wir um verstärkte Unterstützung und Ermutigung der Mannschaft durch das Kollegium bitten. Wie Sie wissen, ist die Saison kurz, und es bleibt wichtig, dass sich die Mannschaft ganz der vor ihr liegenden Herausforderung widmen kann. Nach Gesprächen mit Coach Cox möchte ich darum bitten, alle geplanten Zwischenprüfungen, sollten sie Mannschaftsmitglieder betreffen, mit mir zu besprechen. Ähnliches gilt für mögliche Disziplinarmaßnahmen, auch da sollte zunächst ich angesprochen werden. Ich gehe nicht davon aus, dass es zu derlei Problemen kommen wird, aber Coach Cox und ich hielten es für wichtig, diese Verfahrensweise auf dem Weg zur Staatsmeisterschaft noch einmal zu wiederholen.
Ich danke Ihnen vorab schon für Ihre Kooperation,
Richard Overton

dezember

kapitel 17

Wir wussten, dass Carolyn und Shane miteinander geschlafen hatten. Wenigstens einmal hatten sie es getan, wahrscheinlich zweimal. Das erste Mal, bei dem wir nicht sicher waren, machten sie es in der Männertoilette im Westflügel des Cullman Community College, das zweite Mal in seinem Auto auf dem Parkplatz des Crown Movie Theater, bei der Fifth Avenue. Blake Wyatt arbeitete an der Kasse und verkaufte ihnen eine Woche nach dem Schulball Karten für *Außer Kontrolle*. Als das Kino zumachte und Blake abschloss, sah er Shanes Explorer etwas hinter seinem Civic parken. Shane hatte einen Aufkleber: »ICHBINEINEKANONE«, und jemand hatte mal versucht, das O zu übermalen, um es lustiger zu machen. Die Farbe war noch zu sehen.

Blake sagte, er konnte den Motor hören, und die Innenbeleuchtung war an. Die Fenster waren einen Spalt geöffnet, irgendwas wie Eminem schallte nach draußen, und er dachte, der Wagen wackele vom Bass. Er sagte, aus der Entfernung konnte er nur Shane sehen, und fragte sich, wo Carolyn abgeblieben war und was zum Teufel Shane da machte. Als er näher kam, konnte er Carolyns Haare erkennen. Er sagte, er wollte ans Fenster klopfen und die beiden erschrecken, aber als er noch näher kam und besser durch die beschlagenen Scheiben sehen konnte, lag da Shanes Gürtel über dem Armaturenbrett, Carolyns Jeans hingen über dem Lenkrad und ihr BH baumelte hinten vom Beifahrersitz. Überall war Haut, Shanes ganz gebräunt, Carolyns so weiß, dass sie fast schon blau war. Blake blieb stehen, erzählte er uns, und sah, wie Carolyns Kopf runterging, unter dem Fahrerfenster. Shanes linke Hand folgte ihrem Kopf, mit der rechten hielt er das Steuer umfasst, und sein Körper hob und senkte sich, hob und senkte sich, und dann erzitterte er und lehnte den Kopf zurück gegen das Fenster. Blake konnte Shanes Gesicht nicht sehen, er war hinter ihm, und nach ein, zwei Minuten kam Carolyn wieder in den Blick, und Shane hielt sie, presste seinen Körper auf ihren und schob sie gegen die Beifahrertür.

Blake wich zur Seite, aus dem Licht, holte sein iPhone heraus und begann zu filmen. Das Bild war körnig, er war zu weit weg, aber nach zweiundzwanzig Sekunden konnte er heranzoomen, und du sahst Shanes Rücken, wie er sich gegen Carolyn drückte, schnell, langsam und wieder schnell. Er hatte sich die rot-weiß-blaue Konföderiertenflagge auf die Schulter tätowieren lassen, und sie bewegte sich mit, als er vordrängte und zurückzog. Du konntest Carolyns Mund sehen, das Haar hing ihr ins Gesicht, und wir konnten nicht sagen, ob sie lächelte, die Stirn kraus zog oder lachte oder was.

Bei einer Minute siebenundzwanzig konntest du Musik hören, und wir dachten, es seien die Chemical Brothers oder irgend ein anderer Eurotrash-Scheiß, absolut nicht Shanes Musik. Shane lehnte sich zurück, und dann war Carolyn auf ihm, ihre Haut schimmerte weiß, und später konntest du dunkle Stellen auf ihren Brüsten und

Armen erkennen. Wir hielten den Clip da an, bei zwei Minuten vierundzwanzig, und versuchten das Bild zu vergrößern, um mehr zu sehen.

Wir konnten nicht sagen, ob der Wagen wackelte oder ob Blakes Hände zuckten, das Bild sprang hin und her, und du konntest ihn atmen hören, während er filmte. Bei drei Minuten, oder kurz vorher, war Carolyns Arsch zu erkennen. Sie war winzig, und ihre Schulterblätter sahen aus, als könnte sie dich damit verletzen, dich schneiden. Shanes Arme waren dicker als ihre Taille, und er hielt sie so fest, dass es aussah, als könnte er sie aus dem Fenster werfen, wenn er wollte.

An dem Abend noch postete Blake den Clip auf Facebook, und er verbreitete sich in wenigen Tagen in ganz Adamsville. Leute synchronisierten Shane und Carolyn, manches war witzig, manches gruselig. Einer versuchte den Clip mit *Titanic* zu mixen – die Szene im Auto? – und stellte ihn auf YouTube, aber da verschwand er noch am selben Tag wieder. Alle verschwanden sie wieder. Aber wir schickten alles auf Facebook herum, und die Kommentarfolgen wurden länger und länger. Wir wollten ihr sagen, sie solle vorsichtig sein, dass sie mit uns reden könne und sich von Shane und Brooke fernhalten müsse. Aber wir sagten nichts. Wir sahen uns nur den Clip wieder und wieder an und versuchten zu ergründen, was genau wir da sahen. Später vor Gericht gehörte er zum Beweismaterial, und Sekunden davon kamen in den Abendnachrichten.

Am Montag darauf war das Thema im Gesundheitsunterricht die Sexualität, und als Coach Cox das Bild einer Vagina zeigte, riefen zwei Jungs Carolyns Namen.

Am selben Tag, wir arbeiteten im Büro, warteten Blake und Shane auf Mr Overton. Er rief sie hinein, und als er sie durch die Tür schob, klopfte er Shane auf die Schulter und fragte ihn, ob er Staatsmeister werde. Shane grinste. Minuten später schon kamen Shane und Blake wieder heraus, und Coach Cox klopfte an Mr Overtons Tür. Als Mr Overton ihn hereinrief, hörten wir sie sagen: »So sind Jungs nun mal.« Wir waren nicht sicher, wer von beiden es sagte, aber Blake und Shane bekamen keinerlei Strafe. In einer Woche ging es gegen Montgomery um die Staatsmeisterschaft.

Wir bekamen zwei Tage frei, damit wir zum Spiel konnten. Alle fuhren. Die Schule mietete Busse und reservierte Unmengen von Zimmern. Wir fuhren alle hin, nur Carolyn nicht, und wir gewannen, 45 zu 35. Am Samstag nach unserer Rückkehr gab es eine Parade in der Stadt. Shane, Andrew, sie alle waren die Helden.

Es war nicht lange nach der Staatsmeisterschaft, dass Shane aufhörte, Carolyn zur Schule zu fahren. Er und Brooke fingen wieder an, auf dem Flur Händchen zu halten. Wir wussten nicht mal, ob Shane Carolyn gesagt hatte, dass er mit ihr durch war, stellten uns aber vor, dass er es getan haben musste. Vielleicht war ihm das Video peinlich, vielleicht vermisste er aber auch Brooke. Sie hatte die Kilos wieder verloren, die sie im Sommer zugenommen hatte. Auf jeden Fall traf Shane Brooke bei ihrem Spind und brachte sie zur Schule. Sie trug seinen Pullover und seinen Schulring. Im Englischunterricht beklagte sie sich, dass es zu kalt sei, und zog seine Sportjacke an. Sie versank darin.

Am dritten Montag im Dezember, in der Woche nach der Staatsmeisterschaft, kam Carolyn ohne Mascara, ohne Foundation, ohne Lipgloss und ohne Kapuzenshirt in die Schule. Sie trug einen Rollkragenpullover, irgendwas von Land's End, was dir deine Mutter zu Weihnachten aufzwingt. Sie war blass, ihr Gesicht fleckig, und wir sagten, es sei wie »Stars ohne Make-up« aus *US Weekly:* »Stars sind genau wie wir!« Wir lachten, nur dass sie immer noch hübsch aussah, vielleicht sogar noch hübscher. Und in der ersten Stunde blickte sie aus dem Fenster, ohne ein Blinzeln, und ihre Augen schienen tief in ihrem Schädel zu sitzen, ganz hinten im Kopf, und zu schlafen. Sie starrte aus dem Fenster, lange und intensiv. Aber da war nichts zu sehen. Die Rollos waren unten.

In Trigonometrie hörten wir eine Stimme über die Lautsprecheranlage: »Carolyn Lessing bitte in Mrs Matthews Büro.« Sie war öfter schon zur Vertrauenslehrerin gerufen worden, und wir zählten längst nicht mehr mit. Sie nahm ihre Bücher und ging in Richtung Tür. Ein Bandmitglied streckte den Fuß aus – ob mit oder ohne Absicht, konnten wir nicht sagen – und sie stolperte und fiel. Ihre Bücher schlitterten über den Boden, und einige Mädchen lachten, aber nur ein bisschen. Als sie die Hefte einsammelte, rutschten ihr die Ärmel hoch, und wir konnten die Male wieder sehen, violett und schwarz. Sie merkte, wie wir sie ansahen, zog die Ärmel herunter, nahm ihre Sachen und ging hinaus.

Minuten, nein, Sekunden später kursierte eine SMS: »Shane + Crln snd GESCHICHTE.« Noch vor der fünften Stunde wussten es alle.

Ein paar Wochen passierte nichts. Wir dachten, das sei es gewesen, das Drama beendet. Carolyn hatte ihre Chance im Hofstaat gehabt, mit Shane, und jetzt war es vorbei. Wir dachten, alle wären zur Tagesordnung übergegangen. Carolyn kam allein zum Mittagessen, und dann war sie nicht mehr in der Cafeteria zu sehen. Wir hörten, dass sie auf der Toilette esse, und deswegen waren wir an jenem Tag im Dezember dort, in der Woche vor den Weihnachtsferien. Wir wollten sie zurück in die Cafeteria holen, zurück in die Schule. Wir dachten, vielleicht würde sie uns mögen. Wir wollten sie bei uns haben. Es machte nichts, was die Leute sagten, wir wollten sie.

Als wir in die Toilette kamen, war niemand da, aber wir hörten eine Stimme, draußen vor der Tür. Es war eine Mädchenstimme, grob. Und wir konnten noch ein zweites Mädchen hören, mit einer weit dünneren Stimme. Carolyn, ganz sicher. Jedes einzelne Wort, das sie sagte, klang wie eine andere Sprache, und du musstest die Luft anhalten, um sie verstehen zu können.

Die Tür öffnete sich, und die lautere Stimme schrie jetzt fast. Wir liefen in die Abteile. Wir wussten nicht, was wir tun sollten.

»Warum machst du das?«

Wir hielten den Atem an.

»Mit den Freunden von anderen Leuten losziehen?«

»Tu ich nicht.«

»Tust du doch.«

Das Wasser wurde angedreht.

»Du bist eine Hure und eine Schlampe, und der einzige Grund, warum Jungs mit dir reden, ist, weil du eine Hure bist.«

Das Wasser platschte jetzt lauter. War der Abfluss verstopft?

»Du kennst mich ja nicht mal.«

»Ich muss dich nicht kennen. Ich sage nur, was alle hinter deinem Rücken sagen.«

Wasser platschte auf den Boden, spritzte. Der Hahn schien voll aufgedreht.

»Ich weiß, was du über mich redest. Ich habe es längst gelesen.«

»Nun, jetzt sage ich es dir ins Gesicht.«

Das Wasser wurde abgedreht.

»Du bist ein Miststück.«

Ein Schlag. Ein Ring traf auf die Wand. Der Handtrockner surrte.

Es klingelte. Luft wehte herein. Die Geräusche vom Flur füllten den Raum.

Wir kamen aus unseren Abteilen und sprachen über das, was wir gehört hatten. Es war nicht richtig, und es war nicht fair, aber wir waren glücklich und erleichtert, dass es uns nicht traf. Später redeten wir darüber, dass wir etwas hätten sagen können, es einem Lehrer oder unseren Eltern erzählen können, dass wir die Toilettenspülung hätten drücken, husten und uns räuspern können. Aber wir taten nichts. Wir sagten nichts. Es ging uns nichts an. Nicht wirklich.

Alyssa Jennings Mutter war Krankenschwester im Adamsville Public Hospital, und sie nahm Carolyn an dem Abend auf. Mrs Jennings sagte Alyssa, sie dürfe niemandem etwas davon erzählen. Aber sie konnte den Mund nicht halten, und am Ende erfuhren es alle. Alyssa sagte uns später, dass sie ein schlechtes Gewissen deswegen habe und nichts hätte sagen sollen, aber wie konnte sie das wissen? Im nächsten Jahr bekam sie den Spitznamen »Perez« verpasst: Sie sei ein Klatschmaul, wie »Perez Hilton«, sagten die Leute, sie rede zu viel und wisse nicht, wann sie die Klappe zu halten habe. Im nächsten Halbjahr wechselte sie die Schule.

Es war was mit Tabletten. Carolyn hatte »Tonnen« davon geschluckt, wie Blake Wyatt sagte. Sie hatte sich im Wartezimmer übergeben, hörten wir, und im Krankenwagen in die Hose gemacht. Manche Leute tun alles, um Beachtung zu finden, sagten sie. Wir hörten, dass sie die Tabletten im Internet bestellt und zusammen mit Ecstasy genommen hatte. Das Ecstasy hatte sie aus New York. In der Zeitung stand später, dass sie Mittel gegen Depressionen nahm. Das war nicht das, was wir hörten, und auch nicht das, wovon die Leute redeten. Monate später erinnerten wir uns daran, was Lauren in ihrem Bad gesehen hatte. Wir wünschten, wir hätten was gesagt, hätten einem Erwachsenen etwas erzählt. Aber wir taten es nicht, und die Leute redeten weiter.

Shane kam am Montag drauf in die Schule, und niemand fragte ihn danach. Er trug seinen orange-schwarzen Footballpullover, und seine Augen waren hell und klar. Im Chemieunterricht hielt er ein Referat – wir alle hatten ein Element bekommen, seins war Strontium. Nach fünf Minuten bat er, austreten zu dürfen, und Mrs White ließ ihn. Du konntest ihn auf dem Flur würgen hören. Als es klingelte, wischte der Hausmeister seine Kotze auf.

Später begriffen wir, dass es ihm naheging. Später begriffen wir, dass er dachte, er sei der Grund. Dass er es versaut hatte. Dass es sein Fehler sei. Aber es war merkwürdig. Als Carolyn nach Weihnachten und dem Krankenhaus wieder in die Schule kam, ignorierte er sie. Wir sahen, wie er auf dem Flur an ihr vorbeiging, ohne einen Blick für sie. Er starrte auf den Boden oder drehte sich, was auch vorkam, einfach um und ging in die andere Richtung. Wir fragten uns, was geschehen wäre, wenn er es immer weiter so gemacht hätte. Wenn er einfach immer weggesehen hätte.

kapitel 18

Weihnachten in Adamsville, das bedeutete Lichter. Lichter an den Fast-Food-Restaurants, um das Schwein vor Dairy Queen und entlang der Ecken von Winn-Dixie, um die Fahnenstangen vor der Schule und an den Telegraphenmasten in und aus der Stadt. Die Farmer steckten Lichter an Heuballen, banden Lametta an ihre Elektrozäune und schmückten die Vogelscheuchen mit Tannengrün. Und natürlich waren auch die Häuser beleuchtet: je billiger das Viertel, desto heller und größer die Lichter. Kamst du die Azalea Avenue herunter, blendete dich das blinkende Weiß, Blau, Rot und Grün. Die Wohnwagensiedlung zu betreten war ein Sicherheitsrisiko.

Und mit den Lichtern kamen auch Objekte und Figuren, so hatte jedes Viertel sein Thema: Zuckerstangen, Rentiere, Weihnachtsbäume, Schneemänner, den Weihnachtsmann mit seinem Schlitten oder bunt verpackte Geschenke mit Schleifen. An jeder Ecke gab es Krippenszenen zu sehen, vor Kirchen, Schulen, dem Wal-Mart, bei Taco Bell. Jesus, Maria und Josef in Plastik, Stroh und Papiermaschee, in der Mall, der Cafeteria, mitten auf der Farm der Halls. Und erst die Sprüche an den Kirchen:

»Jesus, unser Gott – ihn feiern wir.«

»Weihnachten, das Fest Jesu Christi.«

»Das Grab ist leer, ohne Gebeine.«

»Verliert den Glauben nicht. Denkt an Moses in seinem Weidenkorb.«

Wir träumten von Schnee, sahen weiße Laken die Felder an der Stripline bedecken, weiße Kissen auf der Kirche Christi, dem Country Club, dicken, sauberen Puder auf Radwegen und Parkplätzen. In unseren Träumen war die Stadt ruhig, und kleine goldene Lichter glitzerten an Fahnenstangen und Telefonkabeln. Wir sahen das Weiß im Mondlicht schimmern, geparkte Autos, die sich nicht bewegten, die Stadt still, in Ruhe. Kein roter Lehm, keine Schilder für ein Footballfest, keine Burger-King-Einwickelpapiere auf der Straße. Nur Weiß, so weit das Auge reichte.

Wenn es tatsächlich mal schneite, ein wenig, ließ die Erde den weißen Puder schnell orange anlaufen, und auf den Straßen färbten die Autos ihn grau und schwarz. Es war nichts als Matsch, dreckig, eklig, und er wurde Tag für Tag, manchmal wochenlang, nicht weggeschafft. Der Schnee war nie so weiß wie in unseren Träumen. Wir erinnerten uns an einige der Bilder in Carolyns Haus: den Central Park im Schnee, den Baum beim Rockefeller Center, ein Foto von ihr in Skistiefeln vor einem roten Ziegelgebäude – ihrer Schule, nahmen wir an –, Dach und Fensterbänke unter einer weißen Decke. Keiner von uns war je in New York, New Jersey oder sonst wo gewesen, einige hatten den Staat oder gar das County noch nie verlassen. Manchmal, dachten wir, war es besser, es nicht besser zu wissen. Wir lachten darüber, nur war es nicht immer lustig, manchmal ganz und gar nicht.

An jenem Weihnachtsfest waren wir begierig darauf, alles über Carolyns Leben zu erfahren: wo sie schon gewesen war, ihre Leute, was sie aß. Es schien traurig, dass sie ihr altes Leben hatte hinter sich lassen müssen. Im Nachhinein tut es weh, darüber nachzudenken.

In den Wochen vor Weihnachten bereiteten wir uns auf die Zwischenprüfungen vor oder schrieben unsere Wunschzettel, unsere Gespräche drehten sich um Carolyn: was mit Brooke und Gemma geschehen war, mit dem Clip, mit Shane, den Tabletten, im Krankenhaus. Wir liebten und hassten sie, folgten ihr persönlich und online. Wir simsten über ihr Haar – ob es sich kräuselte, eine schöne Welle hatte –, ihre Hände – ob sie rot schwielig waren, weiß und weich. Sie veränderte sich von einem Tag zum anderen, und wir beobachteten sie, aus der Distanz, wo wir sicher waren.

In der Schule normalisierte sich alles in gewisser Weise wieder. Die Leute redeten immer noch über Carolyn, klar, aber es gab auch andere Dinge: Der Chor gab ein Weihnachtskonzert, die Theatergruppe studierte die *Weihnachtsgeschichte* ein, der Audiovisuelle Club führte *Das Wunder von Manhattan* vor, und die Schulband spielte in der Aula nichtkonfessionelle Weihnachtslieder, aber alles christlich. Die Cheerleader bekamen Weihnachtsuniformen, die sie wie sexy Rentiere aussehen ließen, und die Lehrer trugen Nikolausmützen und Pullover mit Weihnachtsmotiven. Wir machten uns gegenseitig Geschenke, und wenn wir jemanden nicht so gut kannten, bekam er wenigstens eine Zuckerstange. Oder ein rotes oder grünes York Peppermint Pattie.

Am letzten Freitag vor den Weihnachtsferien, nach den Prüfungen und Klassenpartys, machten wir eine

Rundfahrt durch die Stadt und sahen uns die Lichter an. Anschließend gingen wir in die Mall, standen im Food-Court herum, taten so, als gingen wir Weihnachtsgeschenke kaufen, versuchten aber tatsächlich nur zu verfolgen, was alle anderen taten.

Von überall erklang Muzak, und es war eiskalt: Die Lüftung der Mall war immer voll aufgedreht, egal wie kalt es draußen war. Wir trugen unsere gefütterten Mäntel, es hatte keinen Sinn, sie auszuziehen.

»Die wollen, dass wir Pullover kaufen.«

»Die Kälte hilft Kalorien verbrennen.«

»Dir ist auch immer kalt.«

»Weil du so dünn bist.«

»Bin ich nicht.«

»Bist du.«

»Ich bin dick.«

»Also bitte.«

Die Mall war hell erleuchtet, überall standen Weihnachtsbäume, rote, grüne, blaue und weiße Lichter säumten Rolltreppen und Aufzüge. Im Zentrum von allem, im Erdgeschoss, unter dem Food-Court, lag die Werkstatt des Weihnachtsmanns. Sie sah genauso aus wie der Bau der Osterhasen, sagten wir, und der Bart des Weihnachtsmanns war zu lang und zu weiß. Wir starrten ihn und seine Werkstatt an, und dann entdeckten wir Blake Wyatt, Dylan Hall und Jason Nelson, der gerade Pause bei Abercrombie hatte. Auch sie blickten zum Weihnachtsmann hinunter, sahen einander an, und dann rief einer von ihnen, wer, konnten wir nicht sagen: »MISSGEBURT.« Wir waren ziemlich sicher, dass der Typ, der den Weihnachtsmann spielte, Gemma Davies'

Cousin ersten oder zweiten Grades war, und wir hatten Angst zu lachen, nur für den Fall.

Wir saßen draußen vor Sbarro's, bestellten Käsepizza, nahmen den Käse herunter und tupften sie mit unseren Servietten trocken. Später würden wir Frozen Yoghurt essen, mit Oreos, Reese's Peanut Butter Cups und M&Ms. Wir rissen unsere Pizza in Stücke und aßen sie Bissen für Bissen, sorgfältig darauf bedacht, nicht hungrig zu wirken. Jemand bekam eine SMS: »CRLN in mall mt mom.«

Und dann sahen wir sie, Carolyn, mit einem Mädchen vorm Chick-fil-A, sie tranken Limonade. Sie redeten, und das Mädchen lachte, sie waren beide so schmal. Sie kamen jetzt etwas näher, und wir sahen, dass Carolyn sich die Augen mit Kajal geschwärzt hatte, und das Mädchen bei ihr: Tatsächlich, es war ihre Mutter. Abby. Es war das erste Mal, dass wir Carolyn seit der Sache mit dem Krankenhaus sahen, und wir wussten nicht, ob wir mit ihr reden sollten oder was. Wir wollten nicht, dass es ihr unangenehm war.

»Sie sieht gut aus.«

»Wie immer eigentlich.«

»Super.«

»Starr sie nicht so an.«

»Tu ich ja gar nicht.«

Sie kann uns nicht gesehen haben, denn sie winkte nicht und kam auch nicht herüber. Sie trug eine Tasche von Abercrombie, und eine kleine von Parisians. »Einkaufs-Therapie«, sagte Lauren. Wir sahen zu, wie sie um den Food-Court gingen, Carolyns Schultern hingen herunter, das Haar bedeckte ihr Gesicht. Sie gingen, blieben stehen und gingen weiter, in Richtung Aufzug. Sie aßen nichts, soweit wir das sehen konnten, und wir fragten uns, ob Carolyn noch im Genesungsprozess war, ob sie sich besser fühlte und ob sie wieder ins Schwimmtraining kommen würde. Sie sah noch dünner aus als vorher, und vielleicht waren wir ja neidisch, dass sie immer noch weiter abnehmen konnte. Wir fragten uns, wie es wohl war, so krank, traurig, verrückt oder was auch immer zu sein, dass du nicht essen wolltest. Es wäre schön, sich davon befreien zu können, dachten wir. Während sie davongingen, bewunderten wir, wie die Kleider von ihren Schultern fielen. Sie war ein menschlicher Kleiderbügel, und wir stellten uns fünfzig Carolyns in unseren Schränken vor, jedes Stück Stoff perfekt tragend.

Später sahen wir Brooke Moore und Gemma Davies zu Abercrombie hineingehen, und wir folgten ihnen, weil wir wissen wollten, was sie machten, was sie kauften und wen sie trafen. Lauren hatte Andrew Wright und Gemma Davies am Abend zuvor im Olive Garden gesehen, die beiden hatten sich gegenübergesessen, auf ihren Handys herumgetippt und sich einen Teller frittierten Käse geteilt. Sie sagte, sie hätten sich nicht mal angesehen, das ganze Essen über nicht, hätten getan, als würden sie einander nicht kennen oder sich völlig egal sein, »als wären sie ein altes Paar, das die Scheidung eingereicht hat oder so«. Lauren meinte, die beiden würden sich trennen, und wir fragten uns, ob es stimmte, in gewisser Weise wünschten wir es uns, ohne dass wir hätten sagen können, warum.

Wir probierten hautenge, abgenutzt aussehende Jeans und langärmelige Waffel-Shirts in Grau und Blau an.

Nicoles Jeans waren zu eng, aber sie weigerte sich, eine in Größe 34 zu nehmen. Wir sagten ihr, die Größen fielen hier einfach kleiner aus. Wir gingen zu den Tops, als wir Stimmen hörten. Brookes und Gemmas, da waren wir sicher. Sie waren im Raum neben uns, unterhielten sich und reichten Sachen hin und her.

»Ich brauche ein XXS, das hier ist zu groß.«

»Yeah, das ist riesig.«

»Wird es beim Waschen einlaufen?«

»Yeah, yeah.«

Wir hielten den Atem an.

»Ich hasse meine Bauchmuskeln.«

»Ich meine Schultern.«

»Ich hab zu viel frittierte Waffeln gegessen.«

»Ich hab am Wochenende zu viel getrunken.«

Ein Handy piepste. Eines von ihren, nicht von unseren.

Ein Stöhnen.

»Ich hasse diese Yankee-Schlampe.«

»Ich hasse ihren komischen Akzent.«

»Sie hält sich für so verdammt heiß.«

»Glaubst du?«

»Warum sagst du das? Du nicht?«

»Yeah, yeah.«

»Was?«

»Es ist einfach nur komisch, das mit dem Krankenhaus. Mit den Tabletten.«

»C. ist 'ne hysterische Zicke. Meine Mutter hat eine Freundin, deren Freundin in der Krankenhausaufnahme arbeitet, und die meinte, es sei nichts Großes gewesen.«

»Ich frage mich nur, weswegen sie Tabletten nimmt.«

»Weil sie 'ne Schlampe ist?«

Sie lachten.

»Du bist so gemein.«

»Und sie ist eine Hure.« Wieder Lachen.

»Sei still.« Und dann, geflüstert: »Sie könnte hier sein.«

Wir warteten, bis sie gingen, und wandten uns zur Kasse, um unsere Tops zu bezahlen. Als die Kasse rasselte, ging der Alarm des Ladens los, und wir sahen im Spiegel hinter der Theke, wie Brooke und Gemma aus der Tür liefen, in Richtung Food-Court. Die Frau, die uns abkassierte, verdrehte die Augen und rannte vor. Dabei kam sie an Jason Nelson vorbei, der beim Eingang Pullover faltete. Er hob nicht mal den Blick, und wir sahen, wie die Frau den Kopf aus dem Laden streckte und nach links und rechts wandte. Sie betätigte einen Schalter, und der Lärm brach ab. Sie sah Jason an und verdrehte schon wieder die Augen, kam zurück an die Kasse und ließ uns zahlen.

Als wir nach den Ferien zurück in die Schule kamen, trugen Brooke und Gemma ihre hellblauen Kaschmirpullover, eng anliegend, mit Ärmeln so lang, dass sie bis zu den Fingerspitzen reichten. Sie kosteten einhundertzweiundzwanzig Dollar. Das wussten wir, weil wir selbst überlegt hatten, uns welche zu kaufen.

januar

kapitel 19

Niemand war überrascht, als Andrew und Carolyn zusammenkamen. Oder wenigstens sagten das alle. Die Sache bei der Schulfestparade war schon komisch gewesen – all die Fotos auf seinem Telefon? –, und selbst wenn die Leute nicht sagten, deshalb dächten sie, das mit den beiden sei nur logisch, wussten wir doch alle, dass sie es meinten. Andrew lief allem hinterher, was sich bewegte, er war nicht wählerisch wie Shane. Plus, wir alle hatten gesehen, wie er Shane und Carolyn auf Partys hinterhergelaufen war, beim Schulball und wo sonst immer noch, und die Leute hatten gesagt, entweder wollte Andrew was von Carolyn, oder er war wirklich 'ne Schwuchtel und hinter Shane her.

Wir waren nicht komplett sicher, wann es echt losging mit dem Pärchenzeugs, aber wir hatten sie nach dem Schwimmen zusammen gesehen: vor dem Kunstsaal, wohin Carolyn neuerdings nach dem Training ging, bis die Hausmeister sie rauswarfen. Dylan Hall arbeitete für den Audiovisuellen Club und war nebenan. Er erzählte den Leuten, dass Carolyn und Andrew jeden Dienstag und Donnerstag im Materialraum herumknutschten. Er hatte Andrew zu oft hineingehen sehen, als dass es etwas anderes sein konnte. Und er hatte es sich von Hausmeister Ken bestätigen lassen. Wir waren nicht sicher, dass das viel bedeutete, aber Dylan sagte, das täte es.

»Ich dachte, ihr würdet es wissen wollen.«

»Danke.«

»Also, die Leute sagen es, das ist alles.«

»Ich begreife sie nicht.«

»Ich weiß. Sie ist eine Hure.«

»Ich schwöre dir, wenn sie mir zu nahe kommt, bring ich sie verdammt noch mal um.«

»Jemand sollte ihr sagen, ihre versauten Finger von den Freunden anderer zu lassen.«

»Sollte sie nicht noch im Krankenhaus sein?«

»Sie sollte verfickt noch eins nach Hause geschickt werden.«

»Ich kapier sie nicht. Ich dachte, sie wäre nett.«

»Nun, da hast du's.«

»Yeah.«

»Komplett die Schlampe.«

Mrs Coker stand mit ihrem Klemmbrett am Reck, machte sich Notizen und stoppte die Zeit. Wenn du keinen Klimmzug hinbekamst, musstest du so lange, wie du konntest, an der Stange hängen. Aber jetzt sah sie von ihrer Stoppuhr auf und starrte direkt zu Gemma und Tiffany hinüber. Wir konnten nur die Seite von Gemmas Gesicht sehen: Ihre Wange war tiefrosa.

»Ich verpasse euch beiden einen Eintrag wegen unziemlicher Ausdrücke, wenn ihr nicht aufhört.«

»Ja, Ma'am.«

Abends änderte Gemma ihren Beziehungsstatus auf Facebook zu Single und schrieb in ihre Chronik: »CL ist eine ausgehungerte Yankee-Schlampe.« 16 Leuten gefiel das, einschließlich Shane Duggan und Brooke Moore. Und Taylor Lyon. Niemand postete einen Kommentar dazu.

Die Leute sagten, es sei daneben, dass Carolyn schon mit Andrew rumgemacht habe, als der noch mit Gemma zusammen war. Und dass sie direkt davor noch mit Shane gegangen war, das war echt daneben. Wenn sie nur mit einem von den beiden zusammen gewesen wäre, sagten wir, hätte es vielleicht nicht so schlecht ausgesehen, dann hätten die Leute vielleicht noch gedacht, dass sie okay sei. Aber gleich beide nacheinander, das war was anderes, das änderte alles. Das machte es schwerer, die Sache von ihrer Seite zu sehen.

Wann genau was geschah, wurde jedoch nie ganz geklärt, darüber redeten wir später: Keiner konnte sagen, ob sie wirklich jemandem wen ausgespannt hatte, und Andrew und Shane hielten sich da heraus, ihnen warf keiner was vor. Das Ganze blieb unter uns Mädchen.

Andrew erklärte später, dass er einfach versucht habe, für sie da zu sein, er habe nur versucht zuzuhören und ihr zu helfen, sich einzugliedern. Nach der Sache mit dem Krankenhaus und dem Scheiß mit Shane habe Carolyn ihm leidgetan. Wir sahen Taylor, Tiffany und all die anderen nach dem Cheerleading-Training nicht mehr untergehakt mit Carolyn im Hof. Auf dem Flur drängte Taylor an ihr vorbei: Entweder bemerkte sie Carolyn nicht, oder sie redete nicht mehr mit ihr. Wir nahmen an, es war Letzteres. In den Weihnachtsferien wurde Taylor mit Gemma wochenends bei Sonic gesehen, und als die Schule wieder losging, standen die beiden vor der ersten Stunde am Trinkwasserbrunnen. Offenbar hatte sich zwischen ihnen alles wieder eingerenkt.

Andrew servierte Gemma nie ab, machte nicht richtig Schluss mit ihr, nicht so weit wir wussten: Er hörte nur auf, sie anzurufen und nach der Schule zu treffen. Vielleicht dachte er, die Sache auf Facebook bedeutete, dass es vorbei war, und vielleicht waren sie ja nie so eng gewesen, wie wir gedacht hatten. Auf jeden Fall waren die Weihnachtsferien gut für so was: Du sahst einige Leute eine Weile nicht, und wenn du wolltest, konntest du ihnen aus dem Weg gehen oder es mit ihnen auslaufen lassen. Es war Scheiße, aber es kam vor.

Gemma dachte wie die anderen Mädchen in unserer Klasse bereits ans College. Hauptsächlich an Schwesternschaften, Studentinnenverbindungen. »Wenn du ein Junior bist und hast einen Senior-Freund, bist du so gut wie automatisch eine Tri Delta oder eine Phi Mu.« Sie erzählte den Leuten das beim Mittagessen, auf dem Flur oder dem Parkplatz nach der Messe. Wir kniffen die Augen ganz leicht zusammen und waren nicht sicher, wie das was ausmachen konnte. Und dann fuhr sie fort: »Ich meine, solange ihr auch im Jahr drauf noch zusammen seid. Dann gehst du am Wochenende auf die Partys bei den Burschenschaften, triffst all die Mädchen und bist so gut wie automatisch mit drin.« Sie lächelte befriedigt, weil sie unsere Neugier befriedigt hatte, und dann kam der Schlusssatz, und ihre Augen leuchtete aufgeregt: »Andrew kann sich noch nicht zwischen Auburn und Alabama entscheiden.« Wir dachten, dass sie leicht gestört sei.

Sie hat sich total verrannt, sagten die Leute später, dachte zu sehr an die Zukunft, als dass sie gesehen hätte, was direkt vor ihrer Nase ablief. Dass Andrew Wright sich in Carolyn Lessing verknallt hatte. Jetzt war Gemmas Ruf angeschlagen, und es sah nicht so aus, als würde sie im Herbst auf irgendwelche Verbindungspartys in Auburn gehen. Und aus dem Grund, und vielleicht auch, weil sie Andrew wenigstens ein bisschen mochte, war sie ziemlich angepisst.

Carolyn arbeitete im Januar an einem größeren Kunstprojekt, einer ganzen Bilder- und Druckreihe. Das war der offizielle Grund, warum sie abends immer bis spät im Kunstsaal war. Andrew sollte wahrscheinlich nicht da sein, aber vielleicht drückten die Leute ein Auge zu, weil er so ein guter Schüler war. Oder vielleicht hatte Mr Ferris auch eine Schwäche für Carolyn. Wir wussten es nicht.

Mr Ferris unterrichte Kunst und Trigonometrie, und er erzählte allen, wie talentiert Carolyn sei. Er glaube, dass es eine Verbindung zwischen ihren Fähigkeiten als Künstlerin und ihrer mathematischen Begabung gebe. »Während des zweiten Halbjahres arbeitete sie ungeheuer konzentriert«, erklärte er den Leuten später. »Und wir haben ihre Bilder in den Fluren aufgehängt, als eine Art Leckerbissen, eine Belohnung. Ich dachte, es wäre schön für sie, eine Ausstellung zu haben.« Und dann seufzte er. »Ich bin allerdings nicht sicher, ob es klug war, im Nachhinein betrachtet.«

Die Bilder wurden in den Fluren des neuen Englischgebäudes aufgehängt, es waren dreizehn Arbeiten, und dazu gab es ein Foto von Carolyn mit einem »Künstler-Statement« direkt am Eingang. Wie in einem richtigen Museum oder einer Galerie. Erst waren die Leute echt beeindruckt, es waren halb Gemälde und halb Kollagen, wirklich cool, von weit und aus der Nähe. Sie bestanden aus Landkarten, Zeitschriften- und Zeitungsartikeln und allen möglichen anderen Dingen, die übermalt, verbessert und vergrößert worden waren. Einige der Arbeiten enthielten auch Fotos, und wenn du genau hinsahst, konntest du ihre Augen auf ein paar von ihnen entdecken. Das war schräg, und cool. Wir hatten von Kunst keine Ahnung, nicht wirklich, aber das war nichts, von dem wir dachten, dass wir es auch könnten. Manche Leute meinten, die ganze Sache sei ziemlich arrogant, und manche, dass sie Mr Ferris gezwungen hätte, sie aufzuhängen, aber die Bilder waren trotzdem gut, ganz egal, was du wirklich darüber dachtest.

Die Farben waren immer ziemlich ähnlich: jede Menge Rot, Blau und Lila. Und sehr viel Weiß. Meist waren es bestimmte Formen, Quadrate, Kreise, Parallelogramme, Dreiecke, aber alles miteinander vermischt und sich in Lagen überlappend. Über die Formen hatte Carolyn Artikel geklebt und sie wieder und wieder bemalt. In ihrer kleinen Beschreibung sagte sie, sie habe die Artikel mit Nagellack und Tipp-Ex angeklebt. Es gab Bilder von Models, Barbie-Puppen und Bildunterschriften wie: »10 Wege, um ihn …«, von denen sie den Rest abgeschnitten hatte, weil sie, wie wir annahmen, zu schmutzig für unsere Schule gewesen wären. Auf einer der Leinwände hatte sie unter die Models und Sätze aus *Cosmopolitan* Seiten aus Lehr- und Wörterbüchern oder so geklebt: lange Wörter mit Definitionen. Wir waren nicht sicher, ob wir sie verstanden, die Definitionen, die Zeitungsausschnitte, die Bilder. Aber wir wussten, sie waren gut, auch wenn wir nicht sagen konnten, warum.

Die Arbeiten hingen eine Woche, gegen Ende Januar, bis eines der Bilder aufgeschlitzt wurde. Ein großes Loch klaffte in der Mitte der Leinwand. Jemand schoss Klammern in die drei Bilder mit den Fotos ihrer Augen, und jemand schrieb mit rotem Marker »Hure« über einen der einfacheren Drucke. Das Foto von Carolyn wurde übel zugerichtet: Selbst haben wir es nicht gesehen, aber in der Zeitung stand, jemand habe »etwas Phallisches« direkt neben ihr Gesicht gesetzt. Mr Ferris baute die Ausstellung noch am selben Tag wieder ab. Soweit wir wissen, wurde keiner der Täter gefasst.

kapitel 20

Nicole Willis hatte einen Pool hinten im Garten, und ihre Eltern hatten gerade eine Art Heizung eingebaut, so dass er das ganze Jahr über benutzt werden konnte. Am Samstag unserer ersten Woche nach den Ferien fuhren Nicoles Eltern nach Moulton, wegen irgendwas mit der Arbeit ihres Dads, und Nicole veranstaltete eine Party bei sich zu Hause. Carolyn war auch da.

Nicole sagte, wir sollten zeitig kommen, um vorzuglühen, bevor der Rest einlief: mit ein paar Jello Shots und lila Kool-Aid mit Wasser und Smirnoff. Die Leute kamen zu zweit, zu dritt und zu viert, und dann in Trupps so groß, dass wir sie nicht mehr zählen konnten. Wir blieben in der Küche, hauptsächlich, süffelten, lachten, beobachteten alles und warteten auf das coole Volk.

Gemma und Brooke kamen mit Taylor Lyon und Tiffany Port. Als sie auf die Veranda traten, drehte sich Jessica zu uns hin: »Seht doch! Die Gang ist wieder zusammen.« Wir lachten. Später folgten wir ihnen nach draußen, wo sie herumstanden, sich zu viert eine Zigarette teilten, gelangweilt aussahen, dann glücklich, dann wieder gelangweilt. Sie unterhielten sich wirklich leise und sahen zu Carolyn hinüber. Wir konnten nicht hören, was sie sagten, stellten aber Vermutungen an, Jessica spielte einen Dialog durch, und wir lachten. Shane ging alle zehn Minuten oder so zu ihnen, legte einen Arm um Brooke und küsste sie auf die Wange oder die Schulter.

Sie flüsterte ihm etwas ins Ohr, und er lachte. Dann sah er sich um.

Wir hatten sie vorher in der Kirche gesehen, beim Gruppentreffen, das unsere nächste Jugendmesse vorbereiten sollte. Gemma hatte den Psalm ausgesucht, den sie vorlesen wollte, etwas über Feinde und den Triumph über sie nicht hinauszuschreien, und Brooke bat Dave Dillon, sie die Korinther-Stelle über Liebe, Geduld und so lesen zu lassen. Taylor und Tiffany hatten sich ein Lied ausgesucht, das sie singen wollten: Alan Jacksons *A Woman's Love,* aber mit Jesus drin.

Carolyn stand nahe bei Andrew, und erst merkte niemand wirklich, ob sie trank oder nicht. Sie hatte ein altes Trägerhemd an, weiß und dünn, wie etwas, was dein Dad tragen würde. Die Leute sagten später, ihr Outfit war erstaunlich und Vintage, sie war ein Hipster, eine Boho, originell. Aber zu der Zeit meinten sie eher, sie sei ein Freak. Mit freakigen Klamotten und einem freakigen Blick. Sogar Bandmitglieder machten sich über sie lustig.

Die Zeit verging, und Brooke rief mehrmals nach Andrew, der so tat, als hörte er sie nicht. Das ermutigte sie zusätzlich, nahmen wir an, oder es ärgerte sie, und sie rief seinen Namen immer wieder, so alle drei, vier Minuten. Andrew legte den Arm um Carolyn und zog sie mit sich weg. Brooke, Gemma, Taylor und Tiffany, und manchmal auch Shane, bewegten sich näher zu ihnen hin. Es ging allen auf die Nerven. Andrew schien ausflippen zu wollen. Carolyn lächelte.

Später fragten wir uns, ob es an Brooke und den anderen lag, dass Carolyn irgendwann anfing, so viel zu trinken. Sie schüttete alles in sich hinein, irre schnell, trank Shots und Bier, High Life aus der Flasche, ging nach drinnen, spielte Flip Cup und war schrecklich. Sie wankte böse und sah aus, als könnte sie jeden Moment anfangen zu heulen. Später erzählte sie Witze, wie wir hörten, und machte Miss Simpson und Mr Overton nach. »Sie hat ihren Ton perfekt getroffen.«

»Yeah, das war super.«

Als sie jemand nach der Ausstellung fragte, verdrehte sie die Augen und sagte, es sei ihr egal. »Streit ist mir nicht neu«, lachte sie, und die Leute hätten denken sollen, dass sie das zu einer guten Verliererin machte. Stattdessen nannten sie es erbärmlich.

Als es spät wurde, sprangen die Leute in den Pool, die Mädchen in ihren BHs und Höschen, die Jungs in ihren Boxershorts. Wir blieben auf der Terrasse. Andrew Wright saß auf den Stufen am flachen Ende, Carolyn direkt unter ihm, beide in ihrer Unterwäsche. Die Pool-Lampen erleuchteten das Wasser, und du konntest sehen, wie sich die Feuchtigkeitslotion von den Beinen der Mädchen löste, ihr Haargel sammelte sich an der Oberfläche. Die Leute spritzten und spielten Marco Polo, die Jungs machten Arschbomben, und wir versuchten die Haare trocken zu behalten.

»Marco?«

»Polo!«

»Fisch aus dem Wasser?«

Ein Platschen. Schwimmen war schwierig. Lachen. Rufen. Brad Paisley spielte. Lichter blinkten, als ein Körper an ihren vorbeischwamm.

»MARCO???«

»POLO!!!!«

»Fisch aus dem Wasser?«

»NEIN!«

Sie spielten, lachten und schubsten. Blake Wyatt machte einen Salto und hätte sich beinahe den Schädel aufgeschlagen. Tiffany Port landete ungewollt im Wasser, in einem pfirsichfarbenen T-Shirt, ohne BH. Die Mädchen kreischten, wenn sie nass gespritzt wurden, und die Jungs versuchten, mit einem aufblasbaren Krokodil Wellen zu machen. Sie hatten Spaß und waren alle so mit Spritzen und Schwimmen beschäftigt, dass ihnen fast entgangen wäre, dass Carolyn den Kopf zwischen Andrews Beinen hatte. Seine Augen waren geschlossen, sein Mund stand auf. Wir hätten es auch fast nicht bemerkt.

Wir sahen zu Shane. Er stand bei Adam Simmons und Dylan Hall, und sie stießen die Köpfe gegeneinander oder so was. Brooke ging zu ihm und deutete auf den Pool. Sein Gesicht erstarrte, dann lachte er, und so etwa zwei Minuten später verschwand er nach drinnen. Wir hörten, dass er kurz darauf gegangen war, und überlegten nur, was er wohl empfand. Wahrscheinlich war er angepisst. Aber Shane sah so gut aus, war so beliebt, so selbstsicher, dass du nie dachtest, er könnte eifersüchtig oder wütend werden. Als wir ihn am Montag in der Schule fragten, sagte er nur: »Sie kann tun, was immer sie will.« Erst glaubten wir ihm, am Ende aber nicht mehr.

Die Leute redeten wochenlang von der Sache im Pool, die Geschichte drehte auf Facebook Runde um Runde, und wir schickten uns sofort die letzten Updates. Erst war es nur ein Blowjob, dann richtiger Sex, und schließlich hat er es ihr später noch von hinten besorgt. Was unwahrscheinlich schien, darin stimmten wir überein, aber Tiffany und Taylor und die anderen Cheerleader flüsterten, es sei wahr, und die Leute glaubten ihnen. »Dabei sollte Andrew so nett sein«, sagten sie. »Netter als Shane.« Und dann: »Die arme Gemma.« Aber wir hatten Gemma Wochen vorher schon mit Jason Nelson knutschen sehen, draußen bei der Mall, nach Ende seiner Schicht bei Abercrombie. Wir hatten es niemandem erzählt, niemand wollte Schlechtes über sie hören, dabei könnte es etwas ändern, dachten wir, wenn die Leute es wüssten. Aber wir sagten nichts, und auch Andrew sagte nichts, obwohl wir später herausfanden, dass er es gewusst haben musste. Auf jeden Fall wurde das Gerede lauter und lauter, und die Textnachrichten kamen öfter und öfter. Sie hätte echt aufhören sollen. Als sie noch vorne lag, Carolyn, meinen wir.

29. Januar 2011
Carolyn Lessing
Leistungskurs Englisch – Miss Simpson

Der Fänger im Roggen – *Ein Interview zum Leben in der Highschool.*

Ich weiß, es hat oft den Anschein, als vergäßen die Erwachsenen, dass sie auch einmal Teenager waren, zur Highschool gegangen sind und ganz ähnliche Erfahrungen gemacht haben wie Sie heute. Jetzt haben Sie die Möglichkeit, einen dieser Erwachsenen (das

kann ein Elternteil sein, Großvater oder Großmutter, eine Tante, ein Onkel, ein Freund der Familie) in seine Vergangenheit zu führen, um zu sehen, wie es »in früheren Zeiten« in der Highschool war.
Ihre Aufgabe besteht darin, eine solche Person zu interviewen und einen erzählerischen Bericht über das in Erfahrung Gebrachte zu schreiben. Idealerweise sollten Sie das Interview von Angesicht zu Angesicht durchführen.
Wenn Sie das Interview beendet haben, schreiben Sie einen erzählerischen Bericht über die Person, der folgende Punkte enthält:
1. Warum haben Sie gerade diese Person als Interviewpartner ausgewählt?
2. Geben Sie eine äußerliche Beschreibung Ihres Interviewpartners.
3. Beschreiben Sie die Interviewsituation.
4. Geben Sie detaillierte Beispiele dafür, wie das Leben Ihres Interviewpartners in seiner Highschool-Zeit aussah.
5. Beschreiben Sie, was Ihr Interviewpartner zu der Zeit vom Buch Der Fänger im Roggen *hielt.*
6. Arbeiten Sie mit wörtlichen Zitaten Ihres Interviewpartners (wenigstens dreien).
7. Schließen Sie Ihren Bericht mit einer Reflexion *darüber ab, was Sie durch das Interview gelernt haben und in welchem Verhältnis es, wenn überhaupt, zum* Fänger im Roggen *steht.*

(Handschriftlich über der Arbeit: *Ich hatte gehofft, dieses Interview während eines Besuchs meines Vaters in Adamsville zu machen, er musste seine Reise jedoch in letzter Minute absagen. Da ich die Fragen bereits vorbereitet hatte, hielt ich es für das Beste, den Interviewpartner dennoch nicht zu wechseln.)*

Für diesen Bericht habe ich meinen Vater, Jerome Hadden, interviewt, mit dem ich über Skype sprach. Ich wollte erfahren, wie es für meinen Vater in der Highschool war, ob er damals den Fänger im Roggen *gelesen hat und ob das Buch wichtig für ihn war. Mich interessierte, ob die Highschool für ihn etwas anderes war als für mich. Als Interviewpartner habe ich meinen Vater ausgewählt, weil er der Erwachsene ist, mit dem ich mich am leichtesten identifizieren kann und von dem ich während der letzten Jahre am meisten gelernt habe, besonders in Bezug auf Politik und Kultur.*

Mein Vater wohnt in Brooklyn, in einem lebendigen, buntgemischten Viertel, seine kleine Wohnung liegt über einem indischen Restaurant. Selbst wenn ich mit meinem Vater skype, habe ich das Gefühl, die Curry-Düfte zu riechen, als trüge sein Bild sie in meinen Computer. Die Wohnung ist klein und gemütlich, alles befindet sich in einem Raum mit einem abgetrennten Bad. Wenn ich dort bin, staune ich immer wieder, wie wenig Platz man tatsächlich braucht und wie übermäßig groß unser Haus in Alabama ist. Mein Vater führt ein sehr einfaches Leben, was für sein Schreiben wichtig ist, und er hat weder einen Fernseher, noch nutzt er das Internet, wir skypen nur darüber. Bevor er und meine Mutter sich haben scheiden lassen, wohnten wir alle zusammen in einem großen Haus, aber jetzt, da er allein ist, hat Dad lieber eine kleinere Wohnung.

Ich habe meinen Vater an einem Donnerstagabend interviewt, gegen acht Uhr unserer Zeit, was heißt, dass es bei ihm bereits neun Uhr war. Dad saß in seinem alten Ledersessel mit dem Computer vor sich. Er trug ein blaues T-Shirt und seinen braunen Lieblingsblazer, den er schon hatte, als ich noch ein kleines Kind war. Meine Dad ist fünfzig Jahre alt und hat dichtes, silbergraues Haar und dunkle, buschige Augenbrauen. Die meiste Zeit trägt er eine Lesebrille, ist dünn und nicht sehr groß. Während wir sprachen, konnte ich das große Bücherregal hinter ihm sehen. Die Bretter sind durchgebogen, weil seine Bücher so schwer sind und es so viele von ihnen gibt. Ich habe Dad aus meinem Zimmer interviewt, an meinem Schreibtisch, und trug dabei meinen einteiligen Hausanzug aus violettem Fleece. Während des Interviews trank ich eine Diet Coke, Dad ein Glas Rotwein. Obwohl ich ihn auf dem Bildschirm sah und mit ihm sprach, fühlte ich mich weit entfernt von ihm in New York. Alabama ist endlos weit weg von meinem alten Leben.

Mein Vater ging von 1974 bis 1978 in die Highschool. Es war eine staatliche Schule in Newburgh, New York. Dad war ein guter Sportler und in der Golfmannschaft, der Schwimmmannschaft und der Baseballmannschaft. Der Sport war ein sehr wichtiger Teil der Schullebens in Newburgh, genau wie die einzelnen Lehrfächer. Obwohl er die Schule mochte, sagt er *doch, dass die Lehrer damals im Allgemeinen viel strenger waren als heute und die Schüler nicht dazu ermutigt wurden, sich als eigene Individuen zu zeigen. »Wir hatten riesige Mengen Stoff auswendig zu lernen, und niemand erwartete von uns oder ermutigte uns gar, kreativ zu sein und Dinge wie Aufsätze zu schreiben. Die Prüfungen waren formelhaft, und wenn du dein Haar zu lang wachsen ließest oder etwas zu Ausgefallenes trugst, wurdest du bestraft oder sogar suspendiert.«*

Dad sagte, er trug Schlaghosen und einen Blazer, wenn er sich herausputzen wollte, und in seinem letzten Jahr versuchte er sich dem Look von John Travolta in Saturday Night Fever *anzunähern. Nach dem Interview mailte er mir ein paar Fotos von sich und seiner Partnerin vor seinem Abschlussball, auf denen er einen burgunderroten Veloursblazer, eine burgunderrote Fliege und eine burgunderrote Schlaghose trug, dazu ein hellblaues Hemd mit einem breiten Kragen und weiße Stiefel. Seine Partnerin trug ein langes blaukariertes Kleid und blaue Plateaustiefel. Er sagte, das Tanzen war wichtig, und dass er und seine Freunde vor dem Ball übten, um mit ihren »moves« zu glänzen. Er und seine Freunde durften bereits mit achtzehn Alkohol trinken (wir erst mit einundzwanzig), und er sagte auch, Marihuana zu rauchen sei ganz normal gewesen. Er sagte, keiner, den er gekannt habe, hätte irgendwelche anderen Drogen genommen, und dass die meisten seiner Freunde ziemlich »zahm« gewesen seien.*

Dad sagte, er habe das Gefühl, meine Generation sei

freier als seine, und selbstsicherer. Heute seien die Lehrer mehr darauf bedacht, dass die Schüler glücklich und ausgeglichen sind, während es seinen Lehrern vor allem darum ging, in welches College die Kids kamen. Als Dad seinen Lehrern erzählte, er wolle Schriftsteller werden, erklärten sie ihm, dass ein Romanautor kein wirklicher »Beruf« sei. Er sagte, heute scheinen die Lehrer ihre Schüler dazu zu ermutigen, ihren Träume zu folgen. Ich bin nicht sicher, ob das wirklich der Fall ist, aber ich weiß nicht, ob das zum Thema dieser Aufgabe gehört.

Wenig überraschend ist, dass Dads Lieblingsfach Englisch war (wie es auch meines ist), und seine Lehrerin, Mrs Healey, hatte einen sehr guten Buchgeschmack und führte interessante, aufregende Diskussionen über die Dinge, die sie gelesen hatten. »Wir haben oft ungewöhnliche Bücher gelesen, oder welche, die man nicht als Schullektüre erwarten würde«, sagte er. »Und Mrs Healey erlaubte es uns, Referate über alles zu schreiben, was uns interessierte, auch wenn es Krimis oder Comics waren.« Dad erklärte mir, es sei das erste Mal gewesen, dass man ihn ermutigte, aus Freude zu lesen, was ihm sein ganzes Leben erhalten geblieben sei.

Der Fänger im Roggen war ein wichtiges Buch für Dad und seine Klasse. Dad sagte: »Es war eines der ersten Bücher in der Schule, das alle ansprach. Wahrscheinlich, weil es von einem jungen Menschen handelte, seine Perspektive einnahm und mit seiner Stimme sprach. Viele von uns identifizierten sich mit Holden Caulfield.« Dad erklärte mir, dass ihm das

Buch zu der Zeit relevant erschien, weil er dachte, die meisten Erwachsenen seien »Schwindler«, und er selbst authentisch sein wollte. Dad fuhr auch oft mit seiner Familie nach New York und erkannte viele der genannten Orte. Das war aufregend, und im Rahmen der Diskussion über das Buch machte die Klasse einen Ausflug ins Museum of Natural History.

Mein Dad hob hervor, dass er den Fänger im Roggen *seit der Highschool noch viele Male gelesen hat und jedesmal etwas Neues darin sieht, was für ihn »ein Zeichen für einen sehr guten Roman« ist. Als er ihn das erste Mal las, dachte er, es gehe darum, »authentisch« und kein »Schwindler« zu sein. Als Dad den Roman dann im College las, dachte er, es gehe hauptsächlich um Sex und das Erwachsenwerden. Und vor ein paar Jahren schließlich, sagte er, habe er begriffen, dass es vor allem um Trauer gehe und wie Holden mit dem Tod seines Bruders umgeht.*

Alles in allem war der Fänger im Roggen *ein sehr wichtiges Buch für meinen Vater und seine Klassenkameraden. Die Highschool war zu seiner Teenagerzeit in vieler Hinsicht anders als heute, und es scheint so, als hätten die Kids in unserem Alter heute mehr Freiheit als er und seine Freunde damals. Abgesehen davon hatten die Kids damals offenbar ein engeres Verhältnis zu ihren Eltern und Verwandten. Dad sagte, er habe sich wirklich mit dem Buch identifiziert, dass es wirklich anders gewesen sei und viele Leute schockiert habe. Ich muss sagen, dass ich es ganz und gar nicht schockierend finde, und bezweifle, dass es irgendwer von meinen Freunden tut.*

Zu Ende unseres Gesprächs um etwa halb zehn an dem Abend schlug Dad vor, bei meinem nächsten Besuch ins Museum of Natural History zu gehen, wohin er mich schon mit sieben Jahren mitgenommen hat. Ich wurde daraufhin das Gefühl nicht los, dass es mir dabei genauso gehen würde wie Holden, sollte er je noch einmal dorthin kommen – dass ich staunen würde, wie alles im Museum gleich geblieben ist, während mein Vater und ich uns unglaublich geändert haben.

Note: 1
Ich bin zwar enttäuscht (hauptsächlich für Sie!), dass Sie das Interview nicht von Angesicht zu Angesicht führen konnten, aber das ist ein starker Text. Ich bin beeindruckt von Ihrer Beobachtungstiefe, was die Umgebung Ihres Vaters betrifft und auch den Text selbst. Ich hätte mir ein wenig mehr Kontext dazu gewünscht, warum Sie Ihren Vater ausgesucht haben, aber ich sehe natürlich die Beschränkungen durch den vorgegebenen Umfang und denke, auch dies ist wieder ein sehr guter Aufsatz. Ich möchte Sie nachdrücklich ermutigen, im nächsten Jahr als Wahlfach kreatives Schreiben zu belegen, besonders wegen Ihrer besonderen Begabung und Ihres großen Interesses an Lyrik.

februar

kapitel 21

Brooke hasste Carolyn. Das wussten wir. Im Spanischunterricht redete sie laut über Carolyns miese Garderobe, welche Geschlechtskrankheiten sie wahrscheinlich hatte, und ihren nervigen Akzent. In Englisch machte sie es genauso, was peinlich sei, sagten wir, weil Carolyn sich mit im Raum befand. Auf dem Flur lief Brooke in Carolyn hinein, wenn die an ihr vorbeiwollte. Absichtlich, ganz sicher. In der Cafeteria lachte sie Carolyn ins Gesicht und wurde dann plötzlich ernst. Und Shane ließ das alles geschehen, was es wohl noch schlimmer machte. Die Gründe für Brookes Verhalten waren ziemlich offensichtlich, sie war eifersüchtig und fühlte sich bedroht, das normale Theater. Was Shane anging, so versuchte er offenbar, seine Freundin zu unterstützen, nahmen wir an. Und wahrscheinlich pisste es ihn auch an, dass Carolyn nach allem so eng mit Andrew war. Shane hatte sie schließlich zuerst entdeckt, er hatte sie sich reserviert.

Carolyn reagierte nicht – nicht, dass wir was gemerkt hätten, aber es muss unmöglich für sie gewesen sein, tatsächlich völlig kalt zu bleiben. Jetzt, wo Taylor und Tiffany nicht mehr ihre Freundinnen waren, lief sie meist allein über den Flur, wenn Andrew nicht da war.

Gemma trug zunächst eine Leidensmiene durch die Schule, sagte jedoch nichts offen über Carolyn. Wir dachten, sie nähme das Ganze vielleicht etwas besser.

Aber Brooke brachte sie am Ende auf ihre Seite, und Gemma trug das Ihre dazu bei: Sobald sich Carolyn irgendwo in ihre Nähe setzte, stand sie auf und suchte sich einen anderen Platz, kam Carolyn bis auf, sagen wir, drei Meter heran, verstummte sie. Im Übrigen sagte sie, wie sehr sie Yankee-Akzente hasse. In der Kirche, wenn Carolyn und ihre Mom Reverend Davies die Hand schüttelten, stand Gemma neben ihrem Dad und starrte sich auf die Füße. Direkt über oder zu Carolyn sagte sie nie etwas, zu Anfang nicht, ließ jedoch keinen Zweifel an ihren Gefühlen. Brooke war die Lautstarke, aber Gemma war auch nicht ohne. Sie blieb nur ruhiger.

Im Englischunterricht steckte Miss Simson Carolyn mit Brooke und Gemma in eine Gruppe, damit sie ihre Interviews zum *Fänger im Roggen* besprachen. Wir hielten das für eine dumme Idee, es war zum Heulen, wie sehr Miss Simpson wollte, dass sich alle verstanden. Wir beobachteten die drei, während wir unsere eigenen Arbeiten besprechen sollten. Brooke und Gemma drehten ihre Tische so, dass sie einander ansahen, Carolyn kam von der Seite dazu. Brooke und Gemma hielten die Blicke aufeinandergerichtet, Carolyn sah auf die Blätter vor sich. Wir hörten, wie Miss Simpson sich an sie wandte.

»Wie kommen meine Lieblingsschülerinnen miteinander zurecht?« Sie stellte ihre Diet Coke auf Carolyns Tisch.

»Ganz gut, danke, Miss Simpson.« Gemma war immer so höflich, selbst wenn sie eklig war.

»Wisst ihr, was ihr tun sollt?« Miss Simpson ließ nicht locker. Typisch.

»Ja, Ma'am.« Brooke lächelte sie an. »Wir haben Carolyn gerade gesagt, wie gut ihr Bericht ist.«

Carolyn hob den Blick und verdrehte womöglich die Augen.

»Nun, schließlich IST sie die Tochter eines berühmten Schriftstellers.« Miss Simpson fuhr Carolyn mit der Hand durchs Haar. Lesbisch.

»Ach, RICHTIG«, sagte Brooke und lächelte. Carolyn wurde rot. »Hat er nicht ein Buch über Mädchen geschrieben, die gern vergewaltigt werden? Oder war es Inzest?«

Miss Simpson fuhr zurück. »Was?«

Gemma nickte. »Yeah. Mein Dad sagt, es wurde verboten, so in zwanzig Staaten.«

»Das stimmt nicht.« Carolyn nuschelte. Wir konnten sie kaum hören.

»Gut, also ...« Miss Simpson runzelte die Stirn.

»Miss Simpson?« Brooke hatte sich umgedreht. »Ich glaube, Dylan braucht Sie.«

Dylan zwinkerte Brooke zu. Hielt die Hand in die Höhe gereckt.

Miss Simpson fuhr herum. »Oh, richtig.« Sie bewegte sich davon. »Also gut dann. Weiter so, Mädchen.«

Miss Simpson ging hinüber zu Dylan auf die andere Seite der Klasse. Brooke nahm die Diet Coke von Carolyns Tisch und schüttete sie auf Carolyn.

»Upps«, sagte Brooke. Gemma lachte.

Carolyn sprang auf und warf dabei ihren Tisch um. »O mein Gott.« Die Cola rann ihr über das Top und troff auf den Boden, der Stoff klebte auf ihrem Bauch.

Dylan Hall lachte. »Carolyn hat 'n vorstehenden Nabel.« Er legte die Hand auf den Mund und wusste sich nicht mehr zu halten.

Tränen füllten Carolyns Augen, sie hob den Blick und versuchte sie wegzublinzeln.

Miss Simpson kam zu ihr. »Oh …«

Carolyn lief zur Tür und schlug sie hinter sich zu. Miss Simpsons Augen richteten sich auf Gemma, dann Brooke.

Brooke sah sie geradewegs an. »Was? Das war ein Unfall.« Und sie lächelte.

Es gab Dinge in diesem Jahr, an die wir uns immer erinnern würden: das Schulfest natürlich, das Schwimmtraining und die Krankenhausgeschichte. Aber es gab auch andere Dinge, Dinge, an die sich eine von uns erinnerte, die anderen aber nicht, und wir versuchten das alles irgendwie zusammenzubauen, miteinander zu verbinden, damit es einen Sinn ergab. Wir erinnerten uns an die Textnachrichten, die Facebook-Kommentare und das eine Mal in der Toilette. Erinnerten uns daran, dass Brooke zu Carolyn gesagt hatte, sie habe Herpes. Jemand wusste auch noch, dass Carolyn die Reifen zerstochen worden waren, eine andere, dass sie die Bäume vor ihrem Haus mit Klopapier umwickelt hatten. Ja, und dann hatte sie eine aufgeplatzte Lippe – das sei der Herpes gewesen, meinten einige. Jemand erinnerte sich, dass ihr Haar im Laufe des Jahres dünner geworden sei, dass sie sich eine Augenbraue abrasiert und die Wimpern mit einem Feuerzeug versengt hatte. Wir führten kein Tagebuch, und wir schrieben nichts auf: Wir dachten, wir würden auch so alles behalten und dass die Erinnerungen in unseren Köpfen sicher wären. Aber unsere Psyche macht manchmal komische Sachen: Sie bringt die Dinge durcheinander, verdreht sie, lässt Träume Realität werden und tatsächlich Geschehenes als bloß Geträumtes erscheinen. Am Ende bildete sich jedoch eine offizielle Version heraus, in den Nachrichten, im Fernsehen und in tausend Blogs rund um die Welt. Von uns stammten diese Geschichten nicht, aber was sprach am Ende auch schon für uns? Wir hatten nichts aufgeschrieben, nicht einmal laut etwas gesagt, als es wichtig gewesen wäre und den Lauf der Dinge noch hätte ändern können. Wir waren Teil der Geschichte, saßen aber nur dabei und sahen zu. Wie einem Film. Nur schlimmer.

Miss Simpson wusste wahrscheinlich am meisten von allen. Aus unseren Fünfhundert-Wort-Aufsätzen, unseren Stellungnahmen zu kritischen Lektüren, unseren Gebeten in ihrem Büro, unserem Verhalten im Unterricht, den Geschehnissen bei beaufsichtigten Veranstaltungen. Und dann war da Mrs Matthews, die Carolyn einmal in der Woche in ihr Büro holte. Auch Mr Ferris beobachtete die Sache genau, obwohl er uns kaum dabei auffiel. Was er den Zeitungen zu berichten wusste, ging nicht zu tief, doch es zeigte, dass er uns beobachtet hatte, mehr, als wir je gedacht hätten. Am Ende hatte er am wenigsten mitbekommen, dachten wir, sich aber am meisten gesorgt.

Wir wuchsen zu schnell heran, das war es, was sie uns sagten. Wir bewegten uns zu schnell. Mit zu viel Sex, zu viel Drogen, zu viel Alkohol. Sie hatten keine Ahnung, sagten wir, sahen uns aber dennoch um und fragten uns, ob sie recht hatten. Wir wussten alles über alle, und es war schwer, unserer Kindheit zu entkommen, schwer, die Leute die Zeit vergessen zu lassen, als du dir in der zweiten Klasse noch in die Hose gepinkelt hattest, als du geheult hattest, weil deine Mutter dir aus Versehen dein Mittagessen nicht eingepackt hatte, und du dich am Ende des Sportunterrichts übergeben musstest. Aber wir taten, was wir konnten. Wir versuchten, das alles vergessen zu machen. Bei Andrew Wright war es besonders schwer.

Andrew hatte Angst vorm Dunkeln. Es fing an, als er vier oder fünf war, und wenn die Jugendgruppe der Kirche nach Six Flags fuhr, zum Weißwasser-Rafting oder etwas anderes unternahm, wofür sie in einem Motel übernachten mussten, wurden Andrews Ängste ein Thema. Er hatte ein gelbes Nachtlicht bei sich, den kleinen Woodstock von den *Peanuts,* und wir hörten, dass er, selbst wenn das Ding eingesteckt war, darauf bestand, das Licht im Bad oder im Flur die Nacht über brennen zu lassen. Als er zwölf und wir elf waren, klauten Blake Wyatt und Shane Duggan auf einer Fahrt zu einem Chorkonzert in Nashville das Nachtlicht aus seinem Rucksack und warfen es eine Stunde lang im Bus hin und her. Auf Andrews Gesicht spiegelten sich Not und Ärger, und er versuchte die Lampe abzufangen, wenn sie über die Reihen flog. Er war so groß, damals schon, und es war komisch, dass er es nicht zu fassen bekam: Seine Arme waren so lang, wie einige von den Jungs groß waren. Unsere Lehrerin, Mrs Thompson, war vorne eingeschlafen, und so kam es, dass sie erst bei unserer Ankunft am Holiday Inn etwas merkte. Andrew weinte, nur ein kleines bisschen, und er sollte erklären, was los sei. Er sagte nichts und drängte sich an ihr vorbei aus dem Bus. Später rief er seine Eltern an, damit sie ihn abholten, er blieb nicht mal diese eine Nacht. Über die Jahre gab es dann immer wieder Gerüchte, dass er sein Nachtlicht nach wie vor hätte, und er bekam bei allen Auswärtsspielen ein eigenes Zimmer. Die Leute lachten darüber, aber nach dem Tod seiner Mutter änderte sich das. Niemand sprach mehr davon. Als es dann aber mit Carolyn ernster wurde, hieß es, er könne es mit ihr nur bei Tageslicht machen. Er sei das Gegenteil eines Vampirs, sagten die Leute, und wir lachten.

Wir hatten gehört, dass Andrew im Jahr zuvor offen geweint hatte, im Englischunterricht. Es war um dieses komische Gedicht von William Carlos Williams mit der Schubkarre, dem Regen und den Hühnern gegangen, und als am Ende des Jahres Carolyns Spind ausgeräumt wurde, war eines ihrer Notizbücher voller Gedichte von Williams. *Die rote Schubkarre* hatte sie wenigstens ein Dutzend Mal hineingeschrieben, und der Rand war voller Bemerkungen in Andrews Handschrift. Was sie besagten, konnten wir nicht mit Sicherheit sagen. Die Nachrichten machten ein ziemliches Gewese darum, dabei haben wir nie richtig kapiert, was sie damit meinten. Es war schräg.

Andrew liebte Carolyn, so viel war klar. Als es mit ihnen anfing, traf er sie nach jeder ihrer Stunden. Du konntest ihn aus dem Englischgebäude rennen sehen, durchs Mathegebäude, hinein in die Naturwissenschaften und wieder zurück. Nur um sicher zu sein, dass sie keine zwei Minuten allein sein musste. Sie hielten sich bei den Händen. Wenn du hinter ihnen hergingst, musstest du einfach auf seine Knöchel starren, rot und verschwielt, und dazwischen ihre bleichen, knochigen Finger. Seine Hände wurden ganz weiß, so fest hielt er sie, und sie schmiegte sich an ihn. Es sah aus, als passten sie perfekt ineinander.

Zu der Zeit waren wir ihr etwas wohlgesinnter, höchstens vielleicht ein bisschen eifersüchtig, und wir fragten uns, warum uns nicht aufgefallen war, wie heiß Andrew war, wie stark und geschmeidig sich die Arme in seinen Poloshirts bewegten, dass die Sommersprossen um seine Nase wie kleine Sterne aussahen und seine Wimpern länger waren als unsere mit künstlicher Verlängerung. Nichts von alldem hatten wir bemerkt, nicht wirklich, bis er mit Carolyn über die Flure ging, ihr etwas ins Ohr flüsterte und nur lächelte, wenn er bei ihr war. Wir fragten uns, was sie hatte, was wir nicht hatten, was ihn durch die Gebäude rennen und ihr kleine Nachrichten schreiben ließ und weshalb er nach dem Schwimmtraining auf sie wartete, um sie nach Hause fahren zu können.

Andrew hatte in dem Jahr bis dahin nicht richtig ausgesehen, diese ganze Sache mit seiner Mom, und sah eigentlich immer noch nicht richtig aus, nicht wie der Junge, den wir vom Pausenhof der Grundschule kannten, aus der Kirche, mit den Glühwürmchen im Country Club. Aber wenn er mit Carolyn sprach, wenn er ihre Hand hielt, so fest, dass er ihr das Blut abdrücken musste, dann sah er glücklich aus. Nun, vielleicht weniger glücklich als okay. Er wirkte okay.

Später, als das Schuljahr vorbei war, hielten wir es für unfair, dass er mit den anderen in einen Topf geworfen wurde und man ihn für einen Teil der Rotte hielt. Er war mit Shane befreundet gewesen, das stimmte, aber seine Zeit mit Carolyn war etwas anderes – und schien so wirklich. Hinterher fragten wir uns, wie es wohl ausgesehen hätte, wenn sie gleich mit Andrew gegangen und nicht zwischen Shane und Brooke geraten wäre. Wäre dann alles anders gekommen? Wahrscheinlich nicht, sagten wir uns, wahrscheinlich nicht.

Carolyn fing an, etwas zuzunehmen, es fiel uns zuerst an ihrem Gesicht auf: Es wirkte runder, ihre Augen schienen heller, und plötzlich hatte sie einen Busen, was etwas war, worüber sich einige vorher lustig gemacht hatten. Sie sah besser aus, wenn wir ehrlich waren, menschlicher, weniger wie Barbies jüngere Schwester. Insgeheim freute uns das, vielleicht würde es ja immer so weitergehen, und sie würde ein Pummel und am Ende richtig dick. Es gefiel uns, dass sie nicht so perfekt war, wie wir gedacht hatten. Lauren Brink versuchte während des Schwimmtrainings ihre Jeans in ihrem Spind zu finden, um zu sehen, ob es immer noch eine 22 war, aber als wir den Spind endlich aufhatten und die Jeans herausholten, waren die Größen alle aus den Schildern gerissen, und wir konnten es nicht sagen.

Wir hörten, dass Carolyn und Andrew das Mittagessen in der Adams ausfallen ließen und stattdessen jeden Tag woanders hingingen: In einigen der Fast-Food-Restaurants von Adamsville, wie es sie nur im Süden gab, war Carolyn noch nie gewesen. Sie hatte noch nie ein Hardee's Biscuit gegessen, nie eine Bratensoße, die tatsächlich grau war, kannte Whataburger nicht und auch keinen Barbecue. Andrew hielt das für irrsinnig, auf eine süße Weise, und die Leute sahen die beiden in der Stadt, essend, redend, Händchen haltend. Carolyn zeigte ihm auch was: Sie gab Andrew Musik, die er noch nie gehört hatte, oder wenn, dann nicht bewusst, nicht wirklich. Sie lieh ihm auch Bücher: Philosophie, Gedichte, experimentelle Literatur. Sie gab sich frittierten Gurken und gefüllten Kartoffeln hin, er den Beats, Nietzsche und Sylvia Plath. Sie wurden erwischt, wie sie im AV-Club-Raum herumknutschten, im Umkleideraum neben der Aula, im Kabuff von Hausmeister Ken. Alles im Prinzip jugendfrei, alles voll angezogen, so haben wir es gehört. Andrew trauerte immer noch um seine Mom, das war der offizielle Ausdruck für keinen Sex, aber die Leute sagten, er hätte nur Angst vor ihren Geschlechtskrankheiten. Vor Gericht, später, wurde nie festgestellt, dass sie miteinander geschlafen hatten. Einige Leute redeten von dem Blowjob in Nicoles Pool, aber wir waren alle viel zu betrunken gewesen, um da irgendwas zu bestätigen. Und es wusste sowieso keiner, ob das Sex war.

Niederschrift (*Fortsetzg.*)

(Niederschrift des Beratungsgesprächs zwischen Carolyn Lessing und Barbara Matthew. Das Band ist nicht datiert und scheint die Fortsetzung eines früheren Gesprächs, fand aber auf jeden Fall in der zweiten Hälfte des Schuljahres 2010/11 statt.)

Mrs Matthew: Haben Sie eine enge Beziehung zu Ihrem Vater?
Carolyn: Was?
Mrs Matthew: Sie haben davon gesprochen, dass Sie Ihren Vater angerufen haben. Das scheint Ihnen wichtig.
Carolyn: Ja, warum, ist das ungewöhnlich oder was? Gott.
Mrs Matthew: Wie geht es zu Hause?
Carolyn: Das geht ja ziemlich hin und her.
Mrs Matthew: Entschuldigung?
Carolyn: Sie scheinen von einem Thema zum nächsten zu springen. Wirklich, wirklich schnell.
Mrs Matthew: Ich versuche nur etwas zu finden, was Ihnen als Thema angenehm ist.
Carolyn: Weil mit mir was nicht stimmt.
Mrs Matthew: Niemand sagt das.
Carolyn: Aber ich bin diejenige, die bei Ihnen sitzt.
Mrs Matthew: Ja.
Carolyn: Nicht Brooke. Nicht Gemma. Oder eine der anderen.
Mrs Matthew: Nun, über andere Schüler darf ich nicht sprechen.
Carolyn: Die ärztliche Schweigepflicht? Verstehe.
Mrs Matthew: In etwa.
Carolyn: Nur, dass Sie keine Ärztin sind.
Mrs Matthew: Wie bitte?
Carolyn (lacht): Es ist nur so, dass Sie nicht wirklich eine Ärztin sind. Nicht mal eine Psychologin. Und ich bin nicht sicher, ob man Sie das hier tun lassen sollte.

Mrs Matthew (räuspert sich): Nein, ich bin kein Psychiater und auch keine Psychologin. Ich bin nur hier, um zu helfen.
Carolyn: Verstehe.
Mrs Matthew: Es gibt keinen Grund, unhöflich zu werden, Carolyn.
Carolyn: Ma'am?
Mrs Matthew: Sie wissen, was ich meine. Ich möchte Ihnen helfen. Okay?
Carolyn: Okay.
Mrs Matthew: Ja.
(Eine Pause. 42 Sekunden.)
Carolyn: Es ist, also, aus Versicherungsgründen?
Mrs Matthew: Was?
Carolyn: Müssen Sie das tun? Müssen Sie mit mir reden? Damit Sie Ihren Versicherungsschutz behalten, falls ich etwas Verrücktes mache in der Schule?
Mrs Matthew: Was? Nein.
Carolyn: Wie nach der Sache vor Weihnachten? Vielleicht sind Sie gesetzlich VERPFLICHTET, mir Fragen zu stellen.
Mrs Matthew: Carolyn, wir kommen vom Thema ab.
(Es wird Wasser eingeschenkt.)
Mrs Matthew: Können Sie mir jetzt vielleicht sagen, wie es zu Hause geht?
Carolyn: Gut.
Mrs Matthew: Sie verstehen sich mit Ihrer Mutter?
Carolyn: Yeah, gut.
Mrs Matthew: Könnten Sie etwas genauer sein?
Carolyn: Ähm. Ich weiß nicht. Also, ich mag unser neues Haus. Es ist größer als unser letztes.

Mrs Matthew: Und das ist gut?
Carolyn: Yeah, natürlich ist es das.
Mrs Matthew: Und haben Sie das Gefühl, mit Ihrer Mutter sprechen zu können?
Carolyn (lacht): Nein.
Mrs Matthew: Da scheinen Sie ja ziemlich sicher zu sein.
Carolyn (lacht noch immer): Sie ist … Nun, sie hat einfach viel zu tun.
Mrs Matthew: Die Arbeit?
Carolyn: Yeah, ihre Arbeit. Und mit lehrplanunabhängigen Tätigkeiten.
Mrs Matthew: Was meinen Sie damit?
Carolyn: Oh, wissen Sie, ihre Trainiererei, und sie hat jetzt einige Freunde.
Mrs Matthew: Sie geht also viel weg?
Carolyn: Das ist alles relativ, würde ich sagen.
Mrs Matthew: Sind Sie viel allein?
Carolyn: Nein, nicht so viel.
Mrs Matthew: Aber ein paar Abende in der Woche?
Carolyn: Yeah. Vielleicht drei, vier?
Mrs Matthew: Hmmm.
Carolyn: Aber das ist in Ordnung, wissen Sie?
Mrs Matthew: Haben Sie es lieber so?
Carolyn: Womöglich.
Mrs Matthew: Was können Sie zu Hause tun, was nicht geht, wenn Ihre Mutter da ist?
(Eine Pause. 15 Sekunden.)
Carolyn: Wenn ich das Haus für mich habe, kann ich zum Beispiel alle Fenster aufmachen, wissen Sie. Und lüften. Meine Mutter macht das nie, und das soll man

machen, so wenigstens einmal am Tag. Auch im Winter … Das ist so, mit der blöden Klimaanlage, also sie vergisst, dass die immer wieder dieselbe Luft recycelt, und die wird ganz schal, und es fängt an zu riechen oder so, und es ist so … Mir wird ganz schlecht davon. Wenn sie zu Anfang der Woche indisches Essen oder so bestellt, dann stinkt das Haus, als wohnten wir in einer Wohnung über einem Bombay-Imbiss.
Mrs Matthew: Was sonst tun Sie noch alleine?
Carolyn: Ich weiß nicht.
(Eine Pause. 10 Sekunden.)
Ich höre Musik, nehme ich an. Und ich kann sie wirklich laut aufdrehen. In New Jersey? Da haben meine beste Freundin und ich das immer nach der Schule gemacht. Wir haben heruntergeladen, was wir wollten, manchmal sogar alte Sachen, es auf den iPod geladen und in die Anlage gestöpselt. Und dann haben wir aus vollem Hals mitgesungen. Hier mag keiner gute Musik.
(Es wird Wasser eingeschenkt.)
Mein Dad hat mir immer Unmengen Musik gekauft, wissen Sie? Sogar klassische Musik, die ich nicht wirklich mag, aber ich mochte es, wenn er sie spielte.
Mrs Matthew: Und warum das?
(Eine Pause. 12 Sekunden.)
Carolyn: Er schloss die Augen, sobald es losging, und er beschrieb mir die Sätze, was in ihnen geschah und was es bedeutete, oder was er dachte, was es bedeutete. Sein Gesicht wurde ganz weich, er hatte die Augen geschlossen, sah fast aus, als würde er schlafen, und sagte mir, ich solle mich zu ihm setzen, in seinen Ses-

sel, und manchmal hasste ich es, ich bin schließlich keine fünf mehr, wissen Sie? Aber wenn ich bei ihm saß, konnte ich sein Herz schlagen fühlen, erst echt schnell, oder schneller als meines, aber wenn ich ganz still und nahe bei ihm saß, dann wurde es langsamer, und vielleicht wurde meines schneller? Irgend so was. Ich legte den Kopf auf seine Brust und meine Finger an meinen Hals, und nach ein, zwei Sätzen Bach waren wir gleich. Unser Puls, meine ich. Ich konnte es kaum glauben.

(Husten. Es wird Wasser eingeschenkt.)

Mrs Matthew: Vermissen Sie das?

Carolyn: Ich bin zu alt dafür. Das wäre jetzt irgendwie schräg.

Mrs Matthew: Warum?

Carolyn: Ich bin sechzehn, das ist alles. Ich bin zu alt dafür. Die Leute würden denken, mit mir stimmt was nicht, wenn ich es immer noch täte.

Mrs Matthew: Aber Sie vermissen es?

Carolyn: Ich weiß nicht. Nicht wirklich.

Mrs Matthew: Würde Ihr Dad es mögen, wenn Sie es noch täten?

Carolyn: Wenn ich ihn sehe, ja, ich nehm's an. Aber ich habe ihm gesagt, dass ich zu alt dafür bin.

Mrs Matthew: Wie hat er darauf reagiert?

Carolyn: Tut mir leid, dass ich das aufgebracht habe, wissen Sie? Es ist nicht wichtig.

(Ende der Niederschrift.)

März

kapitel 22

Im März, direkt vor den Frühjahrsferien, vielleicht am Dienstag oder Mittwoch vorher, gab es einen Rohrbruch im Mathegebäude, und wir mussten alle hinaus. Wir dachten, das bedeute, dass wir nach Hause geschickt würden – es musste doch eine Vorschrift geben, dass man Schüler nicht in einem Gebäude ohne Toiletten behalten durfte. Aber wir kamen den Nachmittag über in die Bibliothek, wo wir uns »still« auf unsere Prüfungen vorbereiten sollten. Wir stöhnten, waren aber gleichzeitig glücklich: Es bedeutete, dass wir sitzen konnten, wo wir wollten, und selbst wenn wir nicht reden durften, konnten wir doch simsen und herumgucken und mussten nicht Miss Simson, Mr Ferris oder Coach Cox für den Rest des Tages zuhören.

Entlang der Wände in der Bibliothek standen fünfundzwanzig Macs, und während der Studienstunden und Freistunden durften wir ins Netz. Die Blockierungen und Filter, die die Bibliothekare eingerichtet hatten, ließen sich superleicht aus- und am Ende wieder einschalten. Es war irre, welche Mühe sie sich gaben, um uns vor Pornos, Sexmonstern und fiesen Chatrooms zu schützen. Wir waren an dem Zeugs sowieso nicht interessiert und wollten einfach nur auf Facebook und verschiedene Sachen googeln: Was bedeutete ein komischer Ausschlag, was war mit unregelmäßigen Perioden, wie wurde man am besten zehn Pfund los, in welchem Alter verloren Mädchen im Durchschnitt ihre Unschuld, solche Sachen.

Als wir hinkamen, saßen Brooke und Gemma an den Macs ganz rechts neben der Lyrikecke, wo eigentlich nie jemand war. Der Rest der Computer war ebenfalls besetzt, die Band-Freaks waren in Pulks hereingekommen und hatten ihre Instrumente hinter sich stehen. Wir setzten uns an die runden Tische in der Mitte, sahen zu den Goths rechts von uns hinüber, die sich die Fingernägel mit Tipp-Ex lackierten, und zu den Jungs aus der Neunten, die links von uns Taschenbuchausgaben von *Der Herr der Ringe* hervorholten. Wir setzten uns so, dass wir die Computer im Auge hatten und verfolgen konnten, was Brooke und Gemma machten. Dabei hielten wir zwei Plätze für sie frei – nicht, dass sie sich zu uns setzen würden, aber trotzdem. Nur für den Fall.

Die Bibliothekare sagten, wir sollten leise sein und dass Mr Overton später komme, um sich zu versichern, dass wir uns benahmen, worauf wir die Augen verdrehten. Brooke und Gemma lachten und wurden ermahnt, ruhig zu sein. Zwei Minuten später lachten sie wieder und bekamen ihre erste Verwarnung. Danach blieben sie ruhig, nur Brooke war zu hören, wie sie ihren Kaugummi kaute und Blasen platzen ließ. Ihr gelangen Blasen so groß wie ihr Gesicht. (Einige Jungs meinten, das zeige, wie gut sie mit der Zunge sei.)

Wir machten unsere Trigonometrie-Hausaufgaben, zumindest lagen die Bücher vor uns, tatsächlich aber simsten wir herum und versuchten herauszubekommen, was die Leute am Wochenende vorhatten. Alle paar Minuten sahen wir zu Brooke und Gemma hinüber, so oft wie möglich, ohne dass die beiden dachten, wir seien lesbische Stalker.

Andrew und Carolyn kamen nach dem Klingeln zur fünften Stunde. Sie waren im naturwissenschaftlichen Gebäude gewesen, wo sie zusammen Biologie gehabt hatten. Als sie den Raum betraten, glaubten wir Brooke »Hure« sagen zu hören oder etwas Ähnliches, waren aber nicht wirklich sicher. Einer der Goths lachte, was wir merkwürdig fanden, wo sie die Cheerleader doch nicht ausstehen konnten, und ein Loser aus der Neunten hinter uns sagte, Carolyn habe es seit ihrem Umzug nach Adamsville mit sechs Typen getrieben und dass sie wahrscheinlich eine STD habe, eine sexuell übertragbare Krankheit. Andrew und Carolyn gingen zu einem Tisch vor uns, bei den Zeitschriften, und als sie sich setzen wollten, sagte einer von den Goths, der Tisch sei reserviert, worauf Carolyn schon wieder gehen wollte, aber Andrew sagte: »Fick dich«, und setzte sich. Jemand warf eine Papierkugel, einen triefenden, riesigen Spuckeball, der knapp an Carolyns Kopf vorbeiflog. Ob sie tatsächlich auf sie gezielt hatten, war nicht klar, und wir konnten auch nicht sagen, woher die Kugel gekommen war, aber die Leute an den Computern lachten und ihre Rücken bebten, während sie die Tastaturen vor sich bearbeiteten. Mrs Kelly, die Bibliothekarin, saß in ihrem Büro. Die achteten nie auf was, sagten wir später, die wollten nur den Tag überstehen, um nach Hause zu ihren Katzen, ihren selbstgebrannten Staffeln von *Grey's Anatomy* oder sonst einem traurigen Hobby zu kommen, dem sie in ihrer Freizeit nachgingen.

Andrew holte seine Bücher vor Carolyn heraus. Sie saß einfach nur da, legte nach sieben, acht Minuten den Kopf auf den Tisch und schlief ein, oder lag nur mit geschlossenen Augen da, wir wussten es nicht. Andrew las, machte sich Notizen und sah sich nicht um. Er war konzentriert. Später hörten wir, dass er in dem Halbjahr in fast allen Kursen durchgerasselt war. Während er mit Carolyn ging, stand er außer in Sport und in Verkehrserziehung, wo er der Assistent des Lehrers war, fast überall auf der Kippe. Im Nachhinein ist es schwer vorstellbar, was er da in der Bibliothek wohl machte, aber er war konzentriert bei der Sache, sah nicht auf und um sich herum, sondern hielt den Kopf unten.

Ein Klingelton, das Nokia-Klingeln, kam aus Carolyns Tasche. Zwei, vielleicht sogar drei Minuten ging das so, und wir sahen, wie Andrew Carolyn durchs Haar fuhr und sie zu wecken versuchte. Sie hob den Kopf kaum, griff nach ihrer Tasche, nahm ihr Nokia und das Klingeln erstarb. Wir beobachteten ihr Gesicht, als sie auf das Display sah. Ihr Mund bewegte sich, ihre Augen füllten sich mit Tränen, die Wangen glühten, und sie warf das Handy vor sich auf den Tisch. Andrew nahm es, las, hob den Kopf und stand halb auf. Er wandte sich um und heftete den Blick auf Gemma und Brooke, die ihn offen ansahen. Sie lachten nicht, aber sie wirkten glücklich, erfreut, stolz. Wie immer.

Carolyn stand auf und schwang sich die Tasche über den Kopf. Sie drehte sich weg, aber Andrew griff nach ihr. Er flüsterte ihr etwas ins Ohr. Wir versuchten in unsere Bücher zu blicken, konnten es aber nicht, nicht wirklich. Er zog sie an sich, und ihr Körper lockerte und entspannte sich. Sie fuhr ihm durchs Haar. Er saß immer noch und zog an ihr, als wollte er sie küssen oder auf den Stuhl binden, doch nichts von alledem geschah. Er ließ sie gehen. Sie lief hinaus, und erst jetzt kam Mrs Kelly aus ihrem Büro, wahrscheinlich, um sie aufzuhalten. Aber Carolyn war zu schnell, und wir sahen Brooke und Gemma ihr lächelnd hinterherwinken.

Abends postete jemand einen Google-Suchverlauf im Hotlist-Blog und schrieb, er sei von Brooke More. Sie habe beim Verlassen der Bibliothek sämtliche Cookies und alles auf dem Computer zurückgelassen. Der anonyme Blogger hatte einen Screenshot gemacht und ihn gesichert. Da standen die gewohnten Dinge: »10 Pfund in einer Woche verlieren«, »billige Coach-Taschen«, und das Peinlichste überhaupt: Sie hatte ihren eigenen Namen gegoogelt. Weiter unten auf der Liste standen aber noch andere Dinge: Dinge, an die wir uns später am deutlichsten erinnerten und die wir besonders diskutierten: »Sperma im Arsch schwanger?«, »Zähne bei Blowjob im Weg« und »Freund eifersüchtig machen«. Eine Stunde war die Liste zu lesen, bis Brooke eine Massenmitteilung verschickte, per SMS und via Facebook, und wen sie sah, dem sagte sie es persönlich: »Vor mir war eine Yankee-Schlampe am Computer, und ihr dürft alle mal raten, wer.«

Wir glaubten ihr nicht. Carolyn war erst später gekommen und früh wieder gegangen, und das war sowieso nicht ihre Art. Niemand bestätigte, dass Carolyn irgendwas gemacht hätte, und wir haben nie herausgefunden, was an dem Tag auf ihrem Handy zu lesen war. Wir gaben nicht viel darauf, nicht wirklich. Alle bekamen

Spams oder fiese Nachrichten von Leuten, die sie nicht mochten. Das waren Dinge, mit denen man leben musste. Dinge, über die man wegkommen musste. Heute denken wir, dass es vielleicht besser gewesen wäre, wenn wir ihr gesagt hätten, das sei alles nicht so schrecklich, und dass sie nicht ausflippen oder denken solle, sie sei so was wie eine Sozial-Aussätzige, nur wegen ein paar Postings und Textnachrichten von irgendwelchen gemeinen Zicken. Wir hätten ihr auch raten können, nicht mehr mit den Ex-Freunden von Leuten herumzuhängen und zu versuchen, den Kopf unten zu halten. Aber wir taten nichts von alledem. Wir hatten mit unserem eigenen Kram zu tun, plus: Etliches davon hätte sie selbst wissen müssen.

In der folgenden Woche, nachdem der Rohrbruch behoben war, saßen wir in Trigonometrie und gaben uns Mühe, wach zu bleiben, nicht aus dem Fenster zu sehen und gegen den Drang anzukämpfen, unsere Handys herauszuholen, Nachrichten zu schreiben und unsere Facebook-Accounts zu checken. Wir sahen vor zu Mr Ferris, der von Sinus, Cosinus und Tangens erzählte. Hunderte Male mussten wir den Satz des Pythagoras aufschreiben, als würde das irgendwas helfen. »Die Summe der Quadrate über den Schenkeln des rechtwinkligen Dreiecks ist gleich dem Quadrat über der Hypotenuse: Können Sie mir sagen, was an dem Satz so bedeutend ist?«

Carolyn kannte die Antwort, das wussten alle, doch sie hob niemals die Hand oder rief etwas in die Klasse. Mr Ferris suchte unsere Gesichter ab, aber niemand wollte Blickkontakt mit ihm aufnehmen. Wir bissen an unseren Nagelhäutchen, sahen auf unsere Tische, aus dem Fenster oder starrten einfach seine Ohren an.

Er ließ den Blick schweifen und lächelte dann: »Hallo, keiner zu Hause?«

Es war schwer, obwohl er nett war. Es war schwer, vielleicht falsch zu liegen. »Weiß es niemand? Nein?«

Husten. Eine Handy piepte, und noch eins meldete sich, Soulja Boys *Crank Dat* als Klingelton. Mr Ferris lachte. Er war der einzige Lehrer der Schule, der uns unsere Telefone im Unterricht ließ, sie uns behalten ließ, und so rührten wir sie in Trigonometrie niemals an. Umgekehrte Psychologie wahrscheinlich, aber das machte uns nichts.

»Also gut. Es ist eine Aussage über Flächen und Längen. Und sowohl Geometrie als auch Algebra.«

Er schien zufrieden, ohne dass wir verstanden hätten, warum. Er bat uns, mit unseren Zirkeln Einheitskreise zu zeichnen, auf Millimeterpapier.

Wir kamen seiner Aufforderung nach, und er sagte: »Ziehen Sie eine Linie durch den Mittelpunkt, im Winkel zur positiven Seite der x-Achse, bis zum Schnittpunkt mit dem Einheitskreis.«

Er wartete und begann etwas an die Tafel zu schreiben.

»Okay, fertig? Die x- und y-Koordinaten dieses Schnittpunktes entsprechen cos beziehungsweise sin. Können Sie das eintragen?«

Er holte seinen großen Kreidezirkel hervor und zeichnete seinen eigenen Kreis auf die Tafel, wobei der hölzerne Griff kurz darüberkratzte. Der dabei entstehende Ton ließ die Klasse aufjaulen.

»Tut mit leid.« Er lachte etwas. »Okay. Da haben wir ihn. Das Dreieck in der Zeichnung setzt die Formel um. Der Radius bildet die Hypotenuse und hat die Länge 1, damit haben wir sin = y/1 und cos = x/1.«

Er hielt kurz inne, sah uns an und schien besorgt, uns verloren zu haben. Er räusperte sich. »'tschuldigung. Es geht mit mir durch. Kann mir vielleicht jemand so einfach wie möglich erklären, was ein Einheitskreis ist und warum der so wichtig für uns ist? Jessica?«

Jessica wurde rot, zögerte und spuckte ihre Worte dann förmlich raus: »Ein Einheitskreis hat einen Radius von eins. Es ist ein Kreis mit einem Radius von eins.«

Mr Ferris lächelte. »Richtig, ähm. Und warum ist das gut für uns?«

»Weil es so einfach ist?« Jessica lachte halb, als sie das sagte, sah sich um, und ein paar andere lachten auch. Sie fuhr fort, und ihre Stimme war jetzt fester und nicht mehr so zittrig. »Ich meine, es ist einfach. Der Kreis. Ich meine, wir können da viele verschiedene Winkel, Dreiecke, Längen und so sehen und Dinge kapieren. Da gibt's eine App dazu, wissen Sie? Für den Einheitskreis, meine ich.«

»Wirklich?« Mr Ferris lächelte. »Gut, gut. Das ist super.«

Wir trugen weiter Winkel ein, markierten die Funktionen und maßen die Radianten. Mit Zirkel und Lineal konnten unsere Kreise fast aussehen wie die Abbildungen im Buch, und das gefiel uns. Es war Mathe und Zeichnen, aber mit weniger Risiko, etwas falsch zu machen.

»Macht weiter, okay? Übt bis zum Ende der Stunde.«

Er ging durch die Klasse, schob sich zwischen den Tischen hindurch, und wir konzentrierten uns auf unsere Zeichnungen, rotierten durch unsere Kreise und versuchten unsere Schrift wie den Druck in einem Buch aussehen zu lassen. Drehbleistifte, Millimeterpapier, Radiergummis in Form von Früchten, Herzen oder Sprudelflaschen – wir mochten unser Arbeitsmaterial. Das Millimeterpapier war wie ein Bild aus dem *Magischen Auge:* Wenn du lange genug daraufsahst, kamen dir die Formen entgegen, wie von unter dem Papier, unter dem Tisch. Wir mussten uns konzentrieren, und Jason Nelson steckte immer die Zunge links oder rechts aus dem Mund. Jessica Grady zwirbelte ihre Füße um die Stuhlbeine, und Lauren Brink summte Show-Melodien, bis jemand eine Papierkugel nach ihr warf und sagte, sie solle den Mund halten.

Wir waren so absorbiert, so in unsere Arbeit versunken, dass Jessica Grady aufschrie, als Mr Ferris Luft holte und »Himmel, was zum Teufel …!« rief.

Wir sahen auf. Er stand vor Carolyns Tisch, ganz hinten in der Ecke. Sie blickte zu ihm auf, mit großen, leeren Augen, von ihm konnten wir nur seinen Hinterkopf sehen. Ihr Millimeterpapier war mit roten und rosa Flecken bedeckt, und um ihren Tisch herum war noch mehr Rot. Sie hielt den Zirkel in der Hand und seine Spitze steckte tief im Fleisch ihres linken Arms.

Mr Ferris zog ihn ihr aus der Hand, und sie ließ ein Keuchen hören, hielt den Arm aber still, während der Rest ihres Körpers zitterte, streckte ihn gerade vor sich hin. Das Blut quoll in ungleichmäßigen Intervallen aus ihm hervor, es sah dünn und wässrig aus, nicht dick wie im Kino oder im Fernsehen. Wir fragten uns, was mit ihr nicht stimmte. Anämie, sagte jemand später.

»Holt bitte einer die Schwester aus der Erste-Hilfe-Station.«

Jason und Adam standen auf und liefen auf den Flur.

Niemand sagte ein Wort, und wir warteten darauf, dass Mr Ferris uns befahl, wieder an unsere Arbeit zu gehen, nicht so zu glotzen oder den Mund zu halten. Aber er blieb stumm, griff nach Carolyns linker Hand und zog sich die Krawatte herunter, dunkelviolett mit Blumen darauf, die man nur ganz aus der Nähe erkennen konnte. Er hatte seine Mühe mit dem Ding – warum nahm er nicht beide Hände zu Hilfe? –, schüttelte den Kopf und atmete schwer, als er sie endlich losbekam. Er wickelte die Krawatte um ihren linken Arm, Carolyn wehrte sich nicht. Ihr Ausdruck blieb die ganze Zeit unverändert, unverwandt sah sie Mr Ferris an, sah ihm in die Augen, ohne einen Blick für uns, kaum einmal blinzelnd. Ihre Haut wurde grau, grauer als alles, was wir je gesehen hatten, und ihr Körper sackte nach hinten auf den Stuhl. Sie sah aus wie ein Heliumballon, aus dem das Gas entwich, aber ihre Augen blieben auf Mr Ferris fixiert, der nicht aufhörte den Kopf zu schütteln. »Was zum Teufel, was zum Teufel …«

Mrs Matthew kam mit Jason und Adam in die Klasse, die sagten, sie hätten die Schwester nicht finden können, und Mr Ferris zog Carolyn auf die Beine – sie war leichter als seine Kuriertasche, dachten wir – und brachte sie mit Mrs Matthew hinaus. Er sagte uns nicht, was wir machen sollten, während er weg war, und übertrug auch niemandem die Aufsicht. Aber als sie hinausgingen, konnten wir sein Gesicht sehen. Ihm liefen die Tränen herunter.

Einige Leute sagten später, er habe geweint, weil er in sie verliebt sei. Sie sagten, sie hätte sich im Unterricht verletzt, im hellen Tageslicht, vor aller Augen, weil sie seine Beachtung wollte. Nichts davon sollte sich als wahr erweisen, oder beweisbar, aber es machte wieder und wieder die Runde, bis Mr Overton Mr Ferris wegen des Verdachts unangemessenen Verhaltens vom Dienst suspendierte. Sein Bild war vorne auf der Zeitung. Blake erzählte uns ein Weile später, dass er von den Typen, die tagsüber im Kino arbeiteten, gehört habe, Mr Ferris sei jeden Nachmittag dort und sehe sich jeden einzelnen Film an, und wenn nichts Neues anlief, fing er mit den alten noch mal von vorne an. Er ging nach dem Alphabet vor.

Die Leute wunderten sich, warum er nicht wegzog. Er stammte nicht aus Adamsville, was würde es also für einen Unterschied machen? Aber er blieb, und vielleicht konntest du ihn sogar bei einem Footballspiel oder einem Basketballspiel sehen, in Jeans und ohne Krawatte. Er verlor seine Bräune und ließ sich einen Bart wachsen, aber der war dünn und ungleichmäßig. Und selbst Leute, die gesagt hatten, dass seine Suspendierung ein Witz und all die Rederei über ihn und Carolyn reines Geschwätz sei, selbst die wünschten, er würde nicht mehr bei den Spielen auftauchen. Werd erwachsen, Junge, und lass dich nicht so gehen.

Aber das kam alles später, und er war wahrscheinlich nicht der Einzige, der einzige Lehrer, der scheiterte. Zu der Zeit betrachteten wir es nie aus ihrem Blickwinkel, das gehörte schließlich zu ihrem Job. Sie taten uns nicht leid, nicht wirklich, und wir zerbrachen uns die Köpfe auch nicht zu sehr über Carolyn. Wir hielten die ganze Sache für völlig verfahren und dachten, dass sie es ein bisschen weit trieb, aber eigentlich wollten wir das alle, dachten wir, es weit treiben. Wenn wir nur den Mumm dazu hätten.

Niederschrift (Fortsetzg.)

Carolyn: Wird das jetzt lange dauern? Wir haben eine Trigonometrie-Prüfung.
Mrs Matthew: Es dauert so lange wie nötig, Sweetheart. Und ich habe schon mit Mr Ferris gesprochen. Sie sind von der Prüfung befreit, und auch vom Rest des Unterrichts heute.
Carolyn: Wow.
Mrs Matthew: Warum »wow«?
Carolyn: Sie müssen das ja für ziemlich ernst halten. Was immer es sein mag.
Mrs Matthew: Die Leute machen sich Sorgen, Sweetheart.
Carolyn: Carolyn.
Mrs Matthew: Wie bitte?
Carolyn: Ich heiße Carolyn.
Mrs Matthew: Ja, natürlich. Aber wir machen uns tatsächlich Sorgen um Sie.
Carolyn: Wer ist »wir«?
Mrs Matthew: Das Kollegium. Ihre Lehrer. Ihre Mitschüler. Ihre …
Carolyn (lacht): WOW.

Mrs Matthew: Überrascht Sie das?
Carolyn (lacht noch immer): Das tut es wirklich. Wow.
Mrs Matthew: Nun, die Leute sorgen sich um Sie, Carolyn. Sie haben hier Freunde, wissen Sie.
Carolyn: Ach ja?
Mrs Matthew: Ja. JA.
(Eine Pause. 1 Minute, 45 Sekunden.)
Mrs Matthew: Möchten Sie ein paar Taschentücher?
Carolyn: Nein, danke.
Mrs Matthew: Nun, hier sind welche, falls Sie doch welche wollen.
Carolyn: Danke.
(Eine Pause.)
Mrs Matthew: Können Sie mir sagen, woher der Fleck auf Ihrer Brust stammt, Carolyn?
Carolyn: Was? Oh, das habe ich der Schwester schon gesagt. Meine Mutter hatte einen Freund da, der Zigarre raucht, und die ist auf mich gefallen.
Mrs Matthew: Auf Sie gefallen?
Carolyn: Ja, sie ist auf mich gefallen.
Mrs Matthew: Wie genau ist das passiert?
Carolyn: Das habe ich schon erklärt.
Mrs Matthew: Verstehe.
Carolyn: Es war ein Unfall.
Mrs Matthew: Wenn jemand versuchen sollte, Ihnen weh zu tun, Carolyn …
Carolyn: Nein.
Mrs Matthew: Wir sind gesetzlich verpflichtet, diese Fragen zu stellen, Carolyn.
Carolyn: Yeah, verstehe. Und ich habe sie beantwortet.

Mrs Matthew: Okay. Wir kommen vielleicht noch einmal darauf.

(Eine Pause. 1 Minute, 17 Sekunden.)

Mrs Matthew: Können Sie mir etwas zu den Malen auf Ihren Armen sagen?

Carolyn: Ich weiß nicht, was Sie meinen.

Mrs Matthew: Die Schnitte in Ihren Armen.

Carolyn: Soll das hier eine Therapie sein?

Mrs Matthew: Ich will nur ein paar Dinge klären, bevor wir anfangen …

Carolyn: Weil ich schon einen Therapeuten HABE, wissen Sie? Und der gibt mir Rat und Pillen und …

Mrs Matthew: Ihr Therapeut gibt Ihnen Pillen?

Carolyn: Ja, auf Rezept. Medizin.

Mrs Matthew: Verstehe, könnten Sie mir aufschreiben, was Sie nehmen? Dann können wir über ein paar andere Dinge reden.

(Eine Pause. 3 Minuten, 2 Sekunden.)

Mrs Matthew: Danke, Carolyn. Das ist wirklich sehr hilfreich.

Carolyn: Okay.

Mrs Matthew: Ich habe gehört, Sie und Brooke Moore hatten im letzten Halbjahr eine Art Auseinandersetzung gehabt? In der Umkleide?

Carolyn: Das ist abgehakt.

Mrs Matthew: Wie das?

Carolyn: Wir mussten mit Mr Overton und Miss Simpson reden. Wir durften an ein paar Stunden nicht teilnehmen und mussten extra Aufgaben erledigen.

Mrs Matthew: Ich verstehe. Und ist es danach noch

zu anderen Vorfällen gekommen? Die vielleicht nicht gemeldet wurden?
Carolyn: Ja.
Mrs Matthew: Mit Brooke Moore?
Carolyn: Ja. Und mit anderen Mädchen.
(Eine Pause. 32 Sekunden.)
Carolyn: Aber das stört mich nicht wirklich.
Mrs Matthew: Nein?
Carolyn: Nein. Ich wünschte nur, dass sie mich in Ruhe ließen, wenn sie mich schon nicht mögen.
Mrs Matthew: Sie in Ruhe ließen?
Carolyn: Sich zum Beispiel nicht mehr über mich lustig machten. Wenn sie aufhören würden, mich zu mobben.
Mrs Matthew: Sie mobben Sie? Schikanieren Sie?
Carolyn: Ich weiß nicht, wie man das nennt. Aber sie sind gemeine Biester. Und ich versuche nett zu sein, aber das ändert nichts.
Mrs Matthew: Was ist mit den Jungs?
Carolyn: Ein paar hassen mich ebenfalls. Aber die meisten sind netter als die Mädchen.
Mrs Matthew: Ich denke, es könnte eine gute Idee sein, wenn Sie versuchten, ein paar zusätzliche Freundinnen zu bekommen.
Carolyn: Hatte ich ja.
Mrs Matthew: Ja?
Carolyn: Aber jetzt nicht mehr. Das erkläre ich doch gerade.
Mrs Matthew: Sagen Sie mir: Hatten Sie je richtig enge Freundinnen, Carolyn?
Carolyn: Ich? Yeah, natürlich. Nicht Unmengen, aber ja, doch.

(Eine Pause. 42 Sekunden.)
Carolyn: Als ich klein war, mit vier oder vielleicht fünf, ja, fünf würde ich sagen, denn ich war schon in der Schule, also da ging mein Vater mit mir und Sara Stewart in den Zirkus – Sara war meine beste Freundin und wohnte nur eine Straße weiter –, und ich erinnere mich, wie sehr ich die Akrobaten mochte, wissen Sie? Die am Trapez. Dabei gab es eine, die konnte sich allein in die Luft heben, ich meine, die hob sich auf einem Arm in den Handstand. Ich kann es nicht mehr genau beschreiben, aber Sara und ich, wir waren so: »Das ist unglaublich«, und haben uns während der gesamten Vorführung bei den Händen gehalten, es waren drei Stunden oder irgend so was Wahnsinniges. Danach hat uns mein Dad Ballonfiguren gekauft, ich meine, wir haben dem Clown dabei zugesehen, wie er sie gemacht hat. Saras war eine Blume und meine ein Herz. Als wir auf dem Heimweg tanken mussten, hat Sara ihren Ballon verloren und geweint, geweint und geweint. Mein Dad kriegte vorn hinterm Steuer einen ganz roten Kopf, er hat sie angeschrien – ich sehe seine Augen noch im Rückspiegel –, und ich war völlig in Panik, sei ruhig, sei ruhig, aber sie wollte nicht aufhören. Da habe ich ihr mein Herz geschenkt, und sie hörte auf, sofort. Aber danach durfte sie nicht mehr zu uns kommen.
(Eine Pause. 40 Sekunden.)
Kann ich ein Taschentuch haben? Ich weiß nicht, warum ich Ihnen die Geschichte erzählt habe. Sie ist so dumm. Gott, was für'n Freak, was? Was sollte das?

(Ende der Niederschrift.)

april

kapitel 23

Brooke zerkratzte Carolyns Auto, mit einem Schlüssel. Das war es, was wir hörten. Nach der Geschichte in der Bibliothek, nachdem Brookes Google-Suchverlauf auf Facebook gestellt worden war und als klarwurde, dass Andrew Gemma endgültig wegen Carolyn abserviert hatte, machte Brooke Ernst. Es muss während der sechsten Stunde passiert sein – was später bestätigt wurde –, denn vor dem Klingeln war ein ganzer Trupp Leute auf dem Parkplatz gewesen, Brooke hatte anschließend eine Freistunde, und Gemma entschuldigte sich aus ihrem Kurs. Wir wussten, sie würde ihr helfen.

Carolyn hatte einen roten 2004er Honda Accord, gebraucht, aber er sah noch echt gut aus. Sie hatte ihn zum Geburtstag bekommen, dem 1. April oder so, wie wir hörten. Das Auto war immer sauber, und sie hatte einen Obama- und einen Radiohead-Aufkleber hinten drauf. Die Fenster waren getönt, aber du konntest die Bibliotheksbücher auf dem Beifahrersitz ausmachen.

Es ist nicht leicht, ein Auto mit einem Schlüssel zu zerkratzen, nicht so leicht, wie man es sich vorstellen sollte. Brooke fing an, und Gemma zog ihre Kratzer Sekunden später noch mal nach. Und dann gingen sie noch ein zweites Mal um das Auto. Es sah aus, als versuchten sie etwas zu schreiben und das Ganze mit einer Nachricht zu versehen. Das *U* und das *R* waren kaum zu erkennen, dafür aber das *H* und das *E*. Bogen waren schwieriger, und sie hatten nicht die Zeit, um es klar lesbar zu machen.

Miss Simpson erwischte sie. Sie holte sich eine Diet Coke aus der Kühlbox hinten in ihrem VW-Käfer und sah die beiden zwei Reihen weiter zwischen den Autos hocken, ihre Schlüssel in den Händen. Sie rief ihre Namen, und sie sahen auf, erschreckt und verlegen, und versuchten gleich locker zu tun. Miss Simpson lächelte, schloss ihr Auto ab und ging zu ihnen.

Erst taten sie so, als ob sie den Wagen so vorgefunden hätten und Carolyn gerade eine SMS schicken wollten – war das nicht schrecklich? Miss Simpson schleppte sie zu Mr Overton, und sie mussten zwanzig Minuten warten, bis er Zeit für sie hatte. Sie wurden vom Unterricht ausgeschlossen, aber Brookes Mom beschwerte sich, und der Vorwurf wurde fallengelassen. Der Schule fehlten Beweise.

Als Carolyn nach dem Unterricht zu ihrem Auto kam, liefen ihr die Tränen herunter: Wie sahen es. Andrew war bei ihr, und er legte den Arm um sie und sagte, sie solle jetzt nicht die Nerven verlieren. Als Shane herauskam, sahen wir Andrew zu ihm gehen.

»Sag deiner Freundin, sie soll die Scheiße lassen!« Andrew wirkte völlig angepisst. So wütend hatten wir ihn noch nie erlebt.

»Keine Ahnung, wovon du redest.« Shane schien zu lachen. Warum, konnten wir nicht sagen.

»Verdammt.«

»Was ist? Was stört dich das?« Shane lächelte noch immer.

Andrew blitzte ihn an. »Ich sage dir, du sollst Brooke zurückpfeifen.«

»Du hast sie nicht mehr alle, Drew.« Wieder lachte er.

»Scheißkerl.« Andrew wurde lauter. Seine Fäuste waren geballt.

Shanes Lächeln erstarb. »Ach ja? Ich sollte gar nicht mehr mit dir reden.«

»Und warum nicht?«

»Glaubst du, ich habe nicht gesehen, wie du sie angestarrt hast, als ich mit ihr zusammen war?«

Andrew wurde weiß. »Scheißkerl.«

»Ich hoffe, sie ist es wert, Drew.«

»Scheißkerl.«

»Das sagtest du schon.« Shane wandte sich zum Gehen, sah ihn aber noch einmal an. »Die Frau ist irre, Mann. Lass dir das sagen.«

Sie standen sich ganz nahe gegenüber, und wir sahen von allen Seiten zu ihnen hin. Einer aus der Band rief: »GEBT'S EUCH!«, aber da kam Coach Cox von der Sporthalle herüber, Andrew und Shane sahen ihn an, und Shane tat einen Schritt zurück. Wir sahen Andrew und Carolyn in ihren Wagen steigen, und während sich der Parkplatz um sie herum leerte, saßen sie einfach da, in ihrem Wagen. Durch die getönten Scheiben konnten wir sehen, dass sie den Kopf aufs Lenkrad gelegt hatte und das Haar ihr Gesicht bedeckte. Andrews Arm lag um ihre Schultern.

Die Male auf ihrem Körper waren nur schwer zu übersehen. Als das Wetter wärmer wurde, konnte sie keine langen Ärmel mehr tragen. Lange Ärmel würden die

Leute argwöhnisch machen, sie würden sie damit aufziehen, vor allem aber war es ernsthaft zu heiß. Die Leute redeten.

Beim Schwimmtraining sah sie beängstigend aus. Und krass. Coach Billy nahm sie hinterher beiseite, und wir konnten hören, wie er mit ihr redete, wenn wir die Köpfe hinter dem Rand versteckt hielten.

»Kannst du mit dem Ausschlag schwimmen?«

»Was?«

»Mit dem Ausschlag auf deiner Brust und an den Armen?«

Ein Ausschlag, Gott noch mal. Es war unglaublich.

»Ähm, o ja. Klar, yeah.«

»Weil er entzündet aussieht.«

»Yeah? Oh, das ist er nicht. Es sticht nur etwas, ein bisschen.«

»Nun, das Chlor wird helfen. Das hilft, ihn sauber zu halten.«

»Oh, gut.«

»Fühlst du dich okay?«

Von der fünften Bahn kam ein Kichern. Coach Billy drehte sich um und blickte zu uns herüber. Carolyn sah immer noch zur Tribüne, von uns weg, die Arme vor der Brust verschränkt. Sie trug zwei Schwimmanzüge, wie wir alle, einen normalen und einen speziellen, der dich schneller machte. Ihrer sah cool aus, leicht zerrissen, das Rot, Gelb und Grün ausgebleicht.

Coach Billy kniete sich zu uns hin: »Zehn Fünfziger auf Zeit, bei sechzig wird gestartet. Fünf Sekunden Pause jeweils.«

Wir hielten uns am Rand fest, klappten die Brillen vor

die Augen, stopften das Haar unter die Kappen und zogen die Beine an. Wir konnten sie nicht mehr im Auge behalten, wir mussten uns auf die Uhr konzentrieren, und es war kaum mehr was zu hören, als der große Zeiger die Sechzig erreichte und wir die Bahn hinunterschwammen. Während der Pausen redeten wir.

»Vielleicht hört sie auf.«

»Vielleicht will er es.«

»Vielleicht ist es wirklich übel mit den offenen Wunden im Wasser.«

»Vielleicht ist es nicht erlaubt.«

»Vielleicht ist sie jetzt schwanger.«

»Vielleicht tut sie alles, um Beachtung zu finden.«

»Vielleicht ist sie verrückt.«

»Vielleicht zu bemitleiden.«

»Vielleicht.«

»Yeah, vielleicht.«

Carolyn saß auf der Tribüne, während wir unsere Bahnen schwammen, in ein papierdünnes Handtuch gewickelt, das fast ihren ganzen Körper bedeckte. Sie schien zu frieren, und irgendwann war sie verschwunden.

Nach dem Training schleppten wir uns heraus und hüpften auf einem Bein, um das Wasser aus den Ohren zu bekommen, schüttelten die Köpfe und sahen Carolyns Nokia in seiner paillettenbesetzten Hülle auf der Tribüne liegen, neben einer Pfütze, die sie zurückgelassen hatte. Wir wussten, wir sollten es nicht nehmen, und wenn, nicht darin herumstöbern, aber wir konnten nicht anders, die Versuchung war zu groß, und sie hatte nicht mal den Bildschirm gesichert. Kein Passwort, nichts. Sie wollte, dass wir es sahen, sagten wir.

Wir durchforsteten ihren Eingangskorb, und da waren all die Nachrichten von Shane, Brooke und Gemma. Vielleicht zwanzig oder dreißig? Eine von Shane: »lami i RUHE, DuHu« Eine von Brooke: »strb schlmp«. Eine von Gemma: »drckg schnalle. du H«. Es gab so viele von ihnen, und es war immer das Gleiche. Es drehte uns die Mägen um, und wir wollten das Ding so schnell wie möglich wieder loswerden. Als Coach Billy auf uns zukam, schalteten wir den Bildschirm aus und hielten es ihm entgegen: »Carolyn hat ihr Telefon vergessen.«

Wir wünschten, wir hätten die Zeit gehabt, uns den Gesendet-Ordner anzusehen: Was sie geantwortet hatte, wie sie die drei provoziert hatte, aber das hatten wir nicht. Wir sagten, wir wären froh, dass Coach Billy das Handy hätte: Er würde es sicher durchsehen und etwas unternehmen. Er würde versuchen, dem ein Ende zu setzen. Es war eine Sache, hinter dem Rücken von jemandem über ihn herzuziehen, und vielleicht war es auch noch okay, irgendeinen Scheiß auf Facebook oder dem Hotlist-Blog zu posten. Aber das war was anderes, sagten wir. Das war wirklich verdammt gemein.

Facebook

Brooke Moore: Es ist so erbärmlich, wenn Leute echt gut behandelt wurden und dann tun, als wären sie die Ober-Opfer.

35 Personen gefällt das.
Taylor Lyon, Gemma Davies, Shane Duggan und 7 andere Personen haben es kommentiert.

Taylor Lyon: ich hss es dss sie ds glch hsslch hoodie 24/7 trgt
Brooke Moore: C sieht aus wie 1 anorektisches plattgfahrnes kannickel
Tiffany Port: Niemand hat ihr gesagt, ein Sex-Tape zu machen.
Dylan Hill: keiner will ihrn knochenarsch in dggns fenster shn
Shane Duggan: Ich war so zu. Wusste nicht, dass ich mir ne schlampe gekrallt hatte.
Taylor Lyon: Sie hat nich mal Schlafpillen genommen.
Tiffany Port: alles getürkt
Taylor Lyon: Nach Weihnachten ist sie bei Abercrombie beim Klauen erwischt worden.
Gemma Davies: nicht MÖGLICH. die lesben im schwimmteam sagen, sies ritzer
Tiffany Port: wie COOL ;-)
Brooke Moore: Wenn ich noch wen höre, dass ihm die ERBÄRMLICHE HYSTERISCHE TUSSE leidtut, fahr ich zu ihrem Pottery Barn-Haus am D'Evereaux und ritz sie selbst auf.
Brooke Moore: Carolyn Lessing ist ein falsches Stück, eine Schlampe, die sich an den Freunden von anderen vergreift. Soll sie sich doch aufschlitzen, wenn sie will.
Gemma Davies: Von mir aus die Handgelenke.

kapitel 24

Andrew hatte Carolyn gebeten, mit ihm den Abschlussball zu feiern, wenn auch nicht auf eine dieser aufwendigen bekannten Arten: mit Rasierschaum in Riesenbuchstaben auf den Rasen im Vorgarten geschrieben, bei einer extra arrangierten Bootsfahrt, oder indem er ihr ein Lied schrieb. Das hatten die Leute wahrscheinlich aus Serien wie *Laguna Beach, Super Sweet 16* oder so, Zeugs, von dem wir noch träumten. Miss Simpson sagte, unsere Erwartungen seien vom Fernsehen und vom Internet völlig »verdorben« und wir sollten »nicht so viel investieren«. Wir wussten, warum sie das sagte: Die fette Lesbe war nicht zu ihrem eigenen Abschlussball gegangen.

Drei Tage, nachdem Andrew Carolyn zum Abschlussball eingeladen hatte, wurde der Clip mit ihr und Shane – der im Auto – wieder auf YouTube gepostet. Niemand kannte den Benutzernamen des Posters, und die Leute sagten, Carolyn selbst sei es gewesen. Später, während der polizeilichen Untersuchung, kam heraus, dass er vom Büro der Baptistenkirche an der Stripline aus gepostet worden war. Shane stellte das Video auf Andrews Facebook-Seite, und Andrew löschte es zwanzig Minuten später wieder. Wir hörten, dass er komplett ausgeflippt war. Vielleicht hatte er den Clip vorher nicht gesehen – obwohl wir uns nicht vorstellen konnten, wie das möglich sein sollte –, oder vielleicht weckte er jetzt andere Gefühle in ihm, wo sie miteinander gingen. Vielleicht war er eifersüchtig und dachte, er könnte ihr nicht mehr trauen, vielleicht hatte er plötzlich das Gefühl, sie nicht zu kennen. Wir wussten es nicht. Wo immer der Grund liegen mochte, gleich nachdem er den Clip gelöscht hatte, änderte er seinen Beziehungsstatus von »In einer Beziehung« zu »Single«. Darauf schrieb Gemma in seine Chronik: »Ich hab dich gemocht, bis du dieses Mädchen … aber du bst immer noch süß. Sims mir mal. ☺«

Wenn die Leute sagen, Andrew hatte nichts mit alldem zu tun, stimmt das eben nur teilweise. Er wollte Carolyn helfen, aber nicht genug, am Ende nicht. Er ertrug den Clip nicht, ertrug es nicht, sie kommen zu sehen, ertrug es nicht zuzusehen, wie ihr Körper erschauderte, wie Shane sich gegen sie drückte, ertrug ihren offenen Mund nicht, die weiße Haut. Er hatte gewusst, dass sie keine Jungfrau mehr war, wenigstens sagte er das, aber dieser sichtbare Beweis war zu viel für ihn. Er konnte sie nicht haben. So nicht.

Wir waren dabei, als er mit ihr Schluss machte, am Tag des Abschlussballs. Der Englischunterricht war vorbei, und wir verließen die Klasse. Miss Simpson hatte uns einen Vortrag über erzählerische Mittel gehalten, sie gab es einfach nicht auf, und wir hatten einander getextet, dass Carolyn wieder dünn aussehe. Offenbar hatte sie den frittierten Gurken entsagt.

Andrew wartete draußen auf sie. Er musste gerannt sein oder sich die Erlaubnis geholt haben, schon vor Ende der Stunde zu gehen, weil er bereits dastand, direkt vor der Tür. Er hielt den Blick gesenkt, sah auf sein

Handy, seine Nagelhäutchen oder vielleicht sogar seine Schuhe, auf jeden Fall hielt er den Kopf unten, selbst noch, als Carolyn direkt vor ihm stand. Wir dachten, wie komisch es war, dass er sie nicht küsste, schließlich waren die beiden doch immer so irre darauf aus, öffentlich ihre Liebe zu bekunden, und so waren wir nicht zu überrascht, als wir hörten, was dann kam. Wir blieben nahe hinter ihnen, sie gingen in unsere Richtung. Sie redete von ihrem Kleid, und dass sie es nicht zurückgeben wolle, wie viel Geld sie dafür ausgegeben habe und dass der Ball heute viel besser werde als der Schulball im Herbst, viel schöner und weniger stressig. Es war ihm egal. Oder wenigstens tat er so.

»Ich habe einfach zu viel zu tun, um hinzugehen.«

»Vor zwei Wochen klang das noch anders.«

»Die Dinge haben sich verändert.«

»Was hat sich verändert?«

»Du.«

»Das kapier ich nicht.«

Er wartete eine Weile und atmete tief ein. »Ich bin einfach müde, Carolyn.«

»Warum bist du so gemein?«

Er atmete aus. »Ich bin nicht gemein. Ich wünschte, du würdest das nicht sagen.«

»Warum willst du nicht mit mir auf den Ball?«

»Ich bin einfach nur müde, und der Ball ist öde.«

»Es ist wegen dem Clip, stimmt's? Mit mir im Auto.«

Wir konnten ihr Gesicht nicht sehen, sagten aber später, dass es geklungen habe, als würde sie weinen.

»Egal.« Er war wütend, deprimiert oder irgendwas.

»Das ist ewig her.« Ihre Stimme begann zu zittern, sie

hatte sich die Ärmel über die Finger gezogen und versuchte seine Hände zu halten. Er zog sie weg.

»Ich will verdammt einfach nicht hin.«

Ihr Kopf ruhte auf seiner Brust. Sie neigte ihren Körper zu ihm hin, drückte gegen ihn, er lehnte mit dem Rücken an einem Spind.

»Himmel, hör auf, Carolyn.«

»Bitte, sei nicht so gemein.«

Er machte sich frei. »Hör auf, das zu sagen. Hör auf.«

»Entschuldige.«

»Es ist alles zu heftig. Ich kann das nicht.«

»Bist du wieder mit Gemma zusammen?«

»Was? Wer sagt das? Nein.« Er seufzte.

»Ich habe nur gesehen. Auf Facebook?«

»Was? Stalkst du mich jetzt?« Er sagte das laut. Die Leute starrten die beiden an.

Er drehte sich weg und ging davon. Sie rief ihm hinterher: »Drew!«

Der ganze Flur hielt inne. Die Leute wandten sich von ihren Spinden um und sahen zu den beiden hin. Die Lehrer verstummten. Sahen Andrew an. Carolyn.

Andrew stand reglos da. Sein Gesicht war rot, sein Blick blutunterlaufen. Als hätte er geheult.

»Was?«

»Wann rufst du mich an?«

Seine Augen fuhren hin und her, er seufzte. Sah zur Decke.

»Wenn du dich beruhigst.« Er senkte den Bick wieder. »Wenn sich dieser verdammte Scheißladen beruhigt.«

Carolyn Lessing
30. April 2011
Miss Simpson – Leistungskurs Englisch

Transzendentalismus.
Letzter Aufsatz: persuasives Schreiben

Schreibansatz: Sie haben gerade Henry David Thoreaus Buch Walden *gelesen, über seinen berühmten zweijährigen Aufenthalt in der Einsamkeit an einem Teich bei Concord, Massachusetts. Überlegen Sie, ob Sie denken, ein solches Experiment ist eine gute Idee. Schreiben Sie einen Aufsatz, mit dem Sie mich, Ihre Lehrerin, und Ihre Klassenkameraden überzeugen, dass wir in diesem Jahr sein Experiment entweder wiederholen oder nicht wiederholen sollten. Ihr Aufsatz MUSS mit wenigstens drei der rhetorischen Strategien arbeiten, die wir in diesem Jahr bisher durchgenommen haben.*

Thoreau sagt in Walden: *»Ich zog in den Wald, weil ich den Wunsch hatte, mit Überlegung zu leben, dem eigentlichen, wirklichen Leben näherzutreten, zu sehen, ob ich nicht lernen konnte, was es zu lehren hatte, damit ich nicht, wenn es zum Sterben ginge, einsehen müsste, dass ich nicht gelebt hatte.« Thoreau argumentiert, die Einsamkeit erlaube dem Menschen ein erfüllteres Leben, da er sich auf die Natur und sich selbst konzentrieren könne. Ich würde dagegenhalten, dass ein solches Experiment selbstbezogen und gefährlich ist, weil es eine Person von anderen ab-*

schneidet. Die Verbindung mit anderen Menschen hilft, Mitgefühl zu empfinden und uns, am Ende, gegenseitig zu helfen.

Als Kind, als ich sechs oder sieben Jahre alt war, zogen meine Mutter, mein Vater und ich für einen Sommer in ein Farmhaus in Upstate New York. Mein Vater stellte Recherchen für ein Buch an, und wir durften drei Monate in dem Haus wohnen, während er schrieb. Die Farm lag weit weg von allem, fünfundvierzig Minuten mit dem Auto von der nächsten Stadt entfernt, und es gab weder ein Telefon noch einen Fernseher. Wir waren von üppigem Wald umgeben, dicht stehenden Bäumen und Grün, so weit das Auge reichte. Meine Mutter und ich verbrachten die Tage mit langen Wanderungen über einsame Wege hinauf auf kleine Hügel. Manchmal nahmen wir ein Picknick mit, Brot, Obst, Käse. Nach dem Essen las mir meine Mutter hin und wieder etwas vor, oder wir legten uns in die Sonne und machten ein Nickerchen. Wenn es regnete, blieben wir im Haus, lasen oder hörten leise Musik. Meine Familie und ich, wir waren zufrieden und erfüllt, es war angenehm, einfach und in der Natur zu leben. Obwohl ich noch klein war, habe ich lebhafte Erinnerungen an diese Zeit, alles war sehr friedlich.

Aber während wir dort in der Einsamkeit waren, wurde der Vater meiner Mutter sehr krank, und da wir kein Telefon hatten, konnte meine Tante uns nicht verständigen, und als wir zurück nach New Jersey kamen, war mein Großvater gestorben. Wir gingen zur Beerdigung, und meine Mutter war tieftraurig, dass sie sich nicht von ihrem Vater hatte verabschieden

können. Meine Mutter und ich haben kaum darüber gesprochen, aber ich begreife heute, dass sie ungeheuer zornig gewesen sein muss, während dieser wichtigen Zeit nicht erreichbar gewesen zu sein.
Als Teenager im 21. Jahrhundert ist es schwer, sich vorzustellen, wie Thoreau zu leben. Mir kommt Thoreau wie Scrooge vor, mit wenig Einfühlungsvermögen und Interesse an anderen Menschen. Thoreau hebt in seinem Buch den Nutzen hervor, den ihm das Leben in der Einsamkeit gebracht hat, kommt aber mit keinem Wort darauf zu sprechen, inwiefern man seine Entscheidung, so zu leben, für selbstsüchtig halten könnte. Allein zu leben erlaubt einem nicht, anderen Menschen zu helfen. Draußen im Wald kann ich nicht mit meiner Freundin über ein Problem sprechen, das sie zu Hause haben mag. Ich kann mich auch nicht bei der Heilsarmee engagieren, kann die Nachrichten nicht verfolgen und begreifen, dass es größere Probleme auf der Welt gibt als meine eigenen. Dabei sind all diese Dinge Teil dessen, was es bedeutet, eine Person, ein Mensch zu sein.
Das Tolle am Leben in der Einsamkeit ist die Konzentration auf sich selbst, und gleichzeitig ist es auch das Schreckliche daran. Immer nur an sich zu denken ist ziemlich maßlos: was genau das ist, was die Erwachsenen uns Teenagern immer wieder vorwerfen. Ich halte es für wichtig, mit anderen Leuten zu sprechen, da es einem verstehen hilft, dass sie ähnliche und ganz andere Erfahrungen machen und gemacht haben wie man selbst. Den ganzen Tag nur an sich zu denken wäre schlicht und einfach nur langweilig.

Thoreau führt die vielzähligen Ablenkungen an, denen wir im Alltag unterliegen, aber das scheint eine sehr enge Sicht. Sind andere Menschen einfach nur Ablenkungen? Sind einige von ihnen nicht Freunde? Familie? Diese Beziehungen sind mir wichtig, und selbst wenn sie manchmal schwierig sind, würde ich sie nicht aufgeben wollen, um mehr Zeit »mit mir« im Wald zu verbringen.
Wenn ich auch zugebe, dass wir heute viel zu viel Zeit vor Bildschirmen verbringen, sind Dinge wie Facebook und Skype doch ausgezeichnete Möglichkeiten, mit Menschen, die weit weg sind, Kontakt zu halten. Wie sonst sollte ich mit meinem Vater reden? Mit meiner besten Freundin Kourtni in New Jersey? Diese Verbindungen helfen uns, uns daran zu erinnern, dass wir Teil einer Gemeinschaft sind und sich Menschen in gewissen Belangen auf uns verlassen. Herman Melville wird mit der Aussage zitiert: »Wir können nicht allein für uns leben. Tausend Fasern verbinden uns mit unseren Mitmenschen.«
Trotz allem würde ich zugeben, dass einem Bildschirme, Facebook und iChats manchmal das Gefühl von Isolation und Alleinsein geben können. Statt sich mit Freunden in der Mall oder auf einen Kaffee zu treffen, schreiben wir nur eine SMS oder starren auf einen Schirm, was einfach nicht das Gleiche ist. Eine E-Mail ist kein handgeschriebener Brief, und weil es so leicht ist, E-Mails und Textnachrichten zu schreiben oder Dinge auf Facebook zu posten, sind die Leute eher gemein zueinander. Wenn die Leute online Dinge schreiben, vergessen sie, dass sie über andere Men-

schen reden und sie immer noch Teil einer »Gemeinschaft« sind.
Alles in allem denke ich, Thoreau hat sich eigennützig und unmenschlich verhalten, und ich glaube nicht, dass wir seinem Beispiel folgen sollten. Wir sind Teil einer größeren Gemeinschaft und spielen alle eine gewisse Rolle in ihr. Wenn es in mancher Hinsicht auch leichter wäre, allein zu leben, sich nicht darum zu sorgen, was die anderen von uns denken, und sich ganz darauf zu konzentrieren, uns zu besseren Individuen zu machen, halte ich es am Ende doch für falsch und nicht das, was das Leben ausmacht. Sich mit anderen Leuten zu verbinden, das ist es, was die Menschen tun sollten, und je mehr von ihnen das begreifen, desto besser wird es uns gehen.

Note: 2–
Ihr Text ist auch diesmal wieder sehr stark, Carolyn, aber Sie bekommen eine schlechtere Note, weil sie falsch (und ohne richtige Quellenangabe) zitieren. Sie schreiben den Satz »Wir können nicht allein für uns leben« Herman Melville (dem Autor von Moby Dick*) zu, obwohl er tatsächlich von Henry Melwill stammt, einem Reverend der Church of England aus dem 19. Jahrhundert. Ich nehme an, Sie haben sich da in flüchtiger Weise auf das Internet und Google verlassen, was auch die Qualität Ihrer Darstellung nicht wettmachen kann. Bitte lassen Sie uns das besprechen. Ich bin enttäuscht.*

mai

kapitel 25

Niemand war darauf vorbereitet, als es geschah. Carolyn hatte in der Bibliothek gesessen und an einem Aufsatz gearbeitet – wir hatten sie dort gesehen, den Kopf gesenkt, drei oder vier Bücher offen vor sich. Als es um drei Uhr klingelte, hob sie den Kopf nicht.

Carolyn war anders: Das sagten wir später. An manchen Tagen lächelte sie oder lachte, winkte dir auf dem Flur zu und sprang fast mehr, als sie ging. Dann wieder sah sie besorgt und nachdenklich aus und hatte schwarze Ringe unter den Augen. Die Male auf ihrem Körper boten einen schlimmen Anblick, und manchmal war es einfach zu viel, mit anzusehen, wie sie, so dünn sie war, mittags ein Thunfisch-Sandwich wegwarf, ihre Oreos unter einigen übergewichtigen Jüngeren verteilte und eine Dreiviertelstunde an einer Reiswaffel herumknabberte. Sie sagte dann, dass sie keinen Appetit habe und noch wirklich voll vom Frühstück mit Eiern und Speck sei. Aber das glaubte ihr niemand, nicht wirklich.

Sie kapierte die Cliquen nicht. Sie dachte, sie könnte sich von einer zur anderen bewegen und anschließend wieder zurück, ohne dabei jemandem auf die Füße zu treten. Aber die Schule war wie ein Dame-Spiel: Wenn du über einen Stein gesprungen warst, wurde er vom Brett geräumt, und du warst mit anderen zusammen. Jeder Sprung hatte Folgen, und das schien sie nicht zu begreifen. Oder es war ihr egal.

Als es klingelte, warteten wir ein paar Sekunden, und dann drückten wir die Türen der Gebäude auf, ließen die Metallstangen gegen das Mauerwerk knallen und kamen herausgeströmt, in Trupps und Trauben, zu zweit, zu dritt, zu viert, zu fünft. Im Mai war die heiße Luft draußen ein Schock nach dem klimagekühlten Schultag, und wir spürten, wie sich der Schweiß in unseren Achseln sammelte, unter dem Bund unserer Jeans und im Nacken, wo sich das Haar bereits zu kräuseln begann. Du bewegtest dich schnell, um möglichst bald wieder aus der Hitze zu kommen. Wenn du denn wusstest, wohin du wolltest.

In der letzten Maiwoche war der Parkplatz tödlich. Kaum schattenspendende Bäume ohne einen Luftzug, nur schwarzer, in der Sonne schmelzender Teer. Autospiegel blendeten uns, und wir versuchten die Türen zu öffnen, ohne uns die Hände zu verbrennen, versuchten den Schlüssel ins Zündschloss zu stecken, ohne uns die Finger zu versengen, drehten die Klimaanlage voll auf und fuhren die Fenster herunter. Du musstest mindestens fünf Minuten warten, bevor du auch nur daran denken konntest, einzusteigen.

Das war der Grund, warum Shane und Brooke noch auf dem Parkplatz standen und im Schatten einer Eiche der Hitze zu entkommen versuchten. Das war der Grund, warum Shane und Brooke so in diese Verfassung gerieten und so viel Versuchung in ihren Gesichtern zu erkennen war.

Adam Simmons saß seit der fünften Stunden rauchend in seinem Wagen, hatte den Sitz halb heruntergedreht, die Klimaanlage auf voller Leistung und schlief unter seiner Roll-Tide-Baseballkappe. Das Heck seines Outback starrte zum Heck von Shanes Explorer hinüber. Adam hatte das Fahrerfenster einen Spalt offen, und als Shanes Türverriegelung piepste, schmolz das Geräusch in seinen Traum, und er wachte zusammenzuckend auf. Er sagte, in seinem Traum hätten ihn die Cops mit einer Stablampe angeleuchtet und er hätte das Handschuhfach öffnen und ihnen seinen Geheimvorrat geben müssen. Das Piepsen, das sei er gewesen.

»Ich hatte so 'ne irre Art Laserpistole in der Hand und wollte die Scheißer durchlöchern. Aber da öffnete ich meine Augen und sah Brookes Arsch direkt vor mir und dachte, warum träume ich von dieser Zicke? Und das hat mich dann echt aufwachen lassen.«

Brooke beugte sich in den Kofferraum und holte etwas heraus, eine Kühlbox, sagte Adam, aber sie kam nicht richtig ran, nicht wirklich, und so musste sie sich weiter vorbeugen, und dabei rutschte ihr Rock immer höher, so dass Adam nur noch Beine sah, gebräunt, glatt und ewig lang. Und dann musste sie noch mal reingreifen, und ihr Arm zog den Körper vor, so dass da praktisch kein Rock mehr war. Sie trug einen lila Spitzentanga, sagte er, was er unglaublich fand. Der Rock war weiß. Der absolute Irrsinn.

Adam sagte, er dachte, es könnte Bier sein, und er hätte es ihr herausgeholt und sie um eines gebeten, nur war er völlig bekifft und ihm war schon mit dem Rausschmiss gedroht worden, sollte er noch einmal trinkend oder rauchend auf dem Schulgelände erwischt werden. Er lachte seit dem Tag darüber, da Coach Cox vorbeigekommen war und an sein Fenster geklopft hatte, als er sich seinen ersten Joint drehte. Adam sagte, er habe den Daumen gehoben, was Cox glücklich machte und ihn weitergehen ließ. Das glaubten wir ihm auch nicht.

Brooke trank kein Bier, klar, und Shane war im Training, also nahmen wir an, es war Dr. Pepper, das Zeugs, das es bei Bud's in Glasflaschen gab, das war so eine Promo-Sache. Adam bezeugte später, dass es Bier gewesen sei, oder vielleicht bezeugte er es auch nicht, aber den Cops sagte er es und es stand in der Zeitung. Wir fanden es nur schwer zu glauben.

Brooke nahm ein paar Flaschen heraus, gab Shane eine, und sie setzten sich hinten in den Explorer. Brooke hielt sich die Flasche vor die Brust, Shane rieb sich mit seiner über den Nacken. Adam sagte, er lag so niedrig auf seinem Sitz, dass sie ihn wohl nicht sahen. Er selbst, sagte er, habe sie offen angestarrt und fast hören können, was sie sagten. Aber er konnte sich an nichts erinnern.

Er sagte, sie saßen da eine Viertelstunde oder vielleicht noch länger, und Shane packte irgendeinen Dip wieder ein, den er herausgeholt hatte. Brooke machte sich eine weitere Flasche auf, nahm ein paar Eiswürfel und steckte sie Shane ins Hemd. Die beiden flirteten mächtig, sagte Adam, und er überlegte, ob er sein Auto anlassen sollte, nur hatte er jetzt Angst, dass er dann wie ein verfluchter Perversling aussehen würde, weil er da so lange gehockt hatte. Dabei war er einfach nur zu dicht gewesen, um irgendwohin zu fahren, und nur deshalb noch da, war nicht ausgestiegen oder hatte gewinkt oder gehupt.

Der Parkplatz hatte sich so gut wie geleert, nur noch ein paar Lehrer-Volvos standen da, der Mini-Van von

Coach Cox und der Bus der Band, der Tag und Nacht da stehen blieb und den noch nie jemand vom Schulgelände hatte fahren sehen. Wären noch ein paar mehr Autos da gewesen, sagte Adam, hätten sie Carolyn nicht mal gesehen. Dann hätte sie davonkommen können, nach Hause, in die Mall oder ins Kino, wo immer sie auch hinwollte.

Seit ihr Auto zerkratzt worden war, ging Carolyn nur noch zu Fuß. Wir sahen sie samstags morgens aus ihrem Viertel kommen, auf dem Weg zur Schule die Stripline hinuntergehen und um acht oder neun das Feld der Halls überqueren. Niemand wusste, warum sie das machte, es war einfach eine weitere Merkwürdigkeit von ihr. Taylor Lyon sagte, sie tue es, um sich die Figur zu erhalten, und wir dachten, das könnte stimmen. Sie verschwand praktisch vor unseren Augen, und wir lernten ihre Knochenstruktur kennen: Ihr Schlüsselbein sah dick aus, und wir sagten, man könnte sie gut daran festhalten, da es wie ein Griff hervorstand. Ihre Ellbogen waren spitz, und die schmalen Knochen ihrer Handgelenke drückten sich derartig unter der Haut vor, dass es aussah, als könnten sie, wenn Carolyn sich zu schnell bewegte, ihr silbernes Tiffany-Anhängerarmband zerreißen. Sie war schon dünn gewesen, aber jetzt war sie noch dünner. Wir versuchten die Jungs dazu zu bringen, zu sagen, es sei widerlich und dass sie lieber was in der Hand hätten. Aber sie sagten nicht viel, und tief in unserem Inneren, oder vielleicht auch nicht so tief, wollten wir einen Körper wie ihren. Wollten wissen, wie es wäre, so leicht und so unsichtbar zu sein. Das war etwas, was wir gerne erfahren hätten.

Adam sagte, dass sie müde aussah, dass er sie in seinem Rückspiegel sehen konnte und es ihm leidtat, dass sie die ganze Strecke nach Hause zu Fuß gehen musste. »Es ist ein verdammtes Stück, ich bin es auch schon gelaufen, wenn ich zu zugekifft zum Fahren oder für meine Mama war.« Er lachte, als er das sagte. Adams Bruder war vier Jahre über uns gewesen, ein Senior, als wir in der Achten waren, und er und seine Frau waren direkt nach dem College zurück nach Adamsville gezogen. Sie wohnten nur zwei Straßen von Carolyn und ihrer Mom entfernt. Die Leute sagten, dass es komisch sei, dass Adam Carolyn nicht angeboten hatte, sie zu fahren, sah er doch, wie müde sie war, und wusste, wie weit sie es hatte. Erst sagte er den Leuten, dass er nicht auf die Idee gekommen sei, aber mit der Zeit wuchs die Geschichte immer mehr an und er bestand darauf, zu bekifft gewesen zu sein. Nur war es unverständlich, wie er sich an all die Dinge erinnern konnte, an all die Einzelheiten, wenn er wirklich so zu gewesen war, und am Ende änderte er es noch mal. »Sie sah sowieso aus, als hätte sie sich nicht bringen lassen. Sie hätte nur gedacht, dass ich sie aufreißen wollte.« Wir waren nie sicher, welcher Version wir nun glauben sollten, aber wir hatten da so eine Vorstellung: Jeder Typ in unserer Klasse wollte nach allem, was wir sahen, mit Carolyn schlafen, aber sie hatten auch Angst vor ihr, Angst, auf sie zuzugehen, sie anzusprechen, Aufmerksamkeit auf sich zu ziehen, nur damit ihre Gang ihr sagte, dass sie schwul seien, Herpes verbreiteten oder sich in der dritten Klasse noch in die Hose gemacht hätten. Die Zeitungen bestanden darauf, dass Carolyn eine Einzelgängerin gewesen sei, »isoliert«

und »distanziert«. Aber das stimmte nicht. Sie hatte immer noch Anhänger, an diesem Punkt hauptsächlich aus der Neunten, aber dennoch. Es gab Leute, die sie mochten, die sie für toll hielten, für besonders und witzig und die ihr wie einer Art Twitter-Trend folgten und wissen wollten, was sie als Nächstes tun würde, mit wem sie reden, schlafen, bei welchem Spind sie stehen würde. Sie redeten nicht mit ihr und gingen neben ihr her, was es verständlich machte, dass die Leute dachten, sie sei allein. Aber viele von uns mochten sie immer noch. Auch wenn wir nicht damit herauskamen und es sagten. Wenn wir es noch mal in der Hand hätten, sagten wir hinterher, würde es anders ablaufen, und wir wetteten, dass die Leute offener wären, etwas sagen würden. Wir dachten, dass es anders hätte ablaufen können. Aber wir glaubten es nicht ganz. Nicht wirklich.

Adam sagte, es fing wie ein Versehen an, oder wenigstens hätte es so ausgesehen. Brooke warf immer noch Eiswürfel nach Shane, und er warf sie zurück und zielte dabei auf ihre Brust, weil sie in ihrem ärmellosen Top schmelzen sollten, oder besser noch in ihren Ausschnitt und ihren BH rutschen, einen schwarzen aus der Angel-Serie von Victoria's Secret, der etwas über vierzig Steine kostet. Sie gab so viel für ihre Wäsche aus, dass sie was dafür wollte: dass sie die Sachen zeigen musste.

Shane und Brooke bewarfen sich mit Eis und flirteten wie irre, sagte Adam. Und sie bewarfen sich immer noch heftiger, griffen in die Kühlbox, holten vier, fünf Würfel auf einmal heraus, dann eine ganze Handvoll. Shane hielt sie in seinem Polohemd, damit er schneller an sie herankam. Adam sah Carolyns Haar in seinem

Rückspiegel aufleuchten, dann war sie vor seinem Wagen und ging direkt auf den Explorer zu. In den Zeitungen stand, dass sie den beiden aus dem Weg zu gehen versuchte, aber das war nicht das, was wir hörten. »Sie wollte ihnen was sagen, es sah so aus, als wollte sie ihnen sagen, sie sollten aufhören oder so.«

Sie ging vor Adams Auto vorbei, Shane und Brooke hatten sie noch nicht bemerkt, sie waren immer noch mitten in ihrem Spiel, ihrer Werferei versunken – war das verdammt noch mal alles, was sie wollten? Und dann warf Shane eine ganze Handvoll, sein Arm war so stark vom Baseball, und Hunderte kleine Bruchstücke trafen Carolyns Gesicht.

Adam sagte, er entsperrte die Türverriegelung, wollte schon aussteigen, und erst jetzt sahen Shane und Brooke sie, und sie lachten, und Adam dachte, dass auch Carolyn lachte. Im Nachhinein ist es allerdings schwer zu glauben, dass sie das Eis zum Lachen gebracht hatte, aber Adam sagte, er blieb, wo er war, weil er nicht wie ein Scheiß-Spion aussehen wollte, und er glaubte nicht, dass sie was brauchten. Nicht wirklich.

Carolyn stand da und wischte sich ab. Das Eis wurde auf der Stelle zu Wasser, und ihr T-Shirt sah wie handgefärbt aus oder so was, das Wasser bildete Ringe und Muster und Ringe in Ringen in Ringen.

Dann spuckte Carolyn. So haben wir es gehört. So hieß es. Sie trat nahe genug an Brooke heran, um sie anspucken zu können, und tat es auch. Carolyn Lessing spuckte Brooke Moore an.

Und dann hörten wir den Rest.

Brooke Moore griff in die Kühlbox, nahm eine Glasflasche heraus und warf sie. Adam sagte, sie habe auf Carolyn gezielt, da sei er sicher, aber die Flasche verfehlte sie, zerschlug auf dem Teer, und die Flüssigkeit spritzte und traf Carolyn, die braunen Scherben waren überall. Adam sagte, Carolyn »stand ganz ruhig und still da, als beschlösse sie, etwas zu tun, aber ich konnte nicht sagen, was.« Brooke und Shane lachten jetzt wie wahnsinnig, Brooke krümmte sich, »als wollte sie sich voll pinkeln«. Und dann sah Adam wieder zu Carolyn, die wie ein Tier auf der Erde kauerte, sagte er, wie ein Reh, dass jemand angeschossen und verletzt hatte, ohne es töten zu können. Carolyn stand auf, und sie hielt den Hals der kaputten Flasche in der Hand. Adam sagte, sie sah aus, als würde sie gleich losheulen oder lachen oder sonst was, und Brooke rief: »Was willst du damit, Carolyn? Dich aufschneiden?«

Carolyn machte einen Satz vor, und Brooke sprang von Shanes Explorer. »Sie war mit einem Satz bei ihr, ging auf sie los und packte Carolyns Hand mit dem Flaschenhals«, sagte Adam.

Er sagte, Brookes Stimme klang wie ein Bellen: »Willst du dich aufschneiden? Ist es das?«

Carolyn bellte zurück, lauter, als er erwartet hatte: »Lass mich los!« Adam sagte, Carolyn drückte die Flasche vor, und er dachte, sie könnte Brookes Brust streifen, aber Brooke war stärker als Carolyn, so viel kräftiger, und sie riss an ihrer Hand und versuchte den Flaschenhals unter Kontrolle zu bringen oder so.

»Lass los!«, schrie Brooke. Carolyn krümmte sich weg, und Brooke geriet hinter sie, ließ Carolyns Hand aber nicht los.

Adam sagte, er konnte nicht wirklich sehen, was geschah, nur dass Brooke jetzt praktisch um Carolyn gewickelt war und es aussah, als könnten sich beide nicht mehr bewegen. »Ich hatte Mädchen noch nie kämpfen sehen«, erklärte er den Leuten. »Und erst dachte ich, wenn ich wirklich ehrlich bin, wie geil ist das denn.«

Carolyn versuchte sich zu befreien – »sie war schwächer, wisst ihr?« –, und Adam nahm an, dass sie beide noch die Flasche hielten, dass die es war, was sie zusammenhielt. Und dann rammte Brooke Carolyn das Knie unten in den Rücken, »genau da, wo es am wehesten tun musste«, sagte er. Carolyn schrie auf, die Flasche krachte auf die Erde, und Carolyn folgte ihr, ganz so, als zerschellte auch sie. Brooke ließ los, sah sich kurz um und rannte zurück zu Shane, »echt schnell, als wüsste sie, was sie getan hatte«.

Carolyn lag zusammengekrümmt da, und dann stand sie auf.

Sie blutete, sagte Adam, und er konnte nicht glauben, wie sehr, und dann sah sich Brooke um, und ihr Gesicht fiel in sich zusammen und wurde weiß, sie war total erschrocken. Der Schnitt war wie ein Schmetterling auf Carolyns Brust, der von der Mitte nach außen reichte. Blut rann ihr über die Haut, kleine Rinnsale, die Muster bildeten, und aus der Entfernung konntest du dir vorstellen, dass es schön aussah, wie eine Henna-Tätowierung, als hätte sie sich mit rotem Strass geschmückt.

Carolyn sah auf ihre Brust. Adam sagte, zuerst hätte sie keine Reaktion gezeigt, und dann sah sie das Blut und fing an zu schreien, »wie ein Kind, das nicht weiß, wie man schreit, bis seine Mutter kommt.« Und sie schrie und schrie und begann zu rennen, und Shane und Brooke sprangen aus dem Kofferraum nach vorn in den Wagen. Shane ließ den Motor an, und sie warteten zwei, vielleicht drei Minuten – so lange, wie Rihanna brauchte, *Umbrella* zu singen –, dann fuhren sie weg. Vom Parkplatz herunter.

In einigen Zeitungen stand, sie seien Carolyn gefolgt, mit heruntergelassenen Scheiben, und hätten auf sie eingeschrien, während sie nach Hause ging. Brooke und Shane widersprachen dem. Sie sagten, sie seien direkt zu Shane gefahren und Brooke habe geheult, weil sie den Anblick von Blut nicht ertrage.

Brooke erzählte den Leuten später, die Spucke habe ihr Haar getroffen, und wäre ihr beinahe ins Auge gegangen. Shane bestatigte das nicht, sagte aber auch nichts dagegen. Die Leute fragten Adam, ob es stimme, ob es damit losgegangen sei, und er sagte, es sei zu weit weg gewesen, als dass er es mit Sicherheit sagen könnte, zu weit weg, um zu sehen, dass das dünne, schöne Mädchen die zukünftige Abschlussball-Königin der Highschool angespuckt habe. Taylor Lyon sagte den Leuten, mit Sicherheit sei es so gewesen, Adam habe es ihr gesagt, aber auch, dass sie es nicht weitersagen solle. Als die Sache vor Gericht ging, tat sie dann allerdings so, als hätte sie nie was gehört oder gesagt.

Brooke erklärte den Cops – den liberalen Reportern und örtlichen Fernsehsendern –, dass die Spucke der Auslöser gewesen sei. Uns sagte sie nichts von alldem, hauptsächlich, weil keiner mit ihr redete, nachdem sich alles wieder beruhigt hatte. Wer gab schon was drauf, was sie jetzt sagte? Und die *Adamsville Daily* druckte es nicht.

Sie fanden Dinge, Dinge, die sie druckten, Dinge, mit denen die Polizei arbeitete, mit denen der Staatsanwalt seine Anklage füllte.

Carolyns Handy. Der SMS-Austausch:
Carolyn: OMG, bin alln & heule. halte ds ncht aus.
X: OMG ws ist passrt?
Carolyn: B&S auf dem parkplatz nch d schule. Haben Glas nch mr geworfen. blute wie VRRCKT!
X: WaZuTe? Das ist krnk! Diese arschlchr, brooke issn vrfckts f@tes mststck.
Carolyn: alle hassen mch da. die narbe blbt fr immer.
X: so viele leute liebn dch! OMG die snd neidisch. steh auf & wehr dch
Carolyn: Ich knn ncht. hilft sowso nchts.

Wir fanden später heraus, dass sie nicht nach Hause gegangen war. Wenigstens nicht gleich. Shane und Brooke hatten keinen Schimmer, wohin sie gelaufen war, das Blut hatte sie den Kopf verlieren lassen. Aber Hausmeister Ken hatte was gesehen, genau wie ein paar Lehrer, obwohl sie nie namentlich genannt wurden. Carolyn verließ den Parkplatz, ja, das stimmte, und Shane und Brooke fuhren ein paar Minuten später weg. Klar, dass da einige Leute annahmen, sie seien ihr hinterher, dass sie ihr nach Hause gefolgt seien. Aber Carolyn wandte sich vom Parkplatz nach links und nicht nach rechts und ging zum Footballfeld. Wir stellten sie uns dort vor, genau wie am ersten Tag, unsicher auf den Beinen, zitternd, den Blick auf ihr Telefon gerichtet. Wir dachten, dass sie wahrscheinlich von dort gesimst hatte, vom Feld. Oder vielleicht auch aus der Umkleide, denn dahin war sie gegangen.

Hausmeister Ken machte an dem Nachmittag die Toiletten in der Mädchenumkleide sauber. Er sah Carolyn nicht hereinkommen und hörte sie erst auch nicht. Er trug seinen iPod, erklärte er später, und hörte Kenny Chesney oder so, und deshalb konnte er nicht sicher sagen, wie lange sie schon in der Umkleide gewesen war, als er sie sah: Sie stand vor einer Reihe Spinde, ohne Shirt, nur im BH. Er sagte, dass da Blut auf ihrer Brust war und auch auf ihren Händen. Er ging auf sie zu, und sie schrie, sagte er. »Ich wollte ihr nicht weh tun oder so was«, erklärte er Mr Overton später. »Ich wollte nur sichergehen, dass sie in Ordnung war.« Der Anwalt der Schule stellte klar: »Es war ein Schild aufgestellt: ›Hier wird sauber gemacht.‹ Sie hätte nicht hereinkommen dürfen.« Hausmeister Ken sagte, er wich zurück, und als er das tat, öffnete sie die Hände. In einer hielt sie etwas, »etwas Silbernes, Glänzendes«, sagte er. Die Polizei sagte später, es sei eine Rasierklinge gewesen. Sie hatte sich die Haut aufgeritzt, nahmen sie an, und habe in den Stunden nach dem Vorfall auf dem Parkplatz »selbstverletzendes Verhalten« gezeigt.

Wir wünschten, wir wären an dem Tag da gewesen, in der Umkleide. Wir wissen nicht, was wir getan hätten, oder gesagt, aber wir waren sicher, dass wir die Dinge hätten stoppen und ihnen eine andere Richtung geben können, dass wir den Lauf der Geschichte hätten ändern können, oder doch wenigstens ein paar kleine Dinge. Nur stimmte das vielleicht nicht. Vielleicht hätte ein Eingreifen die Sache nur verlängert und alles Folgende noch schmerzhafter gemacht. Wir wussten es nicht. Auch zurückblickend sahen wir die Dinge nicht klarer: Einmal glaubten wir, dass sie auf einem Weg gewesen war, der außerhalb unserer Reichweite lag, und sie wie Ödipus ihrem Schicksal folgte. Dann wieder sagten wir, sie war jemand in Bedrängnis und nur wir hätten die Fähigkeit gehabt, die Dinge zu ändern. So oder so empfanden wir so eine Scham, dass es schwer sein konnte, nachts Schlaf zu finden.

Ken erzählte Mr Overton und später der Polizei, dass Carolyn hinausgerannt sei, nachdem er sie entdeckt hatte, nachdem sie geschrien und die Hände geöffnet hatte. Als sie ihn unter Druck setzten, kam er durcheinander und wusste nicht zu sagen, wie sie sich angezogen hatte, und ob überhaupt, und warum sie hatte davonlaufen können, ohne von ihm aufgehalten zu werden. Sie verstanden nicht, warum er niemanden gerufen hatte, warum er nicht wenigstens seinem Chef etwas gesagt hatte, oder einem der Lehrer, die noch in der Schule waren. Es waren doch noch genügend da gewesen. Ken hatte keine guten Erklärungen, und der Eltern-Lehrer-Ausschuss verlangte seine Entlassung. Wir fanden das traurig. Aber vielleicht hatten sie recht.

Miss Simpson war in ihrem Büro, während all das geschah. Monate später gab sie ein paar Bloggern ein Interview und erklärte ihnen, sie habe Aufsätze korrigiert, während das alles draußen vor ihrem Fenster geschehen war, auf dem Parkplatz, nur ein paar Meter von ihrem Schreibtisch entfernt.

Wir konnten uns Miss Simpson dort vorstellen. In ihrem Büro. Allein mit einem Energieriegel, einer Diet Coke und einer Tüte Reese's Pieces in der Schublade, und wie sie die alle fünf Minuten öffnete und sich noch eine Handvoll nahm, bis alle verspeist und nur noch zwei übrig waren. Seit drei Wochen saß sie an einem Bericht für den Schulausschuss und den Schülerbund zum Thema Aggression unter Schülern »im Kontext der neuen Medien« und wie die Schule auf dieses neue Phänomen reagieren sollte. Sie führte Carolyn als typisches Beispiel an und studierte einige der Niederschriften von Mrs Matthews, was wir aber erst später herausfanden. Dazu kamen die öffentlichen Texte auf Facebook und Dinge, die Carolyn im Unterricht geschrieben hatte. Miss Simpson hatte eine Hypothese und war entschlossen, sie publik zu machen. Wir wussten, dass sie niemand ernst genommen hätte.

Es gab so viele Leute, die sich »schuldig« gemacht hatten, schrieben die Zeitungen später. Und wir sagten es genauso. Natürlich in unterschiedlichem Maße, aber letztlich hatten alle daran mitgewirkt, dachten wir, hin und wieder, obwohl wir es nie laut aussprachen. Was wir laut sagten, klang anders, weniger verbindlich, defensiver, wenn wir ehrlich waren. Es laut auszusprechen hätte es wahr gemacht, dachten wir, und es gab so wenig, von dem wir wussten, dass es wahr war. Nicht am Ende.

Adamsville Daily News
31. Mai 2011

Ortsansässiges Mädchen tot im Badezimmer aufgefunden

Carolyn Lessing (16), die Tochter von Abby Lessing vom D'Evereaux Drive, wurde am Donnerstag, dem 30. Mai, abends tot in ihrem Haus aufgefunden, nachdem sie sich im Bad erhängt hatte. Ihre Mutter fand ihre Leiche, als sie um 17:45 Uhr von der Arbeit nach Hause kam. Sie hatte eine Reihe telefonischer Mitteilungen von jemandem aus Carolyns Schule bekommen, in denen sie gewarnt wurde, Carolyn befinde sich in einem fragilen seelischen Zustand. Die Polizei erklärte, Ms Lessing habe ihren Arbeitsplatz frühzeitig verlassen, um nach ihrer einzigen Tochter zu sehen. Ms Lessing hat eine Stellungnahme verweigert und bittet die Gemeinde, die Privatsphäre ihrer Familie in dieser schwierigen Zeit zu respektieren.
Carolyn Lessing und ihre Mutter sind im letzten Sommer aus Elizabeth, New Jersey, nach Adamsville gezogen. Carolyn ging in die elfte Klasse der Adams High und war Teil des Hofstaats beim Schulball im letzten November. Sie war Mitglied der Schwimmmannschaft und gehörte zu den besten Schülern. Anfang des Jahres wurden von ihr angefertigte Gemälde und Fotos in einer Einzelausstellung gezeigt.
Richard Overton, der Rektor der Adams High, hat Ms Lessing und ihrer Familie sein tiefes Beileid ausgedrückt. Er sagte, der Selbstmord sei eine »ungeheu-

re Tragödie für die Schülerschaft und das Kollegium« und es gebe »Beratungs- und Gesprächsangebote für alle Schüler, die davon Gebrauch machen wollen«. Overton bemerkte, der Schule sei nicht bewusst gewesen, dass sich Carolyn während ihrer Zeit an der Adams High in irgendeiner Bedrängnis befunden habe. Sie sei ein »beliebtes, intelligentes und freundliches Mädchen« gewesen.
Der Termin der Beerdigung wird in den nächsten Tagen bekannt gegeben.

juni

kapitel 26

Wir erfuhren Verschiedenes darüber, wie sie sich erhängt hatte. In der *Today Show* brachten sie eine »Rekonstruktion« in einem Haus, das wie Carolyns aussehen sollte, nur dass es das ganz und gar nicht tat. Es war zu groß, die Möbel waren zu langweilig, und alles war grau, beige und braun. Der Film zeigte ein Mädchen, das in einem Bad wie aus einem IKEA-Katalog saß. Das Mädchen schrieb eine SMS, zog sich aus und betrachtete seine Arme, seinen Bauch und seine Brust im Spiegel. Sie hatten einen großen, getürkten Schnitt auf die Brust gemalt, der von den Geschehnissen auf dem Parkplatz stammen sollte, und die Darstellerin berührte ihn und machte ein Gesicht, als wollte sie sagen, dass der Schnitt weh tue und empfindlich sei. Wir stellten uns vor, dass er stach. Die Schauspielerin trug BH und Unterwäsche und war nicht wirklich nackt, trotzdem beschwerten sich die Leute später darüber, wie wenig sie angehabt habe und dass die Rekonstruktion grundsätzlich nicht hätte gemacht werden dürfen. Ann Curry hatte die Zuschauer vorher gewarnt, dass es Darstellungen »nicht jugendfreier Art« und Bilder gebe, »die manche Zuschauer verstörend finden« könnten.

Die zeigten das Mädchen mit einem Schal, einem verrückt langen, so wie sie ihn vor Weihnachten bei Old Navy verkauften. Die Darstellerin band ihn um die Lampe, die von der Decke hing und nichts mit Carolyns

Haus zu tun hatte, nichts mit den Bädern darin und deren Leuchten, die wie direkt aus dem Restoration-Hardware-Katalog aussahen. Das Mädchen stellte sich auf den Toilettensitz und band sich den Schal um den Hals, wie es das schon Hunderte Male zuvor gemacht hatte, bevor es hinaus in den kalten, kalten Tag trat. Die Kamera fuhr auf die Füße der Darstellerin, die in Söckchen steckten, und sie ließ ein Bein über den Rand baumeln, dem Sekunden später auch das zweite folgte. Das Bild wurde schwarz.

Anschließend zeigten sie eine andere Darstellerin, die Abby Lessing sein sollte, und wir dachten alle, dass sie tatsächlich ganz ähnlich aussah, obwohl die Kamera nie richtig auf ihr Gesicht fuhr. Die Frau steckte einen Schlüssel in die Haustür, betrat das falsche Lessing-Haus, hängte ihren Blazer an den Kleiderständer in der Diele und stieg die Treppe hinauf. Sie rief: »Hallo, Schatz, ich bin zu Hause.« Und dann, dringlicher jetzt, rief sie Carolyns Namen. Wieder und wieder, bis sie zum Bad kam, die Klinke herunterdrückte und die Tür öffnete. Damit war die Rekonstruktion beendet, und das Bild schaltete direkt zu Ann Curry aufs Sofa, die traurig und besorgt aussah und unsicher schien, wie sie die Überleitung zu der Psychologin gestalten sollte, die im Sessel neben ihr saß.

Wir redeten später über die *Today Show,* und wie falsch es alles gewirkt hatte, so ganz anders als fast alles, was wir gehört hatten. Wir hatten gehört, Carolyn habe ihren Badeanzug getragen, ihren petrol-schwarz-farbenen Schwimmanzug, und dass sie den Burberry-Schal ihrer Mutter genommen hatte. Das hatten wir von Blake

Wyatt, dessen Tante zweimal die Woche ehrenamtlich im Krankenhaus aushalf, mit Bürosachen und so. Sie hatte Abby mit Carolyn ankommen sehen und Blake erzählt, Carolyn müsse einen Unfall am Pool gehabt haben, wegen des Schwimmanzugs. Das mit dem Schal ihrer Mutter kam von Taylor Lyon, die überall erzählte, sie werde ab sofort Burberry boykottieren, so sehr traumatisiere sie das Ganze.

Von einigen Seniors hörten wir, dass sie sich noch ein letztes Mal gewogen hätte, bevor sie sich den Schal um den Hals band, aber wir waren nicht sicher, woher sie das wissen sollten. Allerdings klang es wahrscheinlich, und wir lachten später fast darüber, obwohl wir wussten, wie falsch das war.

Wir fragten uns, wie lange sie es schon geplant und wie viele Tabletten sie genommen hatte, um den Mut zu haben. Es habe keinen Abschiedsbrief gegeben, wurde Carolyns Mutter später zitiert, aber wir waren sicher, wenn jemand nur genau genug suchte, würde er etwas finden: einen Entwurf bei den wiederhergestellten Dokumenten, eine abgebrochene E-Mail, eine nicht geschickte SMS. Ein Brief wäre eine Hilfe gewesen, dachten wir, eine Hilfe für uns und alle anderen, es zu begreifen.

Wir wussten so viel, dachten wir, und alle schienen es misszuverstehen, was uns frustrierte und Angst machte. Irgendwie hätte ein Brief alles geklärt, dachten wir. Hätte den Sachverhalt ins rechte Licht gerückt und damit einen Abschluss ermöglicht. Oder irgendetwas.

Sie wurde nicht in Adamsville beerdigt, sondern nach New Jersey geflogen und dort beigesetzt. Die Schule organisierte jedoch eine Trauerfeier, an unserem letzten

Schultag, um uns allen »die Möglichkeit zum Trauern« zu geben. Carolyns Mutter war natürlich nicht da, sie war in New Jersey. Niemand wusste sicher, ob sie überhaupt nach Adamsville zurückkommen würde.

Die Trauerfeier fand in der Sporthalle statt. Die Aula wurde renoviert, und in ihr wäre auch nicht genug Platz für alle gewesen. Die Zeitungen hielten es für geschmacklos, die Feier hätte an einen »feierlicheren, angemesseneren« Ort gehört. Aber in der Halle wurden alle Versammlungen abgehalten, und uns kam es nicht komisch vor. Zumindest gaben wir es nicht zu.

Miss Simpson leitete die Feier, und die Schüler waren eingeladen, etwas zu sagen, was aber niemand freiwillig wollte. Also wurde Andrew ausgewählt.

Wir sahen zu, wie er aufs Podium stieg, den Kopf gesenkt, die Schultern eingefallen. Sein Rückgrat sah aus wie ein krummgebogener Pfeifenreiniger. Der Anzug, den er trug, muss seinem Dad gehört haben, die Schultern waren zu breit, die Ärmel zu lang, die Hosenbeine zu kurz. Aknepusteln, die wir, seit er Accutane nahm, nicht mehr gesehen hatten, bedeckten sein Gesicht, selbst noch von der letzten Tribünenreihe konnte man die rotlila Pickel auf seiner Kieferpartie erkennen. Seine Augen waren blutunterlaufen, müde, schwach, wässrig. Er las, was er sagte, von linierten, aus einem Spiralheft gerissenen Blättern ab. Die Seiten, wenigstens fünf, sechs, waren gefaltet und zerknittert. Seine Hände zitterten.

»Ich lernte Carolyn im Sommer kennen, bevor sie an die Adams kam. Das Erste, was mir auffiel, war, wie schön sie war, wirklich schön. Ich hatte es schon von anderen gehört, aber sie war es wirklich. Wirklich. Und je besser man sie kennenlernte, desto schöner wurde sie. Was nur schwer zu glauben ist.«

Er trank einen Schluck Wasser. Seine Stimme war brüchig, es sah aus, als musste er weinen. Wahrscheinlich.

»An ihrem ersten Tag in der Schule habe ich ihr geholfen, ihren Spind aufzubekommen. Ich weiß nicht, was sie falsch machte, aber ich denke, diese Dinge waren in ihrer alten Schule einfach anders.«

Einige Leute fingen an zu kichern oder zu heulen, es war schwer zu sagen.

»Carolyn war eine wahre Freundin.« Zum ersten Mal sah er von seinen Blättern auf und starrte in die Menge, in unsere Augen, hob den Blick zur Decke. Da hing noch ein Ballon von einer der letzten Veranstaltungen schlaff an den Balken. Violett, mit einem weißen Band, bewegte er sich in der Zugluft der Klimaanlage.

Andrew fuhr fort. Leicht nuschelnd erzählt er von Carolyns Herkunft, ihrer Kindheit in New Jersey, wie sie geschwommen war, ihren Bildern. Sachen, die in der Zeitung gestanden hatten. Was alle wussten. Wir blendeten ihn aus. Ein bisschen.

Es war kalt in der Halle. Brooke und Shane saßen in der letzten Reihe, zusammen mit Gemma. Ihre Gesichter waren ausdruckslos. Brookes Haut war kreidig, die Lippen waren mit Foundation verkrustet. Aus der Entfernung war keiner ihrer charakteristischen Züge auszumachen: die großen Augen nicht, die hohen Wangenknochen, die Grübchen. Gemma war wie eine rote Version Brookes: rote Augen, gerötete Wangen, ein roter Mund. Sie sah windverbrannt aus, wie nach einer Skitour oder einem Tag auf dem Boot. Von Shane war kaum etwas zu sehen, seine Baseballkappe – Auburn, gut eingetragen – bog sich eng um sein herzförmiges Gesicht. Man sah nur Konturen, Schatten und das Weiß seiner Zähne.

»Nach Weihnachten habe ich sie besser kennengelernt, und sie hat viel von zu Hause im Norden erzählt. Wie es in New Jersey war. Wir wollten im Sommer hinfahren oder redeten wenigstens darüber. Sie plante eine Tour für uns, was wir machen wollten.«

Er holte wieder Luft. Husten. Hier und da putzte sich jemand die Nase, schniefte. Die Mädchen in der ersten Reihe, Mädchen, die Carolyn nicht mal richtig gekannt hatten, hatten die Arme umeinandergelegt und zitterten. Die Jungs sahen zur gegenüberliegenden Wand hinüber, dem kleinen Fenster über dem Notausgang. Taylor Lyons Gesicht war hinter ihrem Haar verborgen, wir konnten nicht sehen, wie sie aussah. Ihre Schultern bewegten sich, also nahmen wir an, dass sie still schluchzte, konnten aber nicht sicher sein.

Stille. Andrew starrte auf seine Blätter. Minuten vergingen. Es klingelte. Die Lehrer tuschelten. Wir saßen da und warteten. Er begann wieder.

»Ich dachte, ich wäre in der Lage, hier heute eine Rede zu halten und über all die Dinge zu sprechen, die Carolyn ausmachten – was sie gesagt hat, was sie mir bedeutet hat und euch allen. Aber es geht nicht.« Er machte eine Pause und sah dann wieder direkt in Richtung Tribüne. »Ich weiß nicht, was ihr von mir hören wollt.«

Er rieb sich die Augen und atmete so heftig ein, dass es eine Rückkopplung über das Mikro gab, ein kreischendes Jaulen.

»Carolyn war ein guter Mensch, wisst ihr? Und es ist … ist …« Er schien nach etwas an der Decke zu suchen. Seine Augen schossen hin und her.

»Es scheint, dass wir hier übel kaputt sind, wisst ihr das? Richtig abgefuckt und kaputt.« Er spuckte aufs Mikro. Er weinte. »Und jetzt sagt ihr, wie öde, oder? Jetzt oder später. Oder?« Er schniefte. »Aber das ist mir scheißegal, wisst ihr? Scheißegal.« Mrs Matthews hatte sich erhoben und bewegte sich mit verkniffenen Augen auf ihn zu, auch sie hatte geweint. Er streckte die Hand vor sich hin.

»Nein, nein. Das war's. Ich bin fertig. Tut mir leid, Ma'am. Tut mir leid.«

Er ging vom Mikro weg. Jemand rief: »Andrew!«, und er hob den Blick und kam noch einmal zurück.

»Alles, was ich sagen wollte, ist, dass ich das alles wirklich bedaure. Es tut mir so leid. So leid.« Seine Stimme zitterte, und er fiel auf die Knie, sackte in sich zusammen. Die Erste-Hilfe-Schwester kam, Mr Overton trat ans Mikrophon. Die Feier war beendet. Er sagte, wir sollten den Sommer genießen.

Zwei Sonntage, nachdem sich Carolyn Lessing aufgehängt hatte, blieben wir vor der Messe nicht lange auf dem Kirchenparkplatz stehen. Unsere Eltern ließen uns nicht, und es war sowieso zu heiß, und wir wollten mit niemandem reden. Wir gingen gleich hinein, setzten uns auf unsere angestammten Plätze und waren stiller als gewöhnlich. Jedem musste das auffallen, und obwohl die Klimaanlage einen ziemlichen Lärm produzierte, hätte man eine Stecknadel zu Boden fallen hören können, wie wir später sagten. Die Leute waren nicht in der Stimmung für Gerede. So erklärten wir es uns.

Miss Simpson dirigierte den Chor, als Reverend Davies hereinkam. Es gab keine Begleitung, wir sangen allein, vierstimmig, einen Choralsatz.

Amazing Grace, how sweet the sound,
That saved a wretch like me.
I once was lost, but now I'm found
Was blind, but now I see.

T'was Grace that taught my heart to fear,
And Grace, my fears relieved.
How precious did that Grace appear
The hour I first believed.

Through many dangers, toils and snares
I have already come;
'Tis Grace that brought me save thus far
And Grace will lead me home.

The Lord has promised good to me,
His word my hope secures.
He will my shield und portion be,
As long as life endures.

Yea, when this flesh and heart shall fail,
And mortal life shall cease,
I shall possess within the veil,
A life of joy and peace.

When we've been here ten thousand years,
Bright shining as the sun.
We've no less days to sing the praise
Than when we've first begun.

Oh Gnade Gottes, wunderbar
Hast du errettet mich.
Ich war verloren ganz und gar,
War blind, jetzt sehe ich.

Die Gnade hat mich Furcht gelehrt
Und auch von Furcht befreit,
Seitdem ich mich zu Gott bekehrt
bis hin zur Herrlichkeit.

Durch Schwierigkeiten mancher Art
Wurd' ich ja schon geführt,
Doch hat die Gnade mich bewahrt,
Die Ehre Gott gebührt.

Gottes Versprechen trägt mich weit,
Sein Wort mir Hoffnung ist.
Schild und Schutz hält er bereit,
In meines Lebens Frist.

Und wenn mein Fleisch und Herz versagt,
Mein sterblich Dasein schließt,
Mir neues Glück im Jenseits tagt,
Wo nichts als Friede sprießt.

Wenn wir zehntausend Jahre sind
In seiner Herrlichkeit,
Mein Herz noch von der Gnade singt
Wie in der ersten Zeit.

Wir kannten den Text, hatten ihn unzählige Male gesungen und wussten, wie ausgenudelt er war, aber an diesem Tag war es anders, und alle spürten es. Unsere Augen füllten sich, und wir sahen zur Decke hinauf, um die Tränen zurückzuhalten und unsere Wimperntusche zu retten. Wir hatten sie nicht mal richtig gekannt, und wir wollten nicht wie die Mädchen aus der Neunten aussehen, die am Montag danach so demonstrativ auf der Toilette geheult hatten. Aber wir staunten, wir waren erschreckt und bekamen es mit der Angst, als wir den Kloß in unserer Kehle spürten, und wie uns die Hitze in die Wangen stieg und die Augen wässrig wurden. Das konnte nicht sein. Nicht hier. Nicht jetzt. Nicht wegen ihr.

Wir beendeten das Lied und rissen uns zusammen.

Die Predigt war Standard, nichts Besonderes, die normalen Ermahnungen, was das Übel von Alkohol, Sex und unreinen Gedanken anging. Wir hatten gedacht, Reverend Davies könnte über Selbstmord reden, über den Umgang mit Trauer und Verlust. Aber das tat er nicht. Monate später hörten wir unsere Mütter sagen, dass das »haarsträubend« gewesen sei und er den Selbstmord hätte »ansprechen« müssen, »wenigstens ansatzweise«. Wir waren nicht sicher, was das bedeutete, aber erleichtert, dass nichts davon zum Thema gemacht worden war und wir wie normal weitermachten. Im Nachhinein stellt sich die Frage, ob Reverend Davies vielleicht eine Art Verantwortung spürte – ob ihm da schon bewusst war, was Gemma für eine Rolle gespielt hatte, so klein sie auch sein mochte. An dem Tag dachten wir nicht wirklich darüber nach, sondern lächelten und winkten Gemma zu, als wir die Kirche verließen. Sie sah müde aus, sagten wir. Ihr Haar war fettig und zu einem Zopf gebunden. Es schien nicht mal mehr richtig blond zu sein. Sie gehörte unter die Dusche.

Brooke war mit ihrer Mutter da, und die beiden sahen hübsch und gefasst aus: Brooke trug ein cremefarbenes Baumwollkleid, das wir im Fenster von H&M gesehen hatten, mit türkisem Schmuck, der, wie wir wussten, ihrer Mutter gehörte. Sie wirkte frisch und strahlend, und ihre Haut kam uns so zart vor, dass wir später sagten, dass sie wahrscheinlich ein Peeling hatte machen lassen. Sie sah unvergleichlich besser aus als an dem Freitag: Sie hat die Sache überwunden, dachten wir. Sie hat sie bereits hinter sich gelassen.

Niemand sah Shane oder Andrew, auch nicht Shanes Eltern oder Andrews Vater. Wir hielten ewig nach ihnen Ausschau, besonders nach Andrew, die Leute diskutierten immer noch über die seltsame Rede, die er bei der Feier gehalten hatte. Es war ja süß und so, sagten sie, dass sie ihm so wichtig war, aber auch ein bisschen übertrieben. Dylan Hall meinte, Andrew tue nur so. Blake Wyatt stimmte ihm zu. Wir glaubten es nicht, absolut nicht, konnten uns aber nur auf unsere Gefühle berufen, und das war nicht genug, um sich zu Wort zu melden, nicht so früh. Vielleicht später.

Wir mussten an die Schulfestparade denken, und die Bilder auf Andrews Telefon, von einer lächelnden, einer winkenden Carolyn, einer Carolyn, die sich das Kleid zurechtzog. Das konnte nicht nur vorgetäuscht sein: Er hatte sie wirklich geliebt.

Nach der Messe gingen wir wie gewohnt in den Country Club und nahmen unser Essen mit auf den Golfplatz, zum vierzehnten Loch, wie immer. Wir sprachen über den Tag, als Carolyn mitgekommen war, als sie über den Platz gelaufen, über den Zaun gesprungen und aufs Sprungbrett gestiegen war. Wir erzählten uns, wie wir sie ins Becken hatten tauchen und unter Wasser dahingleiten sehen, vollkommen, hübsch, stumm. Und dann dachten wir wieder an Andrew. Wie er dagestanden und sie beobachtet hatte. Wir wünschten, wir hätten es gefilmt, sagten wir. Wie gerne wir es noch einmal sehen würden, und wieder und wieder und wieder.

Sie riefen uns zu Befragungen zurück in die Schule, schickten E-Mails an unsere Eltern und drängten sie, »die Polizei bei ihren Ermittlungen vorbehaltlos zu unterstützen«. Die Juniors und Seniors, jede und jeder Einzelne von uns wurde für einen Samstag im Juni eingeladen. Es handele sich um Routinebefragungen, und wir würden nicht gebeten zu kommen, wenn es nicht »unbedingt nötig« wäre. In jeder Klasse gab es ein paar Schüler, die nicht kamen. Ihre Eltern oder Großeltern waren Anwälte, und als wir das unseren Eltern erzählten, sahen wir, wie sich ihre Augen weiteten und ihre Körper versteiften, aus Angst, dass sie – oder wir – etwas falsch gemacht hatten.

Unsere Eltern brachten uns hin. Sie wollten uns nicht aus den Augen lassen, nahmen wir an, und natürlich waren sie neugierig, unsere Eltern. Wir kamen um 7:45 Uhr an, und als wir auf den Parkplatz bogen, sahen wir sie: die Reporter, Kameras, Übertragungswagen, Scheinwerfer, alles stand da draußen. Wir fragten uns, wie lange sie schon da waren, fragten uns, ob sie auch Bewirtungswagen hatten wie beim Film und wie wir sie aus *Making the Video* kannten. Was für ein merkwürdiger Job.

Die Hände in den Taschen, gingen wir in die Aula und hielten die Augen auf den Boden gerichtet. Wir wussten nicht, wie wir uns verhalten sollten. Taylor Lyon und Tiffany Port standen hinten bei den Toiletten. Taylors Gesicht war rot und fleckig, ihre Augen waren blutunterlaufen. »Ich bin immer noch so schockiert.« Tiffany legte einen Arm um sie und senkte den Kopf auf ihre Schulter. »Du bist so lieb«, sagte Tiffany. »Was für ein Glück für sie, dass sie dich hatte.« Lauren hustete. »Falsche Biester.« Wir verdrehten die Augen und setzten uns in die Mitte des Saales.

Mr Overton stand mit ein paar Polizisten auf der Bühne, keinem aus dem Ort, keinem, den wir hier bereits gesehen hatten: Es waren die aus dem Fernsehen. Zwei männlich aussehende Frauen hielten Klemmbretter in der Hand und machten sich Notizen. Die Scheinwerfer brannten, als wollten sie eine Chornummer vorführen, Mr Overton stand buchstäblich im Rampenlicht.

»Ich frage mich, wie lange es dauern wird.« Jessica sah auf die Uhr, dann zu Lauren und Nicole. »Was? Ich habe um drei einen Friseurtermin.« Sie untersuchte ihre splissigen Haarenden.

Wir sahen die Schüler hereinströmen, sahen Brooke und Gemma nahe beieinander, während sich alle anderen von ihnen fernhielten. Tiffany und Taylor kamen vorbei und setzten sich ganz nach vorn. »Die haben Nerven, hier aufzutauchen«, sagte Taylor und drehte den Kopf, um sich zu versichern, dass sie gehört worden war. Wir überlegten, ihr zu sagen, sie solle den Mund halten und dass sie selbst Nerven hätte, aber wir blieben stumm, sahen auf unsere Handys und reichten eine Nagelfeile und ein Exemplar *US Weekly* weiter, das Lauren mitgebracht hatte.

Mr Overton rief uns nacheinander auf, in alphabetischer Reihenfolge. Es müssen um die zehn Cops zum Befragen da gewesen sein, denn die Leute kamen ziemlich schnell an die Reihe. Als Lauren wieder herauskam, erzählte sie uns, was sie von ihr hatten wissen wollen.

Sie hatten gefragt, mit wem Carolyn befreundet gewesen war, und auch, mit wem Lauren befreundet war. Auf Laurens Stundenplan hatten sie Kreise um die Stunden gemacht, die sie gemeinsam mit Carolyn gehabt hatte. Sie wollten wissen, ob sie Carolyn am 5. Dezember in der Toilette gesehen und im Mai von einem Plan gehört habe, »Ms Lessing auf dem Parkplatz anzugreifen«. Ob Shane das Video selbst auf YouTube gestellt habe oder ob angenommen werden kann, dass er jemanden dazu angestiftet habe. Sie fragten, ob sie gehört habe, dass Brooke und Gemma ausgeheckt hätten, Carolyn die Reifen zu zerstechen und/oder ihre Kunstprojekte zu zerstören. Ob Andrew und Shane davon geredet hätten, mit Carolyn Lessing geschlafen zu haben, und bei wie vielen Gelegenheiten. Lauren sagte, sie hätte versucht, ihnen von Carolyns Schnittwunden zu erzählen, und was sie mit ihrem Zirkel gemacht habe, aber davon hätten sie nichts wissen wollen und ihr gleich das Wort abgeschnitten. Sie sagten ihr, sich bitte zu erinnern, mit was für Ausdrücken die Leute Carolyn belegt hätten. Wurde sie »Yankee-Schlampe« genannt? Sie habe alles, so gut es ging, beantwortet, sagte Lauren, aber es gab auch einiges, woran sie sich nicht erinnert hätte, sowie ein paar Dinge, von denen sie denke, dass sie sie hören wollten. Sie hatte ihr Bestes getan, und wir beantworteten die Fragen so wie Lauren, das meiste. Wobei wir kaum wussten, was das alles zu bedeuten hatte.

Später, als wir von den Anklagen erfuhren, tat es uns leid, uns nicht besser vorbereitet zu haben. Dass wir nicht versucht hatten, eine längere Version zu erzählen. Wir wollten Brooke oder Gemma nicht schützen, selbst Shane oder Andrew nicht, aber wir dachten nicht, dass das, was sie am Ende über sie sagten, richtig war. Nicht völlig.

Wir warteten aufeinander. Wir sahen Gemma hineingehen und waren neugierig, wie lange die sie drinnenbehielten. Genau wie Shane, Brooke und Andrew. Als Nicole Willis fertig war, war noch keiner von den vieren wieder herausgekommen. Oder sie waren irgendwie nach hinten raus, auf einem Weg, den wir nicht kannten. Blake Wyatt erzählte den Leuten später, die vier seien in Plastikhandschellen abgeführt worden, da sich die Polizei entschieden habe, sie im Präsidium zu verhören. Wir glaubten nicht, dass das stimmen konnte, besonders weil es keine Bilder davon im Web gab. Blake konnte einfach nicht aufhören, Schrott zu erzählen.

Alle wussten, dass die Anklagen extrem sein würden, wenigstens dachten wir das, und am Anfang ging es wohl allen so. Eine Woche nach der Sache in der Schule verlas der Bezirksstaatsanwalt auf den Stufen des alten, längst nicht mehr genutzten Gerichts eine Erklärung.

Warum der Staatsanwalt sich vor das alte Gericht stellte, schien uns in dem Moment nicht wichtig, aber wir dachten später darüber nach und reimten uns zusammen, was er wollte: sich als Rechtsvertreter in ein positives Licht rücken, in den Augen des Staates, des übrigen Landes und ja, der ganzen Welt. Einige der Eltern nannten es zynisch. Wir waren nicht sicher, ob das stimmte, aber wir hielten die Sache doch für merkwürdig.

Die ausländischen Medien, so nannten wir sie am Ende, obwohl wir ziemlich sicher waren, dass noch nie jemand aus dem Ausland seinen Fuß auf Adamsvilles Boden gestellt hatte, die ausländischen Medien hatten an dem Morgen schon um sieben Uhr früh vor dem Gerichtsgebäude campiert, und man hätte annehmen sollen, dass sie sich, als Richter Sanders um 11:37 Uhr endlich herauskam, längst wieder zerstreut hätten, aber nein. Ganz und gar nicht. Und die Hitze des Morgens ließ sie noch dichter gedrängt erscheinen und machte die Szenerie noch klaustrophobischer. Wir fragten uns, wie da überhaupt jemand atmen konnte.

Wir sahen uns das Ganze im Fernsehen an oder streamten es auf der Website der *Adamsville News*. Daneben ging es auf Twitter hoch her: »Carolyn Lessings #Mobber angeklagt.« / »Carolyn Lessing #Mobber&Drangsalierer kriegen, was sie verdienen.« / »Hoffen wir, dass Lessings #Mobber nicht davonkommen.«

Sie würden nach dem Erwachsenenstrafrecht angeklagt werden. Das war das Erste.

Dann wurden die Vorwürfe aufgelistet: Verletzung der bürgerlichen Ehrenrechte, kriminelle Belästigung, Störung der Schulversammlung, Stalking, Bedrohung mit tödlicher Waffe. Und bei Andrew und Shane kam noch der Verstoß gegen die sexuelle Selbstbestimmung hinzu. Wir waren neugierig, was sie mit der »tödlichen Waffe« meinten. Der Bezirksstaatsanwalt erklärte, dass es um die Flasche Cola ging, die Brooke nach Carolyn geworfen hatte. Wären wir nicht so schockiert gewesen, sagten wir, hätte uns das zum Lachen gebracht. Aber es tat es nicht.

Wir verstanden auch nicht ganz, was mit der sexuellen Selbstbestimmung gemeint war, und sahen es auf Wikipedia nach. Weil Carolyn noch keine sechzehn gewesen war, also noch nicht »sexualmündig«, als sie mit Shane ging, und auch während der ersten Zeit mit Andrew noch nicht, waren die beiden Vergewaltiger. Wie irrsinnig und dumm, sagten wir. Da konnte man gleich die ganze Schule anklagen, dachten wir, ein paar Wiedergeborene und Bandmitglieder ausgenommen, aber selbst die verloren ihre Jungfäulichkeit am Ende irgendwie. Wie sie das beweisen wollten, war der andere Diskussionspunkt: Andrew konnte einfach sagen, er hätte es ihr allein mit dem Mund besorgt, Shane, dass sie ihm nur einen geblasen habe. Das war kein »sexueller Verkehr«, wenigstens hielten wir es nicht dafür, und was die anale Geschichte anging, waren wir auch nicht sicher, oder was es bedeutete, einen Jungen sein Ding in sich reinstecken zu lassen, wenn er es wieder herauszog, bevor er kam. Wir mussten an die Befragungen denken, an denen wir hatten teilnehmen müssen, irgendwas staatlich Gefördertes: Was hatten wir im Einzelnen schon getan? Wie weit waren wir gegangen? Wie oft? Und was hatten wir dabei empfunden? Wir wollten die Ergebnisse erfahren, wollten wissen, wo die Durchschnittswerte lagen und wir im Verhältnis dazu. Wie bei den PSATs und den anderen dämlichen Tests, mit denen sie unsere Fähigkeiten einschätzen wollten. Aber wir hörten nie wieder was davon. Wir erfuhren nicht, wo wir lagen, und das interessierte uns so. Carolyn wäre ein Ausreißer gewesen, sagten wir. Die ganze Erfahrung von ihrer alten Schule, wie sie flirtete, die Träger ihrer BHs, die Art, wie sie nach dem Wochenende in der Klasse saß. Sie war anders, und sie wusste, wie man Dinge tat, von denen wir keine Ahnung hatten. Vielleicht lag da ein Teil des Grundes, dass die Leute sie geliebt und gehasst hatten. Es war immer das eine oder das andere bei Carolyn. Und das war ihr Problem, ernsthaft. Am Ende.

Es gab so viele Dinge in den Nachrichten, die sie nicht kapierten, so viele Dinge, die wir richtigstellen wollten, wegen denen wir schreien, die wir zerreißen und zertrümmern wollten. Wir wussten nur nicht, wie, nicht wirklich, und wir waren auch müde, das Jahr hatte uns erschöpft, dieses Jahr, das sie da neu schufen, dieses Jahr, an das wir uns erinnerten, halb erinnerten. All das halb Ausgesprochene, halb Vergessene, halb Niedergeschriebene. Wir hätten etliche Dinge richtiggestellt, hätten wir gewusst, wie, da waren wir sicher, wir wussten nur eben nicht, wie, und auch nicht länger, *was* wirklich stimmte. Wenn du eine Lüge oft genug erzählst, vergisst du, ob du das nun tatsächlich erfunden hast oder nicht. Flüchtige Erinnerungen formen sich aus, geben den Lügen ein Alibi und eine gewisse Glaubwürdigkeit.

Als die Journalisten um die Schule herumzuschnüffeln begannen, waren wir nicht die, mit denen sie sprechen wollten. Sie wollten Brooke, Shane, Andrew und Gemma. Sie wollten die wirklich beliebten Kids, die »Mobber«, die Drangsalierer, und auch die Drangsalierten.

Die Sache in der Toilette geriet als erste außer Kontrolle. Brooke folgte Carolyn nach drinnen, Brooke nannte sie eine Schlampe, es gab eine Ohrfeige. Sie nannten das Datum (den 5. Dezember) und sogar die Uhrzeit, was es wirklich erscheinen ließ, dachten wir, und wenn wir uns auch nicht mehr an viel erinnerten, brachte uns die Geschichte doch durcheinander und dazu, unserem Gedächtnis nicht mehr recht zu trauen: Vielleicht hatten wir da was verdrängt, wie es ein Psychiater sagen würde. Als wir untereinander darüber sprachen, erinnerten wir uns nicht mehr genau gleich an die Dinge, ja wir waren nicht mal sicher, ob es tatsächlich Brooke und Carolyn gewesen waren. Wir sagten, wir erinnerten uns an den Handtrockner und einen verstopften Abfluss. Das Geräusch einer Hand mit Ring, die gegen die Wand schlug. Wir erinnerten uns an zwei miteinander redende Mädchen. Sie stritten. Aber was genau hatten sie gesagt? Wir konnten es nicht mehr sagen. Und das machte uns Angst. Plötzlich war es wichtig.

USA Today druckte die Geschichte, und die *Today Show* überarbeitete ihre Rekonstruktion mindestens dreimal. *Good Morning, America* sprach mit einer Psychologin, um Brookes Motive zu analysieren und Carolyns seelischen Zustand zu erläutern. Bei *Regis and Kelly* erzählte Kelly Ripa aus ihrer eigenen Highschool, wo sie Angst gehabt hatte, mit einer aggressiven Mitschülerin allein in der Toilette zu sein. Die Leute schickten mehr eigene Geschichten.

Die paar Journalisten, die mit uns sprachen – die jungen von den liberaleren Online-Magazinen –, wollten als Erstes wissen, ob wir erleichtert waren. Erleichtert weswegen? Weil die Mobber weg waren. Weil Shane und Brooke und die anderen bestraft werden würden, angeklagt, eingesperrt. Sie würden die Schule nicht zusammen mit uns abschließen. Sie mussten geläutert werden.

In jenen Tagen, Wochen und Monaten empfanden wir so viele Dinge. Wir waren verloren, wir waren traurig, unerklärlich weinerlich, schon das *Star Spangled Banner* füllte uns die Augen mit Tränen, die Werbung mit dem nach Hause kommenden Soldaten, eine Vorschau von *Grey's Anatomy*. Und wir waren auch wütend, weil sie unsere Schule nicht in Ruhe ließen, obwohl wir doch der ganzen Welt unsere Geschichte erzählen wollten, die Menschen schütteln wollten, die dieser Tragödie keine Beachtung schenkten, die einfach in die andere Richtung sahen. Wir waren wütend – wütend auch auf unsere Lehrer, auf Miss Simpson, Mr Ferris, Coach Cox, Mrs Matthews und all die, von denen wir glaubten, dass sie mehr gewusst hatten, als sie sagten: Warum hatten sie die Dinge nicht gestoppt? Und waren wir auch wütend auf Carolyn? Da konnten wir nicht sicher sein. Wir heulten, als sie beerdigt wurde, bei der Trauerfeier, wenn wir ihr Bild in den Nachrichten sahen, bettelten unsere Eltern an, nicht in die Kirche zu müssen, nicht in den Country Club, nicht zum Schwimmen, weil wir nicht über sie reden wollten. Aber vielleicht haben wir sie auch etwas gehasst. Sie war beliebt gewesen, schön, und nichts, was ihr widerfahren war, war so besonders gewesen, hatte sie so einzigartig gemacht, dass sie das Recht hatte zu sterben. Das konnten wir den Journalisten nicht sagen: Wir konnten ihnen nicht sagen, dass wir dachten, sie hatte es getan, um Beachtung zu finden, dass wir einfach nur dachten, dass was schiefgegangen war. Das konnten wir nicht sagen, denn stell dir bloß vor, wie wir dann ausgesehen hätten. Aber es war nicht, weil wir es nicht glaubten, nicht wirklich.

Waren wir erleichtert, dass Shane angeklagt wurde? Dass Brooke womöglich ins Gefängnis kam? Nein. Nein, das waren wir nicht. Auch sie waren Opfer, und das ist es, was keiner versteht. Dass was zwischen Carolyn und diesen Jungs war, zwischen Carolyn und diesen Mädchen, dass diese Art Scheiß jeden Tag der Woche passiert und wir einfach verdammt damit umgehen, klar? Sie war ein Teil davon. Das wussten wir sicher, und das sagten wir ihnen. Immer und immer wieder sagten wir es ihnen. Die Online-Magazine, die brachten es und wurden dafür abgestraft, und *USA Today* fuhr mit seiner Serie fort, den mobbenden Teenagern, die der

Gerechtigkeit zugeführt wurden, und dass die Schule endlich wieder sicher sei.

Zu sagen, dass wir erleichtert waren, war falsch, aber das war es, was gedruckt wurde, es wurde gesagt und gedruckt, wieder und wieder, und bevor du dichs versahst, glaubtest du es fast selbst. Die Psychologen erklärten uns, unsere Erinnerung sei »nicht verlässlich«. Sie verschob und veränderte sich. Schon während wir uns austauschten, verschwammen die Dinge, verschwamm unser Blick, und wir konnten uns einfach nicht mehr erinnern, wem die Schuld zu geben war, wer was angefangen hatte und wer wann wo gewesen war und warum. Die Reporter halfen nicht – und mit ihnen zu reden, mit den Psychologen, Therapeuten, Psychiatern und den Sozialarbeitern, half auch nicht. Das alles vernebelte es nur noch mehr. Wir waren jung, das war es. Wir waren jung. Und wir wussten, das war keine Entschuldigung.

(Brief an den Redakteur, New York Observer. Nie veröffentlicht. Eingegangen unter dem IFG.)

Timothy Towers
New York Observer
312 West 44th Street, 6th floor
New York, NY 10036

Lieber Mr Towers,

ich schreibe Ihnen in Bezug auf Ihren Artikel »Gemeine Mädchen und Footballfanatiker: Wie die

Adams Highschool geholfen hat, Carolyn Lessing zu töten«, der am 16. Juni 2011 erschien.
Das Lehrerkollegium hat vor Schikanier-Anschuldigungen gegen gewisse Schüler in Bezug auf Carolyn Lessing nicht »die Augen verschlossen«, wie Sie schreiben. Wir befinden uns gegenwärtig mitten in einer Untersuchung der Vorfälle um Carolyn Lessing und ihre Mitschüler und werden dazu öffentlich Stellung beziehen. Zu diesem Zeitpunkt erklären wir aber bereits, dass die in Ihrem Artikel gemachten Andeutungen diffamierend sind, insbesondere in Bezug auf die Haltung der Schule zum Sport, und ich verlange eine vollständige Korrektur in Ihrer morgigen Ausgabe, begleitet von einer grundlegenden Entschuldigung bei unserem Kollegium, den Eltern und Schülern der Adams High.
Sollte das nicht geschehen, hat der Schulleiter seine Rechtsvertreter angewiesen, eine offizielle Verleumdungsklage gegen Ihre Zeitung anzustrengen.
Wie ich höre, haben Ihnen auch Eltern mit ähnlichen Klagen geschrieben, und ich möchte Sie nachdrücklich ermutigen, den redaktionellen Umgang Ihrer Zeitung mit diesem Thema, der eindeutig vordergründige Ziele verfolgt, ein städtisch-liberales Vorurteil erkennen lässt und von einem grundlegenden Unwissen um die Umstände von Miss Lessings tragischem Selbstmord geprägt ist, einer Überprüfung zu unterziehen.

Hochachtungsvoll,
Richard Overton
Rektor der Adamsville Highschool

juli

kapitel 27

Unsere Eltern trugen die Schuld, sagten die Zeitungen später. Da lag die Erklärung für so vieles, bei unseren Eltern. Sie hatten viel geredet, sich immer wieder getroffen und gesorgt, tatsächlich getan aber hatten sie nichts. Oder nicht genug. Am Ende nicht.

Der Eltern-Lehrer-Ausschuss traf sich am Dienstagabend in der Cafeteria, der Parkplatz stand voller SUVs, Mini-Vans und Volvo-Kombis. Meist waren wir nicht sicher, worüber sie redeten, aber an dem Abend im Juli, drei Tage nach unserem verschobenen Abschlussball, da schon. Strengere Verhaltensregeln würden sie verlangen, mehr Aufsicht, eine striktere Handhabung der Toilettengänge während des Unterrichts, Einschränkungen des Handygebrauchs, wirksamere und höhere Firewalls bei der Benutzung des Internets. Sie würden Forderungen stellen und an den Rektor appellieren, sich an die Schulleitung zu wenden. Vielleicht musste ja jemand zurücktreten.

Wir sahen sie später in den Neun-Uhr-Nachrichten, wie sie aus der Cafeteria auf dem Parkplatz strömten, mit kleinen Pupillen und offenen Mündern, geblendet von Blitzlichtern und Kamerascheinwerfern. Mikrophone wurden in ihre Richtung gereckt, dann schob sich ein Reporter in den Vordergrund, während unsere Eltern hinter ihm zu ihren Autos eilten. Ältere, dickere Ausgaben unserer selbst, in Talbot-Jeans und nicht in

Rock Revivals, mit braunen Slippern oder New-Balance-Turnschuhen. Wir sahen sie an: einige mit gesenkten Köpfen, andere mit glasigen Augen, wieder andere rot angelaufen und mit hervortretenden Adern. Ausgaben unserer selbst, allerdings robuster, beständiger.

Mr Overton wurde interviewt, zumindest versuchten sie es, und er sagte immer nur: »kein Kommentar«, was ziemlich übel rüberkam und ihn noch dümmer und schuldiger erscheinen ließ als zuvor. Später hörten wir, dass ihm eine ganze Anwaltstruppe sagte, was er tun sollte. Sie waren Schrott, sagten wir. Wenn er nur etwas mehr gesagt hätte, die Dinge ein bisschen besser erklärt hätte, hätte sich vielleicht alles beruhigt.

Carolyns Klassenportrait erschien links in der Ecke des Bildschirms. Wir wechselten den Kanal, Carolyns Bild blieb gleich, nur der Reporter wechselte. Kristina Champion für *Dothan MCBC,* Brent Brinkley für *Birmingham-ABC.* Carolyns Bild – dieses Bild – erschien auch in der *US Weekly, in USA Today, People* und selbst in der *New York Times.* Und in den nachfolgenden Tagen schossen zu Dutzenden Carolyn gewidmete Gedenk-Websites aus dem Boden, dazu gab es jede Menge Blog-Einträge. Das Bild sah da anders aus, vielleicht weil es größer war als das fürs Portemonnaie gedachte, das sie vor zwei Monaten verteilt hatte. Mit rosafarbener Tinte hatte sie ihren Namen auf die Rückseite geschrieben, mit Herzchen darunter. »FibF« hatte sie einigen von uns dazugeschrieben: Für immer beste Freunde.

Die Reporter fassten das Treffen zusammen: Die Eltern seien »wütend«, »betroffen« und »beschämt«. Die Schulleitung sei »schockiert« und »führt eine Untersuchung durch«. Sie berichteten von unserem Abschlussball, der aus »Respekt« in den Juli verschoben worden war. Sie zeigten das Innere der Sporthalle mit blau-weißen Bändern und einem Getränketisch – der Punsch sah lila aus –, den DJ und den besprühten Bühnenbogen. Unser Thema war »Ein Abend zum Erinnern«, das wir alle öde fanden und nicht wirklich für ein Thema hielten, aber die Reporter wiederholten es ein ums andere Mal und erklärten, es sei »schamlos« und lasse jede Art von Mitgefühl vermissen. Sie befragten Leute auf der anderen Seite der Stadt dazu, die »verwundert« und »angewidert« waren. Sie zeigten, wie Shane Duggan vor der Halle aus einer Limousine stieg, im Frack und mit purpurner Fliege, passend zu Brookes Kleid, die hinter ihm aus der Limo kam. Sie lächelten, Brookes Augen waren Schlitze – war sie betrunken? Die Reporter sagten das nicht, nicht genau. Aber wir wussten, was sie meinten.

Im Sommer fuhren wir an Carolyns Haus vorbei, mehr als einmal. Sie hatten Probleme, es zu verkaufen, hörten wir, und wir wussten nicht, ob es die wirtschaftliche Lage war, all die negative Publicity oder vielleicht auch beides. Wie immer, Century 21 veranstaltete über Wochen offene Besichtigungstage, freitagnachmittags konntest du es dir allein, ganz für dich, ansehen, ohne einen Makler, der dir im Nacken saß und es dir zu verkaufen versuchte, obwohl doch ziemlich klar war, dass du noch nicht mal alt genug warst, um Alkohol zu trinken. Geschweige denn, ein Haus zu kaufen.

Wir gingen es uns ansehen. Mussten es. Als wir ankamen, waren wir die einzigen Leute da und saßen zehn

Minuten in Jessicas Wagen, bis wir den Mut aufbrachten, auszusteigen und hineinzugehen. Warum wir das Haus sehen wollten, war nicht klar, nicht mal uns, aber es war wie eine Art Zwang, wir fühlten uns getrieben, unwiderstehlich angezogen von dem Haus, von Carolyn und ihrer Mutter. Wir wollten uns umsehen. Hinweise finden, Erinnerungen, was immer.

Es roch noch genauso, sagten wir. Neu, nach Chlor und Fresien. Es roch wie Carolyn. Minutenlang standen wir in der Diele und atmeten den Duft ein, bis wir nichts mehr rochen.

Wir gingen in die Küche: kein Essen auf den Regalen wie vorher, keine Rechnungen auf dem Schrank, keine Abby an der Frühstückstheke, die eine Mandel aß. Erst hatten wir Angst, etwas anzufassen, aber dann zog Nicole eine Schublade auf. Sie war leer, natürlich, aber es gab uns Mut, und wir begannen, alles aufzumachen, nur für den Fall. In einer Schublade neben der Spülmaschine lagen ein Adams-High-Magnet und ein hellgrüner Klebezettel mit einer Telefonnummer, in Carolyns Handschrift. Wir berührten ihn nicht. Ließen ihn, wo er war.

Ihr Zimmer sah nicht aus wie in unserer Erinnerung: Ohne die Möbel wirkte es kleiner. Wir mussten an die vielen Bücher denken und die Fotos von ihr in New York und in New Jersey. An die Bilder von ihrem Dad. Wir erinnerten uns an alles.

Im Bad war alles sauber und funkelte. Nichts von Kerastase, nichts von Lâncome, keine Sephora-Kerzen. Jessica öffnete den Medizinschrank. Keine Seroquel, keine Yasmin, keine Pepto-Bismol. Nur ein Stück Dial-Seife, etwas, das Carolyn niemals benutzt hätte, sagten wir. Jessica nahm sie, und ein Stück dickes gelbes Klebeband hing daran. Es trudelte auf den Boden. Nicole hob es auf: vom Ort des Verbrechens. Erst jetzt wurde es uns bewusst. Hier hatte sie es getan. Wir wichen zurück, aus dem Bad, gingen nach unten. Verließen das Haus und redeten nicht wieder darüber.

Facebook

Fan-Seite: RIP, Carolyn Lessing

Margaret Grosse: Meine Gedanken sind bei Carolyns Mutter und ihrem Vater, bei ihrer ganzen Familie. Ich bete für euch alle. Carolyn, du warst ein schönes Mädchen, das nicht zu sterben brauchte. Deine Mörder sollten mit der ganzen Kraft des Gesetzes bestraft werden.
Brenda Moody: Diese Kids verdienen, was sie kriegen.
Geoff Gilbert: Carolyn, du bist ein Engel, der über uns wacht. Deine Peiniger werden in der Hölle brennen. Das hätte nie passieren dürfen.
Tom Stephenson: Die ganze Schule sollte niedergebrannt werden.
Sandra Sampson: Carolyn, du warst so schön und lieb. Mögest du in Frieden ruhen.

kapitel 28

Es gibt Dinge, an die wir uns erinnern. Dass Carolyn schön war, ja. Dass sie anders war, natürlich. Dass sie an unsere Schule kam und California-Brand-T-Shirts trug und keines davon zweimal. Dass sie ihr Haar gelockt und glatt tragen konnte. Und dann gibt es andere Dinge, Dinge, die die Leute vielleicht vergessen oder vergessen wollen, aber vielleicht sind sie ihnen auch gar nicht aufgefallen. Nur ist das sehr schwer zu glauben. Sie war beliebt. Sie war keine Außenseiterin, wenigstens nicht zu Anfang. Sie hatte mehr Freunde als wir, wenigstens zu Anfang. Sie war witzig, alle dachten das, sie sah so gut aus, und ihre Sachen waren so cool. Es war leicht zu verstehen, dass sie da gleich so beliebt war.

Brooke und Gemma waren nicht von Grund auf gemein. Und Shane und Andrew waren keine Mobber. Das sagten wir den Journalisten wieder und wieder, den Sozialarbeitern, unseren Lehrern und allen anderen, die es behaupteten. Immer wieder taten sie das.

Einige Leute hassten es, welchen Verlauf die Geschichte nahm. Natürlich Gemma, Brooke, Shane und Andrew, aber es gab auch andere. Beliebte Kids, Bandmitglieder, Kiffer und Leute, die bei *Odyssey of the Mind* mitmachten. Sie meckerten herum und beschwerten sich, dass Carolyns Familie alles verdreht hätte und die Tatsachen auf den Kopf gestellt würden: Carolyn hatte auch ein Luder sein können, aber das stand in keinem Artikel, niemand bloggte oder tweetete es. Dafür wärst du erschossen worden.

Aber natürlich gab es die anderen, und vielleicht stellten sie am Ende die Mehrheit, die Leute, die das alles zu glauben begannen, oder vielleicht hatten sie es auch die ganze Zeit schon geglaubt: dass Carolyn nichts als ein Opfer war, und zwar kein Opfer ihrer selbst, sondern dieser vier – und dass wir alle uns zu Komplizen hatten machen lassen. Dass wir alles mit angesehen und es hatten geschehen lassen. Dass die vier eingesperrt gehörten und wir dann vielleicht sicher wären. Dass sie bestraft werden sollten, und wenn nicht vom Gericht, dann von uns.

Später sagten wir, dass es komisch gewesen sei, wie sich die Stimmung verändert habe und niemand ein Wort über die Ironie verlor, dass sich plötzlich alle gegen Gemma und Brooke verschwörten, ihre Spinde und Häuser mit Eiern bewarfen, Shanes Autofenster mit Ziegeln zertrümmerten und Andrew anonyme Briefe schrieben, in denen stand, er verschwinde besser aus der Stadt, bevor sie die letzten Vorbereitungen für seine Beerdigung träfen. Eine Schülerin aus dem Cullman kam im Herbst nach Adamsville und lauerte Brooke nach dem Unterricht auf dem Parkplatz der Adams High auf. Sie hatte ein Messer und eine Schere dabei, und zusammen mit einer Freundin warf sie Brooke zu Boden und schnitt ihr einen Teil der Haare ab. Coach Cox ging dazwischen, bevor sie fertig waren, und das ließ es noch schlimmer aussehen, sagten wir später. Die asymmetrische Länge, der kleine kahle Fleck ein paar Zentimeter von ihrem Ohr. Brooke fuhr in einen Salon in Birmingham, um es wieder in Ordnung bringen zu lassen, aber ihr Haar wurde nie wieder so, wie es einmal gewesen war, nie wieder so glatt und glänzend und schick. Du hattest das Gefühl, es sei nur noch Heu, von der Farbe und auch der Textur her, so dass du es nicht berühren wolltest. Es würde dir sonst die Haut aufkratzen, in sie hineinschneiden.

Wir dachten, es würde nie wieder besser werden. Dass uns die Sache auf ewig auf den Schultern lasten sollte. Mit ins College würden wir sie nehmen, in unsere ersten Jobs und unsere Ehen und sie unseren Kindern und Kindeskindern aufbürden. Mit einem Fluch würden wir sie belegen, wie ein schwerer Stein würde er sein, den du als Kind aufnahmst, in die Tasche stecktest und nie wieder loswurdest. Jahre später, wenn sich die Dinge nach außen hin längst wieder normalisiert hatten, würde die Schuld kommen. Das Gefühl, etwas Schreckliches getan zu haben – und selbst zu schrecklich gewesen zu sein, um es überhaupt zu bemerken.

Keine der Anklagen konnte am Ende aufrechterhalten werden. Gemma, Brooke und Shane mussten Gemeindearbeit leisten. Wir sahen sie samstags auf Harpers Feld Müll einsammeln und bei den Kolumbus-Rittern Spaghetti austeilen. Und Andrew, nun Andrew wurde komplett von allen Vorwürfen freigesprochen. Zu diesen Urteilen gab es natürlich eine Gegenbewegung: von der ausländischen Presse, den liberalen Bloggern und aus unserer Stadt. Niemand konnte sich erinnern, was wirklich geschehen war, aber alle hatten eine Meinung, uns eingeschlossen. Wir wollten, dass die vier zur Verantwortung gezogen wurden. Nur wenn das geschah, waren wir aus dem Schneider.

Andrew und Shane gingen aufs College. Wir hatten gehört, dass sie Schwierigkeiten hatten, aufgenommen zu werden, von Alabama und Auburn auf Wartelisten geschoben oder offen zurückgewiesen worden waren, und als der Fall schließlich abgeschlossen war, verließen sie die Stadt. Sie brauchten zwei, drei Monate, dann waren sie weg. Andrew ging nach Kalifornien – niemand konnte es glauben, das war so weit weg – Shane an die Ole Miss. Wir fragten uns, ob ihnen die Geschichte folgen würde, ob ihre Kommilitonen sie aus den Nachrichten wiedererkannten, von den Fotos, die sie in ihren Anzügen mit tief gebeugten Köpfen aus dem Gericht kommend zeigten. Unsere Eltern erklärten uns, dass es vor Jahren einfacher gewesen sei, noch mal neu anzufangen, das Netz machte alles schwieriger. Es gab immer noch dem Gedenken an Carolyn gewidmete Facebook-Seiten, deren Ziel es war, ihren Tod zu sühnen.

Für Brooke und Gemma war es schwerer, das war klar. Gemmas Dad bat um die Versetzung in eine andere Gemeinde, sie wurde ihm jedoch nicht gewährt, und der Kirchbesuch ging zurück und brach schließlich völlig ein. Die Leute gingen in die First Baptist, um ihn nicht mehr predigen hören zu müssen. Das Staatskapitel hatte aber immer noch keine neue Gemeinde für ihn, und so musste er am Ende zurücktreten. Wegen »eines« bösen Artikels in der Zeitung hatte er nicht gleich die ganze Gemeinde zusammenbrechen lassen wollen. Richtig schlimm wurde es dann, als die Kirche ihn nicht länger bezahlen konnte: Er nahm einen Job bei Winn-Dixie an, wo er Lebensmittel verpackte, und Mrs Davies bekam ein paar Stunden bei Parisians. Sie boten ihr Haus zum

Verkauf an, und als es einen neuen Besitzer fand, zwei Jahre später, zogen sie in einen anderen Staat. Niemand bat sie um eine Nachsendeadresse. Gemma wurde während der ganzen Zeit zu Hause unterrichtet, so dass wir sie nur hin und wieder zu Gesicht bekamen. Sie sah aus wie immer, dachten wir, nur trauriger.

Brooke versuchte weiter in die Schule zu gehen, kam zu ihrem ersten Schultag in der Zwölften und wollte sich mittags sogar zu Tiffany und Taylor setzen, aber die hatten die Platzverteilung bereits organisiert. Während der ersten paar Wochen aß sie in der Toilette zu Mittag und schwänzte dann so oft den Unterricht, dass sie vorübergehend ausgeschlossen wurde. Während der Zeit bekam sie das Pfeiffersche Drüsenfieber oder die Lyme-Krankheit oder so was, und Mrs Matthews sorgte dafür, dass ihr alle Aufgaben nach Hause geschickt wurden. So machte Brooke denn zusammen mit uns allen 2012 ihren Abschluss, kam aber nicht zur feierlichen Zeugnisübergabe. Wir hörten, dass sie im Herbst in Cullman aufs College gehen würde, und ein paar Leute sahen, wie sie sich im August für verschiedene Kurse einschrieb. Sie hatte mindestens zehn Kilo zugenommen.

Taylor Lyon schien es den Sommer über okay zu gehen. Wir sahen sie im Country Club, in der Kirche, in der Mall, hörten aber später, dass sie es äußerst schwer nahm: Sie hatte nie irgendwelche Verantwortung übernommen, was sie unserer Meinung nach hätte tun sollen. Sie ließ sich das Haar kurz schneiden, färbte es dunkelbraun und wurde während des zweiten Halbjahres wirklich dünn. Magersüchtig, sagten wir und fragten uns, ob ihre Probleme aus ihrer Freundschaft mit Carolyn herrührten. Wir konnten es nicht sagen. Taylor war jemand, die ihre Freundinnen kühl lächelnd abservierte, eine Schön-Wetter-Freundin. Sie war Carolyns erste Verbindung zur Adams gewesen und kappte sie, als sie es mit der Angst bekam, oder die Lust verlor. Wir wussten nicht, was der Grund gewesen war.

Ms Lessing tauchte mehrfach in den Nachrichten auf, sie war sogar bei Oprah und sah aus wie immer: jung, hübsch, dünn. Sie wirkte abgespannter, das war sicher, und müde: Da war eine Schwärze unter ihren Augen, die nie zu verschwinden schien, nicht mal im landesweiten Fernsehen. Sie sprach kaum einmal über Gemma, Brooke, Shane oder Andrew, selbst den Reportern gegenüber nicht, die es darauf anlegten. Sie gebe der Schule die Schuld, sagte sie ihnen, der Leitung, dass sie nicht mehr unternommen habe. Als dann allerdings die Anklagen gegen die vier fallengelassen wurden, konstatierte sie, dass sie »enttäuscht« sei und es »keine Gerechtigkeit« gebe. Persönlich haben wir sie nie wiedergesehen, sie zog zurück nach New Jersey, und Carolyns Dad kam auch nie nach Adamsville, aber wir haben ihn in den Medien erlebt.

Er war seltsam, ihr Dad, alle sagten das. Er war älter, als alle angenommen hatten, und hätte gut Carolyns Großvater sein können. Er wurde mit den Worten zitiert, dass er »den Kids nicht die Schuld« gebe, aber er hätte sich gewünscht, dass sich die Schule besser »um ein Mädchen in Bedrängnis« gekümmert hätte. Wir fanden es merkwürdig, dass ihn niemand kritisierte, weil er so weit weg gewesen war und sich nicht um seine Tochter gekümmert hatte. Aber das tat keiner. Sie waren unangreifbar, ihre Eltern. Genau das wünschten wir uns auch für uns.

Carolyn bekam eine besondere Seite in unserem Jahrbuch, und Kids, die sie kaum gekannt hatten, wie wir dachten, fingen an zu heulen, wenn ihr Name fiel, und applaudierten, wenn es um die Anklagen gegen Brooke und Shane, Gemma und Andrew ging.

august

epilog

Am Ende des Sommers ging es wieder auf Harpers Feld. Das Ballon-Fest sollte stattfinden wie in den Jahren zuvor, obwohl Jessica Gradys Dad sagte, es würde womöglich »verkleinert« angesichts der negativen Publicity über den Sommer, des bevorstehenden Prozesses, der schlechten wirtschaftlichen Lage und alles anderen. Wir machten keine großen Pläne für das Fest, blieben aber natürlich nicht weg.

Wir kamen später als gewöhnlich, erst gegen Mittag, zu spät, um noch eine Ballonfahrt zu ergattern, nahmen wir an. Um ehrlich zu sein, konnten wir nicht sagen, warum wir uns so viel Zeit gelassen hatten. Nun, wir waren angehende Seniors, und es war schwach, dass einem Dinge wie das Ballon-Fest so wichtig waren. Zudem war es zu heiß, zu stickig, zu billig, alles zusammen. Trotzdem hatten wir das Gefühl, dass es mit Carolyn zu tun hatte. Jeder Ort, an den wir kamen, enthielt eine Erinnerung an sie, ob eine tatsächliche oder nur eine vorgestellte, und manchmal drückte es dir die Luft ab.

Wir kamen auf den Parkplatz und konnten die Ballons aufsteigen und landen sehen, rot, violett, grün und blau. Die Band spielte *Proud to be an American* oder was anderes Prolliges, und wir ließen uns Zeit damit, aufs Feld zu wandern. Wir gingen zu den Ballons – essen, herumhängen und so konnten wir auch später noch, wenn wir denn den Nerv dazu hatten. Weiter hinten sahen wir Jessicas Dad mit seinem Ballon, purpurn und golden, und die Flamme füllte ihn. Er winkte uns heran, und wir rannten zu ihm hin, zwischen den anderen Ballons durch, den Körben, den Leuten. Ohne weiter nachzudenken. Wir hielten den Blick auf ihn gerichtet, rannten, sprangen vielleicht sogar und lächelten. So war es immer gewesen: wir zusammen, bereit, in die Luft aufzusteigen, schwerelos.

Wir stiegen in den Korb, und Mr Grady löste das Seil. Wir bewegten uns schneller als gewöhnlich, sagten wir, es ging eine Brise, die uns hoch davontrug, und wir blickten nach unten und sahen, wie sich alles veränderte. Die Menschen wurden zu Farben, die Erde zu einer Ansammlung von Formen. Von hier oben begann die Welt endlich wieder einen Sinn zu ergeben, vollständig zu sein, unter Kontrolle. Wir bekamen Abstand von ihr und sahen allein, was nötig war. Wenn es da unten einen Autounfall gab, dachten wir, würdest du es hier oben weder hören noch sehen, und selbst wenn, wäre es wie ein Spielzeugunfall, nicht wirklich. Von hier oben ließen sich die Kinder nicht von den Erwachsenen unterscheiden, neue Häuser nicht von den alten, Pools nicht von Teichen. Wir mochten es so hoch in der Luft, das wussten wir, mochten die Entfernung von den Dingen, waren außer Reichweite, außer Kontrolle. Wir fragten Mr Grady, ob wir etwas länger oben bleiben könnten. Nur noch etwas, sagten wir, und er lächelte. Das sei nicht möglich, meinte er. Bald schon würden sie mit dem Ballonglühen anfangen, da könne er nicht mehr am Himmel sein.

Wir sahen wieder nach unten, folgten den Formen, und anstatt zu versuchen, Orte, Menschen und Gebäude zu identifizieren, stellten wir uns vor, dass unsere Stadt etwas ganz anderes war. Während wir aus dem Himmel herabfielen, schlossen wir die Augen und hatten Angst, sie wieder zu öffnen. Wir sahen Carolyn hinter einem Baum stehen, Shane Duggans Hand haltend. Wir stellten uns vor, zu ihr hinunterzurufen, sie zu uns zu rufen. Aber selbst in unseren Träumen konnte sie uns nicht hören, trat hinter die Ballons, hinter eine Eiche, aus unserem Blick. Wir konnten sie nicht erreichen.

Wir spürten den Wind von der Seite und öffneten die Augen. Sahen einander nicht an, sahen hinunter auf die Ballons, die Buden und die Band, sahen unsere Kirche, den Country Club und den Pool. Wir sahen unsere Schule, die Fifth Avenue, die Farm der Halls und das alte Gericht. Einen Stundenplan von Carolyns Jahr sahen wir unter uns liegen, des Jahres, das wir miterlebt, beobachtet, registriert und gegen das wir keine Einwände erhoben hatten. Dort unten lag er ausgebreitet, klar im Licht. Wir sahen ihn an, spürten die Tränen hinter unseren Lidern und versuchten sie wegzublinzeln. Und dann sahen wir nach oben.

Sarah Butler

alice, wie daniel sie sah

Roman

Für den obdachlosen Daniel ist jeder Buchstabe mit einer Farbe verbunden. Seit Jahren streift er durch London und sammelt Papierschnitzel und andere achtlos weggeworfene Dinge in den Farben, die den Namen seiner Tochter bilden: Eisblau für A, Gold für L, Rosa für I, Dunkelblau für C, Grau für E – Alice. Daraus formt er kleine Kunstwerke, die er für sie in der Stadt verteilt. Daniel hat seine Tochter noch nie getroffen. Bis ihm der Zufall eines Tages ihre Adresse zuspielt.

»Ein Buch, das voller Hoffnung funkelt.«
Independent on Sunday

DROEMER